頃刻

SUZANNE REDFEARN

之間

One moment,eleven lives altered.and a truth only she can see.

IN AN INSTANT

A NOVEL

蘇珊・雷德芬 著

李麗珉 譯

獻給 Halle

前言

卡敏斯基太太知道。

在事情發生以前。

在那天之前，我們一直認為她是一個心理變態的媽媽，既神經質又多疑。我們都在她背後稱她為典獄長，並且對茉兒得要面對這樣一個有恐懼症和強迫症的母親感到難過。用庇護兩個字來形容卡敏斯基太太守護她女兒的方式，還真是太輕描淡寫了。在海灘或游泳池開生日派對絕對是被禁止的，除非有救生員在場，而且也得讓卡敏斯基太太出席才可以——沙灘上或者水池邊就會出現一個四十多歲的身影，徘徊在一群十二歲大的孩子旁邊，緊緊地盯著他們的一舉一動。迪士尼樂園就更不用考慮了。雖然，她是一個嬌小安靜的女人，身高幾乎不到五呎，臉上總是掛著親切的微笑，言行舉止也非常客氣，但是，她對於茉兒的保護，實在是固執到令人難以相信。

私底下，我們都懷疑卡敏斯基太太年幼的時候是否經歷過什麼創傷，才導致她現在深具保護性，不過，茉兒說不是這麼回事。她說，她母親只是相信，沒有人會照看別人的孩子，就像照看自己的孩子一樣。茉兒能用這種角度來看待此事，她的心胸真是太寬大了，如果我們的媽媽也像卡敏斯基太太干涉茉兒一樣地干涉我們的生活，我們絕對不可能像茉兒那麼有耐心。

在六年級舉辦科學營的時候，她的決心終於從花崗岩的硬度軟化到了鋼鐵的程度：稍微出現了一點彈性，不過也不至於太多。除了茉兒之外，每個六年級生都參加了那次旅行。最先是老師打了電話給卡敏斯基太太，然後是校長，然後是我母親。最後，我母親說服了她。我父親以監護人的身分參加了這趟旅行，而他將會親自照看茉兒。也許是因為她相信我母親，也許是因為她相信我父親，或者是因為她了解到她不能永遠控制得這麼緊，又或者是因為科學營之於那年的課程太重要了。不管是什麼原因，在茉兒十二年的人生裡，她終於獲准在沒有她母親隨侍在側的情況下離巢。

從那時候開始，卡敏斯基太太就不斷地把她女兒託付給我們，每一次神聖的託付都以我父母的保證為前奏，例如「我們會好好照顧她的」、「她會受到很妥善的照顧」、「茉兒就像我們自己的女兒一樣」——最近，我對這些老生常談的說法感到好奇，不知道這些陳腔濫調、隨口說說的話是否影響了後來發生的事，又或者，這些話是否毫無意義，不論事先做過什麼不經大腦的承諾，已經發生的事注定還是會發生。

多年以來，我也同樣地被託付給了卡敏斯基太太，不過，我父母從來都沒有要求她對我的安全做出什麼保證。茉兒是獨生女，所以，卡敏斯基家的度假行程都會帶上我和茉兒作伴。我也因此去過了非洲、西班牙、泰國和阿拉斯加。每一次，我父母都毫不猶豫地就答應了這些邀請，也完全沒有要求卡敏斯基家對我的保護做出任何的承諾，不像茉兒被託付給我們的時候那樣。也許，我父母認為這是相互的。也或許，我父母心裡很清楚，他們不會得到這樣的承諾，而這麼一來，他們要讓我和卡敏斯基家同行的決定就會變得很尷尬。我假設我父母了解卡敏斯基太太的恐懼是基於根深蒂固的自我反省，因為她考慮到在發生地層斷裂、火山爆發、沉船等事件而需要做出迫切選擇的時候，她將會優先照顧她自己的孩子，儘管茉兒和我親如姊妹，我也依然不符合這個資格。

從我年幼的記憶裡，我可以記得每當有人提起卡敏斯基太太時，我的姊姊、朋友和我自己總不免會翻白眼，因為我們認為她實在太神經了。

再也沒有人說她是瘋子了。

她知道。在事情發生之前。但我很好奇，她是怎麼知道的？是因為她是個先知，一個具有超自然預感、能夠預知未來的人嗎？或者就像茉兒所言——她只是基於一種理性、深思熟慮的保護立場，單純地理解到沒有人能像你一樣地看顧你自己的孩子。她知道，如果必須做出選擇的話，她的孩子必然是第二個獲救的，而不是第一個。

這些是我現在感到好奇的事。在事情發生之後。

1

只要再討論一次要選擇粉紅色還是金色的蝴蝶結，我發誓，我就要抓狂了！誰在乎啊！乾脆私奔就好。一了百了。真是要命！！！

茉兒幾乎馬上就回了簡訊：看來你們現在很開心？

拔牙都沒有這麼痛苦。這樣的折磨，我已經忍受五個月了。自從我姊姊宣布訂婚以來，她婚禮的一些細節就不停地被提出來討論，同樣的話題不停地重複到令人作嘔，而現在距離訂婚的大日子還有三個月之久。令人作嘔。這個很棒的字並不太常被人使用（也許這應該說是一個詞，而不是一個字？），但卻形容得恰到好處——這趟行程已經超出我所能忍受的範圍了。

今天是星期五，一個天空湛藍到令人動容的下午，一個躺在海邊、打水漂、衝浪，或者和朋友瞎混在一起的絕佳機會。然而，我卻在這裡，坐在一間新娘沙龍的試衣間地板上，背靠著牆，看著我姊姊對我母親、我阿姨和她那不甘願的伴娘，也就是我，展示她的禮服。我的另一個姊姊克洛伊不在這裡。在訂婚前一週，她對婚姻制度提出了評論，她說婚姻制度是一種父權觀念，不僅陳舊過時，也打壓女人，這樣的評論讓她立刻就從婚禮的籌備工作中遭到除名，然後由我遞補了她的空缺。

我很好奇她現在人在哪裡。也許和凡斯在一起，兩個人正在熱吻或者手牽著手在市區閒逛，享受著這美麗的天氣。這讓我幾乎羨慕到想要抱怨，而且我懷疑，這不是我第一次懷疑了，她是否故意提出那樣的評論。克洛伊在那方面很聰明。她知道如何讓事情發生，要她和我母親肩並肩在一起工作八個月，那是她絕對會想盡辦法避免的事。

我對她這種聰明的手法嗤之以鼻：我姊姊在沒有主動退出籌備工作之下，順利地為自己解套，而且還成功地把充當奧伯莉得力助手的責任丟給了我。我想像著克洛伊在計謀這一切的時候曾經笑得多麼得意，她知道我有多討厭這種事，也知道要我面帶支持的笑容談論這種事長達八個月，根本違反了我平時陽光的性格和除非要買乾淨的內褲、否則絕對不會上街購物的行事風格。

「芬恩，你覺得怎麼樣？」奧伯莉的聲音讓我從我的手機上抬起頭來，我的手機螢幕正顯示著世界最搞笑的動物梗圖。只見畫面上是一隻騎著哈士奇的貓咪，牠舉起手掌，字幕上寫著跟著那隻老鼠！

我眨了眨眼，一股驚訝感卡在我的喉嚨，讓我的笑容停在了嘴邊。儘管我並不喜歡蕾絲、婚禮和女性化，然而，一股十分女性化的情感卻湧上了我的胸口。整整兩週以來，奧伯莉一直都在誇耀她的禮服，不停地說那件禮服有多麼地完美。大部分的時候，我都自動把她的聲音屏蔽掉——這種緞子、那種絲綢、成排的珍珠、什麼花紋、什麼寶石的領口等等。不過，現在，她就站在這裡，就在我眼前——踩著她那雙高跟鞋矗立著——象牙色的綢緞彷彿波浪一樣，光滑得有如液體表面，從她的纖纖細腰往外流散而出，一顆顆細小的珍珠如同小河一般，從我認為是領口的地方向外輻射，她看起來就像個漂亮的公主，就像全世界最美的女王，她的美麗讓我驚呆了，也許甚至還有一點點嫉妒。

在奧伯莉的後面，我母親雙手緊握在身前，凱倫阿姨的手則擁住我母親的肩膀。她們兩人彼此靠在一起，讚賞著我姊姊，她們銀灰色的頭髮幾乎就要黏在一起了。

「不錯。」我說，彷彿那沒什麼了不起一樣，然後又把視線落回我的手機上。一隻黑色的狗瞇著眼睛，牠面前有一根正在融化的黃色冰棒：腦子凍結了。我笑了笑，繼續往下滑著其他的圖片，而我母親和凱倫阿姨則誇張地在繞著圈子，在奧伯莉前後擺動的同時，從每一個角度看著那件禮服。

凱倫阿姨在我身邊停下腳步。「拍張照。」她提高嗓門地說。「和芬恩一起。她們兩人一起合照。」一想到我們的照片會被凱倫阿姨貼在她的臉書上，還標註著什麼可笑的說明，就讓我感到難為情，例如漂亮的新娘子和未來的落跑新娘，奧伯莉與芬恩．米勒。

「不行。」我母親替我說了。「在大喜之日前不行。新娘子在婚禮之前穿婚紗照相會招來厄運。」

我鬆了一口氣地嘆息，然後稍微遠離了奧伯莉一點點，擔心即便我的接近也會帶給她霉運。她低頭對我笑笑，用嘴型說了一句謝謝你，然後原地轉身，回到那群吱吱喳喳的母雞身邊，她們現在已經結束了讚美，準備開始對禮服需要做的修改提出意見。

我感覺到臉頰在發燙，隨即告訴自己冷靜下來。奧伯莉那樣對我致謝已經不止幾千萬次了，而那真的不是什麼大事。我和她未來的婆婆也不過談了不到五分鐘，而金塞爾太太對我的發言也沒有大驚小怪。

如果奧伯莉沒有那麼沮喪的話，我也不會打那通電話。我想，金塞爾太太的結婚禮服聽起來還不錯，而且，如果奧伯莉能成為穿上那件結婚禮服的第四代也還滿酷的——「經典的線條、復古的珠飾，維多利亞式的蕾絲衣領，背後是一排綢緞包覆的釦子。」可是，奧伯莉在這麼形容的時候卻哭了，由於我對伴娘的其他責任很不在行，因此，我覺得自己至少可以在這件事上幫到忙。茉兒說，我在處理這種事情上面具有天賦，我的直白具有神秘的力量，讓我從來都不會因此而得罪人。我想，那只是因為大家都把事情過度複雜化了。如果你只是單純地把事情按照原貌說出來，那其實真的沒有對錯之別。金塞爾太太在乍聽之下雖然感到驚訝，但是，在那之後，她就沒事了。她甚至承認她當年也想要幫自己買婚紗。

她一定是在我們掛斷電話之後立刻就打電話給了奧伯莉，因為半個小時後，奧伯莉就打電話來再三表達她對我的感謝了。現在，五個月之後，她站在這裡，笑容滿面地轉身欣賞著她自己，這讓我很高興自己決定打那通電話。

凱倫阿姨站在我前面，一邊用手推擠著她D罩杯的豐胸，一邊說「這樣比較性感」，鼓勵奧伯莉多露點乳溝，我母親搖了搖頭，但奧伯莉卻點點頭，還說什麼班會同意之類的話，就在此時，我隨手拍下了那張照片，只不過手機喀嚓的拍照聲被她們的笑聲掩蓋住了。

我看著手機的小螢幕，她們三個人滿面春風，模糊的表情盡顯愉悅，那件禮服反映在鏡子裡，奧伯莉的臉上蕩漾著笑意，我母親和凱倫阿姨也在她身邊笑得很開懷。我把照片連同一則簡訊發給了茱兒，她看起來真美！後面還加了一堆心和笑臉的表情符號。

螢幕上出現茱兒的回覆：承認吧，你討厭浪漫只是裝出來的。說到這個，你決定了嗎？

我瞪著那個問題，嘴巴不停地來回嚅動，也許希望發光的螢幕能給我一點提示——給予我自從我向茱兒承認自己正在考慮邀請查理．麥考伊一起參加舞會之後，我一直都欠缺的答案或者勇氣。這是一場女孩邀請男孩的舞會，去年，我和一群同樣都沒有舞伴的女孩一起去參加了，她們要不就是因為太害羞、太驕傲，要不就是因為長得太醜，而沒有開口邀約任何男孩充當舞伴。我們穿著Converse球鞋搭配禮服；以前所未見的驚人舞步肆虐著舞池的地板；並且一邊大啖巧克力棒，一邊嘲笑所有因為穿了高跟鞋而步履蹣跚的女孩，以及尷尬地對著她們的舞伴傻笑的女孩，還有帶著渴望的眼神看著萬惡的卡路里彷彿酷刑桌一般展示在她們眼前的那些女孩。

我很確定，今年，我會選擇再來一次，不過，那是在查理出現之前的決定。我彷彿用了魔法將他憑空召喚了出來。親愛的神啊，請賜給我一個高挑、帥氣、又有點傻氣，並且擁有一雙綠色眼睛、又會踢足球的男孩。然後，噹噹，他就出現在了我開學第一天的第一堂課上。

「回到現實吧，芬恩。」奧伯莉把我的運動衫丟向我，我這才發現她已經重新換回了她外出的服裝，我們已經要離開試衣間了。

我跟著她走進店裡。我母親和凱倫阿姨已經駐足在櫃檯邊和店老闆在聊天了，奧伯莉和我繼續往外走。一到店外，奧伯莉立刻掏出她的手機打電話給班。她帶著興奮地咯咯笑談著她的禮服，然後又說她應該要穿什麼去見他父母。這個週末，她和班要飛到俄亥俄州，好讓她和她未來的夫家先熱絡熱絡。

她說完「我愛你」，然後就掛斷了電話。

她把修過指甲的手伸到嘴邊，啃咬著一片角質層。

「你還好吧？」我問。

「我很緊張。」

我在她的手流血之前，把她的手拉離她的嘴邊。「是啊，他們會討厭你的。你會讓他們無法忍受。」我翻了翻白眼，而她也對我皺了皺鼻子。

「至少，班和我有藉口可以不和你們去參加老爸那個鞏固親情的實驗。」

「你的意思是，你和班無法在一個沒有電視、沒有廣播或網路的林間小木屋裡，享受只有我們家人相互陪伴的樂趣，但是你們卻一點都不感到沮喪？」

「我真不敢相信，他居然認為這是一個好主意。」

「你知道老爸的；他是一個樂觀主義者。」

「他是在妄想。這不會改善任何事的。」

我聳聳肩，移開視線，一邊希望她錯了，一邊卻在想，她也許是對的。洶湧的河水在我家已經到達了洪水的程度。我父母不時地爭吵；我弟弟奧茲的問題越來越大；克洛伊似乎為了要惹惱我母親而經常出現的叛逆行為；還有我自己最近也一團糟，我想，我待在茱兒家的時間，比我待在自己家還要多。我們家彷彿一座活火山，只要在一起相處五分鐘就會引起某種爆發，三天的共處將會像是在引誘維蘇威火山爆發一樣。

「至少茱兒會在那裡。」奧伯莉說。我姊姊喜歡茱兒的程度幾乎和我不相上下。

「還有娜塔麗。」我反駁她。

「什麼？」奧伯莉的表情瞬間轉為同情。

我母親對我父親這個可笑的計畫做出了被動卻挑釁的反擊，她邀請了凱倫阿姨、鮑伯叔叔和他們惹人厭的女兒娜塔麗和我們同行，那就意味著茱兒和我不管做什麼，都得要把她也納入考慮。

「克洛伊會帶凡斯一起來。」我雪上加霜地對這個愚蠢的計畫補充了一句。克洛伊之所以答應和我們一起去，唯一的原因是，凡斯喜歡滑雪，但是他窮到付不起費用。免費的住宿、伙食和纜車票實在太吸引人了，即便那代表他得要和我家人共度週末。這個世界上幾乎沒有什麼事情可以說服克洛伊和我母親共處，就算一分鐘也不行，更別說三天了，除了對凡斯的愛以外——那份愛是我們其他人無法共享的。那傢伙是一隻狂妄自負的A級樹懶，因為他在網球場上的優異表現，讓他自認為他將會變成職業網球選手。

「哇，聽起來你們將會有一段很開心的時光。」奧伯莉需要和她的姻親共度週末的心情瞬間就變好了。

凱倫阿姨和我母親從店裡走出來，我母親喀噠一聲地開啟了她那輛新賓士的車鎖，那輛白色的SUV是她在一個月前送給自己的生日禮物。

「讓芬恩來開。」凱倫阿姨天真地說，雖然她的話一點也不天真。凱倫阿姨是我父親口中那種挑撥離間的人。她就像一個愛爾蘭的矮精靈，喜歡興風作浪：一個喜歡惡作劇的小妖精，那讓她給人感覺充滿樂趣，只要那個玩笑不是針對你而來的話，就像現在。她戲謔地挑了挑眉毛。「你拿到駕照了，不是嗎，芬恩？」

我看著我母親變得緊繃，讓別人駕駛她漂亮的新車讓她渾身都僵硬了起來。

「我還想活著出現在我的婚禮上。」奧伯莉發表了她的意見。

「我相信芬恩是個好司機。」凱倫阿姨說著，從我母親手中搶走車子的遙控鎖。

「也許下次吧。」我母親說著，伸手要把鑰匙拿回去。

「胡扯，」凱倫阿姨把鑰匙伸到我母親拿不到的範圍，然後勾著我的手臂把我拉走。「現在就是最好的時候。」她對我眨眨眼，給了我一個心照不宣的微笑。

正常來說，我會很高興這麼做。沒有什麼比得上看著我母親侷促不安更讓我開心的了，而我對自己的膽大和運動神經又十分自豪，因此，跳到方向盤後面，像達妮卡·派崔克❶那樣在街上

❶ 達妮卡·派崔克（Danica Patrick, 1982年3月25日－）是一位美國前職業賽車手，是美國開輪賽車（American Open Wheels）史上最成功的女性。

疾馳，嚇得我母親和奧伯莉魂飛魄散，並且逗樂凱倫阿姨，這種事正合我意。

不過，有一個很小的問題。

「進去吧。」凱倫阿姨打開駕駛座的車門說。

我嚥了嚥口水。我的駕訓教練是一個有嚴重口臭又鎮定自若的禿子，他把我的問題稱之為「踏板辨識障礙症」，因為我有一個小小的大問題，我會把油門和煞車弄混，儘管這個問題看似簡單，但我一直無法糾正過來。

「我沒有真的開過這麼大的車子，」我說。「也許，最好還是——」

凱倫阿姨打斷我的話。「胡扯。這很容易。基本上，賓士會自動駕駛。沒事啦。」她露出一個柴郡貓❷的笑容，顯然決定要享受這份樂趣。

奧伯莉已經爬上了後座，我母親則在乘客座上繫著安全帶。我母親完全不知道我的苦惱。當我父母問我駕訓課上得如何時，我總是不置可否地對他們說「還好」。

「我記得以前我陪你開車的時候，」我母親回頭看著奧伯莉說。「你就像個膽小鬼一樣。你花了好幾個星期的時間，才敢把車開出我們的社區。」

「我只是很小心，」奧伯莉對她吐了吐舌頭。「這是好事。我到現在都還保持完美的紀錄：沒有交通事故，也沒有罰單。這是你無可挑剔的。」

我母親經常接到超速罰單，這是眾所周知的事——每年至少兩次，那還不包括她用三寸不爛之舌逃過的那些。

「至於克洛伊，她很聰明。」我母親繼續說道。「她就好像開車開了一輩子一樣。才上過一堂駕訓課，她就已經可以開車橫越這個國家了。」

我的競爭本性開始蠢蠢欲動了。這就是有兩個姊姊的問題：她們總是先我一步，那就表示我覺得我得要比她們表現得更好。

我低頭看著車底下的踏板。右邊那個是垂直窄長型的；左邊的則是橫向寬扁型的。右邊，油門。左邊，煞車。這不是腦部手術。一個是前進。另一個是停止。任何人都可以做到。我是說，真的，我班上半數的孩子都拿到了駕照，而他們大部分都是笨蛋。

「芬恩？」凱倫阿姨歪著頭，對我的沉默感到疑惑。

我笑了笑，爬上駕駛座，凱倫阿姨開心地拍拍手，然後把車門在我身後關上。

「後面的空間很大。」她說完，我立刻把駕駛座椅往後推，讓我的大長腿有足夠的空間。

我動了動後視鏡和方向盤，一再地調整到它們的角度都很完美為止，在此之際，我的腦子也在不停地轉動。右邊，油門。左邊，煞車。右邊，前進。左邊，停止。真的，別想太多。你可以的。右邊。左邊。前進。停止。

「當然啦，我可能會在這裡坐到自然老死。」奧伯莉說。

❷ 柴郡貓（Cheshire cat）是英國作家路易斯・卡羅文學作品《愛麗絲夢遊仙境》中的貓，又譯為笑臉貓或妙妙貓，以神秘的笑容著稱。

我回頭冷笑了一下，然後轉過身。小心翼翼地把腳踩在煞車上，然後按下啟動的按鈕，引擎立刻就轟隆隆地活了起來。我再一次檢查了後視鏡，確認我們後面什麼也沒有，然後，為了保險起見，再把頭轉向四面八方都看了一遍。

「不會吧？」奧伯莉說。「我的飛機會在清晨的時候起飛。你覺得我趕得上嗎？」

我母親笑了出來。

「你做得很好，芬恩。」凱倫阿姨鼓勵地說，她的聲音裡也許還夾雜著一絲罪惡感。雖然是個愛惡作劇的人，不過，凱倫阿姨也是個心腸很軟的人，是那種會對嬰兒輕聲細語、還會把樹上摔下來的小鳥救活的人。如果她知道這會給我帶來任何苦惱的話，她就不會提出這個建議了。

在把車子打到倒車檔之後，我卡卡地把車子開出了停車位。

「幹得好。」凱倫阿姨說。

「米勒家和凱倫阿姨正在離開停車場。」奧伯莉宣布。

我母親又發出了咯咯的笑聲。

我把車開上海岸高速公路，然後，我們就開始朝著回家的路途前進，經過了一條街口，又一條，沒有人開口說一個字，我知道，儘管我努力地想要露出自信的模樣，但是，她們全都感受到了我的壓力。

第一個交通燈號映入眼簾，紅燈亮了，我極其小心地——左邊、左邊、左邊——把腳從油門換到煞車上。

我們很平順地停了下來，我從鼻子呼出了一口氣，同時無形地拍了拍我自己的背。號誌轉為了綠燈，我立刻又把腳換回到油門上，然後，我們又再度前進了。在行駛過幾條街，又平安無事地停了兩次紅綠燈之後，我發白的指關節不再緊繃，我也開始鬆了一口氣。我完全明白了。我只需要專注。怎麼想，就怎麼做，就像運動一樣。其他人也都放鬆了。奧伯莉往前探，打開收音機，我母親則在她的座位上轉身，說她忘了要告訴花店的一些什麼細節。

事情就是在那個時候發生的。她正在說著什麼百合花沒有花粉之類的話，然後，我們後面的車子突然大聲鳴著喇叭，讓我的心臟把一陣驚慌傳送到我的腳，導致我的腳從油門上偏離，重重地踩在了煞車上，結果，我母親得用手撐在儀表板上，才免去一頭撞上去的命運。她的臉突然側轉，我覺得自己的皮膚彷彿著了火。我不敢看她，罪惡感從我白皙的雀斑臉上輻射開來，我知道她知道了。那就是我母親：她無所不知。

奧伯莉和凱倫阿姨完全沒有留意到。那輛按喇叭的車緊急轉彎，超越了我們，奧伯莉及時給了那個司機一個中指，凱倫阿姨則說：「有人就是不知道在急什麼。你沒事的，芬恩。沒事。」

當我們重新上路時，我渾身都在顫抖，我專注地想要讓我們在接下來的返家路途中，不要再發生任何的意外或者讓我被定罪，我的眼睛緊盯在路面上，試著不去想我母親就坐在我旁邊，或者她會怎麼評斷我。

不到一個星期以前，我才剛做了一個承諾，而她也不可思議地慷慨原諒了我，特別是考慮到我最近發生的倒霉事讓我進了警察局。那是一次失手的試膽行為：我扔在翹翹板上的那塊大石頭飛得比我預期的還遠，差點砸中了我的一個朋友，還撞壞了公園的招牌。我母親發揮了她流利的律師口才，巧妙地讓我脫離了麻煩，她和那個逮捕我的警官談笑風生，直到他不再把那件事視為犯罪行為，而看作是一個好奇的年輕人在測試物理定律。等我們回到家的時候，她只是說：「你知道嗎，芬恩，道歉只有在一個人是真心誠意的時候才有價值。」這番話戳中了我的心坎。最近，我一直都在不斷地道歉。

我不僅在胸前畫了十字，還勾了小指頭發誓地說，我是真心的，從今以後，我做事一定會三思而後行，而那居然讓她笑了，因為她必然是聯想到了我跳蹺蹺板的罪行。

此刻，她並沒有在笑。她動也不動，彷彿雕像一般地看著擋風玻璃外面，我的感覺比糟糕還要糟糕。五天。才五天，我就打破了自己的承諾，再度讓她失望了。

終於，最後一個紅綠燈出現了，這讓我差點就要歡呼出來。再一條街口，一個右轉再一個左轉，我們就到家了。當號誌轉為黃燈時，為了不再讓我們受到驚嚇，我按照駕訓教練教的那樣，用腳輕輕踩著煞車，這樣就可以平順地減速。

當車子幾乎就要停下來時，我的手機震動了，輪胎只是勉強地在滑行，我的眼睛也盯在前面那輛車的保險桿上。我收到了一則簡訊。那股明顯的震動從我後面的口袋傳送到我的腿，然後往下傳遞到我的腳，結果讓車子在毫無防備之下往前衝。

「煞車！」我母親大喊，她的聲音和我們撞到前面那輛車的金屬嘎吱聲混在了一起。「煞車！」她又叫了一遍，而那正是我努力想要做的事，然而，我們卻莫名其妙地繼續往前犁，把那輛小車推向它前面的那輛卡車。

「另一個踏板。」在她的指示下，我的腳滑到了旁邊。

在我停車之前，我母親已經下了車。

「該死。」奧伯莉在我座位後面說道。

「哎唷。」凱倫阿姨說。

我從駕駛座上跌跌撞撞地下車，我全身都在發燙。

我母親已經在和我們撞到的那輛車的司機說話了，只見她彎身站在打開的車窗前面。那個女人是車上唯一的乘客——及肩的黑髮，穿著一件紅色的毛衣。後視鏡上吊著珠子串成的十字架。我母親說的話讓她點了點頭；然後她轉頭看著另一個方向，雖然我不確定，不過，從她肩膀顫動的樣子看起來，她可能正在哭。

我走向她們，然後又往後退，我的肌肉在收縮，不確定應該怎麼做。

那輛卡車的司機也加入了她們，那是一名穿著格子襯衫和鬆垮牛仔褲、看起來有點年紀的男子。他看起來像是一個承包商或者一名商人。他問大家是否都沒事，再往後看了我一眼，確定沒有人受傷，隨即對我母親提出的保險賠償揮了揮手，然後就爬回他的卡車，駛離了現場。

當他離開的時候，我看著他的保險桿。雖然有凹痕和輕微的損傷，不過還牢牢地固定在車上，而且，那個損傷是幾分鐘前還是幾十年前造成的，也很難分辨出來。

那個女人的車子就不太妙了。那是一輛老舊的Honda，看起來彷彿被折成了兩半，引擎蓋和車廂朝著彼此的方向彎曲，車子中間還凹陷了下去。那個女人拿出她的手機，我母親也是。我只是站在原地看著她們。

「芬恩，親愛的，你要不要回到車上來？」凱倫阿姨從她打開的車窗對我說道。

我伸手就要去拉車門。

「也許，接下來的路程讓你媽媽來開比較好。」我轉而繞過車子，滑進了乘客座。

二十分鐘之後，一輛拖車抵達了。當那個女人的車子被拴在拖車後面時，我母親一直陪在她身邊。那個女人已經不再沮喪了，我也滿懷感激。我母親對這種事很有一套。那就是她之所以成為一名優秀律師的原因：不管遇到什麼情況，她都能冷靜以對，並且發揮她的魅力，讓所有人都相信她是他們的朋友。當那個女人爬上拖車時，她甚至還停下來向我母親道謝，彷彿我們撞上她的車是幫了她的忙一樣。

不久之後，我母親回到車上，然後開過僅剩的兩條街口，安全地把我們載到了家。

2

我們把車停在房子前面，我也偷偷地從乘客座上滑下來。我看著我母親不發一語地衝向大門，幾乎沒有看我父親或者我弟弟奧茲一眼，他們兩人正在車道上洗那輛米勒家的車，那輛車是我老爸在他十九歲的時候買的，從那時候起，那輛車就帶著他歷經了他所有的冒險，從在中西部追逐龍捲風到數不清的衝浪、釣魚和登山之旅。

賓果，我們的金毛拉布拉多，搖著尾巴衝向她，不過，她不加理睬地關上大門，把賓果留給了我們其他人，於是，賓果只能悄悄地轉身離開。這只說明了她有多麼沮喪。除了奧伯莉之外，這陣子以來，我們家唯一能和我母親和平相處的就是賓果，我經常發現他們兩個在一起，她坐在草坪上，一手拿著一杯酒，另一隻手則埋在賓果蓬鬆的長毛裡。

凱倫阿姨捏了捏我的肩膀，然後親吻了一下我的腦袋旁邊。「挺住，孩子。意外是生活的一部分。」

我心不在焉地點點頭，看著她走向兩棟房子外的自家。奧伯莉看看我，再看看賓士車頭的凹陷，然後搖搖頭，彷彿我是個笨蛋一樣，隨即跳著走向我老爸，去向他八卦我所犯下的大錯。

意外也許是大部分人生活的一部分，但卻不是我母親生活的一部分。據我所知，我母親從來沒有發生過什麼意外，而現在，拜我之賜，她完美的車子，那輛她掛在嘴上說了好幾年才終於買下的車子，毀了。

在距離奧伯莉和我父親幾呎之處，奧茲正在用水管沖洗米勒家的車子，水噴得到處都是。他渾身上下都濕透了，儘管當下我的感覺很糟，然而，我一如既往地露出了笑容，每當看到我弟弟享受著生活裡那些簡單的小事，完全不被我們所在乎的成就和表象所影響，我就忍不住泛起微笑。雖然他已經十三歲了，但是，我弟弟的智能卻只有十三歲的一半，而他的情緒就更簡單了：就像一個正在學步的小孩一樣直接。

當奧伯莉告訴我父親我具有製造樂器的天賦時，我老爸發出了大笑，我撞毀的那輛Accord，現在變成了「手風琴」，她的手不停地開闔，就像在彈奏手風琴一樣，還附帶模仿著金屬碰撞的聲音。我父親和我母親很不一樣，他是那種順其自然型的人，細微的損傷和凹陷在他的字典裡都算不得什麼大事。他的卡車就是活生生的證明——那輛比我還老的車至少有一百道傷痕。

奧茲說：「爸，過來洗米勒家的車。」不過，我老爸並沒有聽到他說的話。他完全沉浸在奧伯莉的故事裡，隨著她製造的特效聲，他也笑得更加開懷。「吼吼吼，」她的雙手不停地模仿著手風琴的演奏，「然後，媽媽發出了尖叫，『煞車』，結果，那讓芬恩又使勁踩了油門——吼吼吼……」

我想要離開，但我不知道能去哪裡。加入我母親在屋子裡的行列，這是連想都不用想的，而茱兒現在又不在家，因為她外出去採購我們這趟旅行所需要的滑雪服了。因此，我困窘地站在那裡蒙受著羞辱，希望奧伯莉可以趕快說完，趕快離開。

奧茲也有同樣的感受。他希望我老爸回到他身邊，和他一起洗那輛露營車。那條水管在草地上噴出了一小灘的積水，他的眉毛也蹙得越來越緊。

我看著他不耐煩的程度逐步上升，他的手緊緊地抓住噴嘴，臉色也越來越陰沉。

我可以阻止事情發生的。

「吼吼吼。」奧伯莉又重複了一次。

但是我沒有。

「然後，媽媽大喊，『另一個踏板……』」

水柱首先噴向了奧伯莉的頭髮，然後很快地從她的絲質背心往下噴向她的設計師牛仔褲，再流向她的新皮靴。我老爸宛如一條響尾蛇似的，迅速地擋在她和水柱之間，不過已經太遲了：我姊姊渾身都濕透了，她的直髮貼在她的臉上，襯衫也黏在她的皮膚上。她像一隻狗一樣地發出一串低吼，同時甩著雙臂上的水，然後，二話不說地轉身衝向她停在街上的車子。

「奧茲，住手。」我父親把手舉在自己面前擋住水柱，同時伸長了脖子，轉頭看著奧伯莉開車離去。

「老天，」我父親怒吼地說。「該死。不過是和我女兒相處個五分鐘，這也算是奢求嗎？」他透過水幕，看著緊閉的大門，幾分鐘之前，我母親才剛從那扇門進屋。「奧茲！夠了！」他的大吼讓我臉上的笑容消失了，我的血液也凝結了。在我父親嚴厲的態度之下，奧茲陰沉的神色露出了危險的訊號，這讓原本開玩笑的氛圍立刻不見了，也讓我脖子上的寒毛豎了起來。在過去一年裡，我弟弟已經長到幾乎和我父親一樣高，差一點點就滿六呎了，而他至少比我父親重了三十磅。我父親的體格就像個運動員，然而，奧茲和我父親不同，他看起來很肥胖，不過，最重要的是他很強壯。再加上嚴重缺乏控制衝動的能力，以及彷彿銀背黑猩猩般的脾氣，這就讓我們面對了一顆需要小心處理、一觸即發的易燃炸彈。

我父親也注意到了氣氛的轉變，隨即強迫自己卸下臉上的憤怒，轉而以輕鬆的語調說：「好了，大塊頭，我們來洗這輛車吧。」

奧茲的表情立刻軟化了，我父親和我這才得以呼吸。

那道水柱依舊對著我父親，來來回回地噴灑在他的T恤上，我父親用他一貫對待奧茲的方式，從奧茲手中接過水管，彷彿噴得他滿身濕答答的冷水一點也沒有惹惱他。

「水仗。」奧茲咧嘴笑道。

「不。不要再打水仗了。」我父親的聲音裡有著一絲疲憊。

我躡手躡腳地走向前，小心地繞過奧茲，走向米勒家的車子。

「水仗。」奧茲還在要求。

「我不想打水仗了。」我父親說，言下之意顯然不只是在說水仗。

我從露營車旁邊的籃子裡拾起海綿，開始把輪輞中間凹陷處那些和平符號的噴漆刷掉，並且用力地刷出一層厚厚的泡沫。我一邊工作，一邊吹著口哨，口哨的曲調吸引了奧茲的注意，讓他把注意力從噴嘴和我父親身上挪開。當我刷出濃濃的泡沫時，我把白色的泡沫掃到海綿上，然後把泡泡吹到空中，賓果見狀，立刻從草地上跳起來，開始咬著那些泡泡，牠瘋狂地搖著尾巴，企圖要抓住那些飄浮的雲朵，這是打從牠還是隻小狗時，我們就一直在玩的遊戲。

奧茲拋下那根水管，跑過來加入我們。他搶走海綿，堆砌出另一坨泡沫，然後學我那樣將它們吹入空中，好讓賓果去追逐。

謝謝，我父親無聲地對我說。

我聳聳肩，轉身準備離開。

「嘿，芬恩，」他攔住我。「等我們從山上回來時，我會帶你去練車。我們會搞定這個問題的。」

我弱弱地笑了笑。他確實有這個心意，不過，那絕對不會發生的。奧茲絕對不會容許諸如駕駛課程這種事情的存在。也許，奧伯莉或者克洛伊會帶我去練車吧。

3

這個下午陰冷得就像我們半數人的心情一樣，厚重的雲層擋住了太陽。另一半的人，則是被我視之為樂觀主義者的傻瓜，包括了凱倫阿姨、鮑伯叔叔、奧茲、茉兒，還有我老爸。

就連賓果都不確定我們十個人一起旅行是不是個好主意。牠咻咻地晃動著半垂的尾巴，從一個人身邊徘徊到另一個人身邊，希望有人可以幫助牠確認牠究竟應該感到興奮還是擔心。

昨天晚上，我父母吵得和鬣狗一樣兇悍——他們彼此叫囂怒罵，從我老爸買的椒鹽餅乾品牌，一直吵到我媽媽太少花時間在奧茲身上的標準議題。克洛伊對此視而不見，她把耳機緊緊地貼在耳朵上，翻閱著大腿上的一本雜誌。每隔一會兒，她就抬起頭對我做鬼臉，企圖要讓我分心。如果有人了解惹毛我母親的感覺有多糟的話，那一定就是克洛伊了。

當他們吵到某個程度時，克洛伊甚至還把她僅剩的三角巧克力丟給我，那是凡斯一週前去華盛頓參加一場網球錦標賽回來時送給她的禮物。不過，那沒有用。我沒有分神，也無法對他們的吵架無動於衷。是我起頭的：我和我那隻有辨識障礙症的腳。情況原本就已經夠脆弱了，而我又把局面逼向了瘋狂的邊緣。我母親在怒氣沖沖地跑上樓之前所說的最後一句話是：「我會為了奧伯莉出席婚禮，傑克，不過，也僅止於此。我們玩完了！」這不是他們第一次提到離婚，然而，這卻是我第一次相信他們會離婚。

我母親和凱倫阿姨並肩站在草坪上，她環抱著雙臂，看著我老爸和鮑伯叔叔把我們的滑雪裝備搬上米勒家的車子。自從那場意外之後，她一直都沒有和我說過話。她甚至連看都不看我一眼。

我的感覺很糟，糟到連呼吸都讓我覺得發疼。我不懂。我並不笨。我的成績還可以。但是，每當碰到這種常識問題的時候，我就好像腦洞大開一樣。我知道，我不應該開她的車，或者至少我應該要知道自己不能那麼做，然而，我卻一股腦兒地那麼做了。我再度看了一眼那輛賓士凹陷的車頭——保險桿破裂，車漆受損，頭燈也破了。

我搖搖頭，重重地嘆了一聲，然後轉頭看著出行前的準備工作。奧茲正在幫忙。算是吧。我老爸把東西搬上露營車，奧茲則把那些東西放到他認為對的地方——座位上、走道上、方向盤上。在我們出發之前，他將會被轉移注意力，然後，我們就會趁機調整那些東西的位置。

茉兒站在我旁邊，興奮到差點就要跳起來了。她從來都沒有滑雪過。她父親對於冒險的認知就是租一艘遊艇和船員，帶著家人航行到希臘的不同港口，或者在孟加拉雇用私人嚮導，遊覽遠古的遺址，又或者在波爾多的地下酒窖裡品嚐美酒。

她的興奮和打扮都讓我泛起微笑。她穿著全新的登山裝扮——黑色緊身褲，有毛邊的靴子，一件粉藍色的喀什米爾毛衣，還有一條看似來自摩洛哥的手工編織大圍巾，這是很有可能的，因為她父親老是在旅行，也總是會帶給她充滿異國風情的禮物。氣溫大約在六十度（約攝氏十六度）左右——對橘郡而言算是涼爽，不過，她那一身裝扮似乎太過暖和了——她的上唇和前額都已經出現了一層薄薄的汗水。

茉兒的母親和我們一起等待著出發，她的眼睛掃視著現場，我很好奇她是怎麼看待我們這個奇怪的組合。克洛伊和凡斯（我和茉兒都叫他們為克洛斯，因為他們的身體永遠都黏在一起，怎麼看都很難看出那是兩個獨立的個體）依偎在前廊，時而低語，時而親吻，顯然在謀劃他們什麼時候可以偷溜去嗑藥。我父母完全沒有察覺到。就像他們根本不知道我姊姊有性行為，或者她經常會喝酒一樣。

我看著我姊姊在凡斯耳邊小聲地說了什麼；他低頭笑看著她，然後溫柔地親吻她，他們一模一樣的黑髮磨蹭在了一起。一個月前，他們倆都滿十八歲了，他們的生日只相隔一週，為了慶祝生日，他們決定剪一個相配的髮型。克洛伊剪掉了她那頭紅棕色的長髮，凡斯則把他的金髮理成了一吋長的平頭。然後，兩人把他們僅剩的頭髮染成了藍黑色。雖然，他們毀了自己的頭髮，不過，他們看起來很出色。男的高挑。女的嬌小。兩人都擁有無瑕的皮膚和珍珠般亮白的牙齒。

幾呎之外，我母親正在對凱倫阿姨說的什麼話大笑，讓我不禁轉過身去。凱倫阿姨不是我的親阿姨，不過，打從娜塔麗和我還在襁褓中開始，她就一直是「凱倫阿姨」。多年下來，她和我母親已經發展出一種神話般的友誼，她們親密到甚至連外貌看起來都越來越相像了。我母親比她高一吋，也比她瘦二十磅，凱倫阿姨的嘴比較寬，鼻子也比較窄，不過，她們看似姊妹，我母親當然是比較年長的那個姊姊，雖然她們的年齡一樣。

凱倫阿姨又說了什麼好笑的話，讓鮑伯叔叔從車道上開口說：「嘿，那邊在幹嘛？別鬧了，你們兩個。」

凱倫阿姨對他吐了吐舌頭，導致鮑伯叔叔從他手中的雜貨袋裡掏出一袋棉花糖，朝著她扔了過去。凱倫阿姨閃躲開來，而我母親則撲向那個袋子，一把從空中抓住了那顆蓬鬆的飛彈。

有時候，我會忘了我母親曾經是一名運動員。這很正常，因為她看起來就像一般人的媽媽那樣。她的身材當然已經不能和昔日代表南加大參加田徑賽的時候相比，不過，她依然擁有閃電般快速的反射本能。

鮑伯叔叔對我母親眨了眨眼，這讓我母親臉紅了，而凱倫阿姨則假裝沒有注意到。我總是在想，對於我媽媽和鮑伯叔叔相處得那麼融洽，凱倫阿姨一定覺得有點不舒服。我並不是在說，他們之間有什麼奇怪的關係，而是他們的相處之道，他們兩人總是彼此挑釁，針鋒相對，而那是凱倫阿姨做不到的。我母親很努力地在約束自己。就像現在，我知道她的本能是想要把那包棉花糖朝著鮑伯叔叔扔回去，但是，她並沒有這麼做。相反地，她只是把棉花糖拿到他所站的地方，將棉花糖塞回那個雜貨袋裡。

「沒扔中。」他嘲弄地說。

「如果我沒記錯的話，我們上次玩閃電投籃遊戲時，你還欠我十七條士力架。」她回嘴說道，語氣裡帶著一絲較勁的火花，這讓鮑伯叔叔在她轉身走向凱倫阿姨時露出了傻笑。

娜塔麗走上前來，站到茉兒、卡敏斯基太太和我的旁邊。「我媽媽說，你得要為你媽那輛車的受損付錢。」她露出了同情的笑容，雖然，她的語氣裡帶著幸災樂禍的感覺。

儘管娜塔麗和我一起長大，不過，大部分的時候，我們都很討厭彼此。一開始的五年，我們總是吵個不停。接下來的五年，我們無視於對方的存在。而在過去的六年裡，我們則相互容忍，不過也只是勉強做到而已。

「真的嗎？」茉兒帶著認真的關切問道。

我嚥下一口口水。我母親什麼也沒說，不過，如果凱倫阿姨是那樣告訴娜塔麗的話，那也許就是真的。那場意外造成的損傷要花多少錢，我完全沒有概念，但是，我猜那應該會比我為了幫自己買車而存下的錢還要多。我花了那麼多時間兼職當保姆和幫人遛狗所賺來的錢，竟然一眨眼就沒了，或者說，我口袋裡的手機震動了一下，就把這筆錢震沒了，一想到此，我的胃都打結了。

「哇，那實在夠猛的了。」娜塔麗說。「你們知道等我一拿到駕照，我父母要買什麼給我嗎？」

茉兒和我都沒有吭聲。

「一輛MINI Cooper。我正在決定要哪一種顏色，黃的還是紅的？我看到鎮上到處都有這種很可愛的紅車。車頂是白色的，還漆了大英國協的國旗呢。」

「你又不是英國人。」茉兒說。

「那又怎樣？」娜塔麗顯然對我們沒有滔滔不絕地討論她的決定感到不爽。

我很想說娜塔麗並不漂亮，不過，那就是在說謊。她很漂亮——金髮、灰眼、豐滿的胸部。但是，她只要一開口，瞬間就變成了醜女。

我們又恢復了沉默。

我母親對克洛伊吼道：「克洛伊，去多拿一組床單過來。」

克洛伊無視於她的話，繼續在和凡斯卿卿我我，她只是微微地轉動了一下身體，露出我母親強烈反對她刺在左肩上的那隻黑色小燕子，以表示她聽到了我母親說的話。

「我去拿。」奧茲扔下他手中的滑雪袋，一頭朝著屋子飛奔過去，就像他一直以來的那樣，渴望能得到我母親的認同。

我搖搖頭。有人將得要用海綿寶寶的床單了，或者，以我對奧茲的了解，他應該會拿來五十條床單，但卻沒有半個枕頭套。

「奧茲，不用了，」我母親阻止了他，她瞪著克洛伊，聲音裡明顯帶著惱火。「別管床單了，繼續幫你爸爸吧。」

我母親嘆了一聲，轉身向我們走過來。凱倫阿姨也跟在她身後。我母親朝著卡敏斯基太太露出笑容，不過卻不看我一眼，她說：「早安，喬伊絲。」

「早啊，安。凱倫。謝謝你們帶茉兒一起去。這幾個星期以來，她成天都在談著這趟旅行。」

「你知道我們很喜歡有她同行的。」

語畢，空氣中尷尬地暫停了幾秒鐘，卡敏斯基太太的眼睛在看向地面之前，先飄向了米勒家的車子。她什麼也沒有說，不過，我可以感覺到她的擔憂。米勒家的車子看起來有點像裝了輪子的鐵罐。它原本只是一輛有一個小廚房和一張床的宿營車，不過，當時的藝術家車主把那些都拆掉，改成了一個大空間，只保留了那組固定的餐桌椅——一張桌子和圍繞著桌子的包厢座椅。在我們這些孩子出生之後，我父親增添了幾個座位——一對灰狗巴士的座椅和一張紅色的皮革長椅，那是他從一輛報廢的賓利車上拆下來的，因此造就出條紋藍絲絨、豪華紅色皮革和亮面綠色塑膠材質混搭而成的這個驚人又怪異的組合體。

卡敏斯基太太忍不住說：「有安全帶嗎？」

她的話讓茉兒渾身緊繃。去年一整年，茉兒對她母親的過度保護感到越來越沮喪，我知道，她們近來一直對這個問題爭論不休。

我母親點點頭。「你要看看車子裡面嗎？」

卡敏斯基太太側瞄了茉兒一眼，然後搖搖頭。「不用了。沒事。我信任你。」

最後那四個字隱含了一點挑戰的味道。不過，我母親接受了這份挑戰。「我會照顧她的。」凱倫阿姨加入她們的對話，「我們都會的。茉兒就像我們的女兒一樣，她會受到很好的照顧。」

卡敏斯基太太露出一絲淡淡的微笑，低聲道了謝，然後在茉兒的臉頰上匆匆親吻了一下，告訴她要玩得開心，隨即快步走開，私下繼續擔心去了。

茉兒在我身邊鬆了一口氣地嘆息，我輕輕推著她的肩膀。「沒那麼糟啦。不久之前，她還完全不讓你這麼做呢。你有答應她每個小時都會打電話給她嗎？」

「事實上，我告訴她，我完全不會打電話給她，」她說。「這樣比較好。只要我打電話，她就會讓她自己發狂，追問我各種小細節，然後執著在我給她的回答裡，並且揣測有哪裡可能會出錯。她知道得越少，越不需要擔心。也不過就是三天。三天沒有我的消息，她可以撐過來的。此外，這也是很好的練習。再過兩年，我就要去上大學了，到時候，她一定會面臨到我有時候會無消無息的狀況。」

我相信。茉兒已經等不及要展翅高飛了，而且能夠飛離她現在的窩巢越遠越好。我正在考慮要上加州大學洛杉磯分校或聖地牙哥分校，好在週末的時候可以回家，然而，茉兒卻夢想著住在這個國家的另一端，或者甚至是地球的另一頭。她想要到巴塔哥尼亞健行，橫越撒哈拉沙漠，攀登聖母峰。打從她還是個小女孩的時候，每當我老爸對我們描述他年輕至今的種種冒險時，茉兒總是瞪大了眼睛，而我老爸也總是說：「那個茉兒，她的內心其實是個海盜。」

「我們走吧。」我父親從駕駛座上吼道，他的臉洋溢著樂觀的神情，讓我幾乎相信這趟行程其實並不是個壞主意，而且還可能會很有趣。

茉兒拍著手，向露營車滑步而去。凡斯把克洛伊從前廊上拉起來，雙雙走向車子。我母親嘆了一聲，和凱倫阿姨並肩往前走，她揚起下巴，彷彿要走向電椅、勇敢地接受死刑一樣。鮑伯叔叔假裝在和奧茲打拳擊，蹦蹦跳跳地帶領奧茲走向車門，同時瞄著我母親，看看她是否在看他們。

「快點，芬恩。」我父親催促著。

我朝著他小跑步而去，在我經過駕駛座車窗時，他伸出手來和我擊掌。

「安全帶。」當我爬上車的時候，我母親開口說道，不過，她不是在和我說話，她是在對茉兒說。

茉兒發出呻吟，然後繫上了安全帶。

我大笑著在她旁邊重重地坐下來，沒有繫安全帶，充分地享受著自由。

鮑伯叔叔坐在副駕駛座位上，他和我老爸立刻就開始討論起今年的超級盃。一般而言，我都會注意聽他們的討論，並且加入對話，因為我熱愛足球，我知道的球員比他們所知道的更多，不過，我不會把茉兒丟給娜塔麗的。因此，我打開一盒紙牌，把牌發給我們三個以及克洛伊和凡斯，開始一場馬拉松式的比賽，希望這場牌局可以維持三個小時，直到我們抵達大熊湖為止。贏的人在我們抵達小木屋之後享有優先選擇睡鋪的權利——這是一份值得贏到手的獎品，因為睡在奧茲旁邊是大家盡可能想要避免的事。

我老爸稍早在奧茲的果汁裡加了一劑對健康無害的鎮定劑，因此，奧茲此刻正靠著窗戶在呼呼大睡，賓果也乖乖地蜷縮在他的腳邊。我母親把她的筆電放在大腿上，正在後面的賓利長椅上工作。幾週之後的那場重大的訴訟讓她現在倍感壓力。至於凱倫阿姨則在翻閱一本雜誌。

我們上路了。

4

雲層在我們開上山路時開始聚集，天空的顏色逐漸流失，直到整個世界只剩下黯淡的灰色，再也感覺不到時間或者空間。時間還是下午，然而，天色已經暗到宛如傍晚了。我們的紙牌遊戲結束了，因為娜塔麗作弊被抓到，即便我們其他人都不在乎，但是，克洛伊卻堅持不願妥協。所有的打賭都不算數了，等到我們抵達小木屋時，誰要睡在哪個床鋪就各憑本事了。

奧茲還在打呼，我母親還在工作，而凱倫阿姨則在幫娜塔麗塗腳趾甲油，因為她女兒對我們沒有人向她表達善意而嘟著嘴。

茱兒和我依然坐在那張桌子旁邊，我們把頭貼在一起，俯視著我的手機。

「我做不到。」我說。茱兒在我手機上幫我打出的訊息，讓我看得臉頰發燙。嗨，查理，舞會有什麼計畫？如果沒有的話，我在想，我們可以一起去？？？芬恩

這則簡訊花了二十分鐘才寫成——簡潔，直接切中要點。我的手指懸浮在發送鍵的上方，直到茱兒厭倦了繼續等待，突然出手幫我按下了發送，讓我的心臟差點跳了出來。

「好了。」她帶著一副滿意的笑容說道。

我盯著手機螢幕，期待會得到立即的回覆，我既祈禱可以得到他的回答，又擔心他會給出什麼樣的答覆，這讓我的胃緊張地揪成了一團；時間突然變慢了，每一秒都比那則簡訊發送出去之

前慢了至少兩倍。

「什麼好了？」克洛伊從她和凡斯的合體中解放出來，並且拉下她右耳的耳塞。令人討厭的音樂立刻從那個迷你喇叭傳送出來，那陣隆隆作響的節奏和吵雜刺耳的尖叫聲，讓人不由得聯想到被虐的貓咪、工業排氣管和垃圾箱。

「沒什麼。」我很驚訝克洛伊總是會這樣：當你希望她聽你說什麼的時候，她總能對你不理不睬，當你不想要她聽到的時候，她卻又偏偏會聽到。

在我來得及反應之前，她就把我的手機從桌上給搶走了。「查理是誰？」

「誰都不是。」

茉兒不懷好意地笑了笑。

「不是那個皮帶扣環很大，穿著靴子的足球隊員吧？」

「他是德州來的。」我辯解道。

「我覺得那很可愛啊。」茉兒說。

克洛伊翻了翻白眼，把我的手機扔回桌上。「真不敢相信我們是姊妹。」

我無法爭辯——我們這輩子一直共享的那間臥房，我們對令人驚嘆的字眼所特有的熱衷，例如：超屌的，我們紅棕色的頭髮，以及我們綠色的眼睛，這些大概就是克洛伊和我所有的共通點了。她重新把耳塞塞上，臉上露出一抹微笑，我知道她為我感到高興。她已經支持我發展愛情關係好一陣子了，她總是告訴我說我很漂亮，雖然我老是佯裝我不在乎。她是唯一說我漂亮的人，不過，因為她經常這麼說，而且態度真誠，因此，有時候我真的相信她。

✦

等我們抵達小木屋的時候，我已經咬光了我所有的指甲，並且查看過我的手機不下兩百次了。米勒家的車停了下來，我們每個人都伸了伸懶腰，站起身。外面已經開始下雪了，雖然還不到五點鐘，世界已經一片漆黑。

我透過薄紗般的降雪看著那幢「小木屋」，內心裡感到一陣波濤洶湧。我小時候最棒的一些回憶都是在這裡產生的。這幢小木屋，其實它更像是一棟山裡的小屋，是我母親的父親退休時建造的，在他去世之前，他住在松樹林間的夢想只維持了短短的兩年。不過，他的夢想依舊存在，一幢由木頭和玻璃建構成的A字形小屋，只有私人的消防通路才到得了這裡，這讓它成為了方圓幾哩之內唯一的一棟房子。

我從露營車旁走開，一時之間把查理和我的手機都拋在了腦後，在寒意向我襲來之際，我同時也對這一片冬季的仙境感到神魂顛倒。大部分的時候，我修長的四肢和明亮的髮色，都讓我顯得高挑顯眼，然而，在這裡，在這一片荒蕪大地的包圍之下，突然之間，我變得如此渺小，這種無足輕重的感覺讓我大感震撼。

茱兒在我身旁旋轉，同樣被眼前無垠的大地所吸引，她甚至伸出舌頭去捕捉零星的飄雪。

「你知道雪很髒的。」娜塔麗說。

茉兒並沒有因此縮回舌頭，反而轉身面對娜塔麗，讓娜塔麗氣呼呼地走開了。留下茉兒和我在原地咯咯笑。

我父親奮力把一個裝滿汽水的保冷箱從露營車的階梯上拖下來，然後要求奧茲依樣畫葫蘆地把第二個保冷箱也拖下車，奧茲順從地依照他的指示，毫不費力地抱起那個箱子跟在我父親身後，而賓果則跟在奧茲的腳邊。

「謝啦，老兄。」我父親回頭對奧茲這麼說，這讓奧茲咧嘴笑了。

我揹著我的圓筒旅行袋，又拎了兩袋雜貨，跟在凡斯後面，而凡斯除了自己的行李之外，什麼也沒有幫忙帶下車。他拖著腳步往前走，雙肩垂垮，那種慢吞吞又惹人厭的走路方式，一如既往地給人一種懶散又傲慢的感覺。

我的手機在我外套的口袋裡震動，讓我嚇得跳了起來，彷彿被趕牛棒刺到一樣。

我身後的克洛伊用她手上的雜貨袋撞了撞我的屁股。「是你男朋友嗎？」

我回頭準備對她冷笑，但她興奮的表情反而讓我羞紅了臉。

我等不及想要看我的手機，揭曉答案，然而，查理只能等一等了，因為我們現在正在跨入小木屋的門檻，每個人都準備要為搶床位而開戰了。我把雜貨扔在流理台上，衝過凡斯身邊，那傢伙顯然完全不明白這事有多麼重要。奧茲已經在通往閣樓的樓梯上，笨重而緩慢地往上爬。當他想要什麼東西時，他絕對會義無反顧地堅持到底，而我知道，他想要睡在上鋪。

這樣很好。如果他往左邊的話，那我就往右。不管他選了哪一個上下鋪，我都會幫茱兒和我自己佔據另一個。娜塔麗緊跟在我身後，顯然打算破壞我們。無論我選擇哪一個，她都會佔據我旁邊的位置，企圖把我和茱兒隔開。

我在腦子裡飛快地尋找策略，然後決定選擇閣樓後面的小床。我會佔據中間那個床位，這樣一來，不管娜塔麗怎麼選，茱兒都會睡在我旁邊的位置。

奧茲轉向左邊，我繼續往前衝，將我的袋子扔在中間的小床上，然後脫下我的外套，丟在左邊的那張床上。

娜塔麗抗議地說：「那是我的床位，」她說。「不可以幫人佔位。」說著，她把我的外套丟到地板上，然後把她自己的袋子扔到最不受歡迎的那張床上，也就是暖氣下面、最靠近奧茲的那張床。

我拾起我的外套，把它丟在右邊的那張小床上，那才是我真正想要的床位。

凡斯和克洛伊會睡在第二組的上下鋪。我父母會睡在起居室的沙發床。凱倫阿姨和鮑伯叔叔則可以得到主臥室。

「各自整理好行李——然後我們就出發去晚餐了。」我父親大聲地說。

我重重地坐在我的小床上，然後從口袋裡掏出手機。茱兒湊到我身邊，就著我的肩膀看向我的手機。

聽起來不錯。我很高興你問了我。查理

我們在床上彈跳起來，力道之猛，讓我擔心這張小床可能會斷裂。

「他很高興你問了他。」茱兒尖叫地說。

在房間的另一頭，克洛伊咧嘴而笑，同時豎起了大拇指。

「你覺得他會穿牛仔靴嗎？」娜塔麗譏笑地說。

我沒有理她。之前，我聽說她會和她表哥一起去參加舞會。

「小姐們，動作快，」我父親從樓下喊道。「灰熊莊園在等我們了。」

我母親插嘴說：「傑克，也許我們今晚應該待在屋裡。看起來好像要開始下大雪了。」

「要錯過灰熊的鬆餅晚餐嗎？門兒都沒有。」我父親滿腔熱情地說。

奧茲興奮地大喊：「灰熊鬆餅晚餐。」

我知道這已成定局了。如果奧茲吃不到他的鬆餅，我們的耳根就永無清靜了。

「小姐們，我要繼續把車子裡的東西搬空。你們有十分鐘的時間準備。」

他這話主要是在說給茱兒聽，這位時尚小姐已經開始在她那只超大行李箱裡，尋找最適合穿去灰熊莊園的服裝了，灰熊是一間鋪著格子塑膠桌布、地板上撒滿鋸木屑的小餐館。

不甘示弱的娜塔麗也拉開她那只超級大的袋子，做著和茱兒同樣的事情。我穿著我的毛衣和UGG靴子，盤腿坐在我的小床上，盯著查理發來的那則簡訊。

「紅的還是黑的？」茱兒拿起兩件同樣出色的毛衣問我。

「紅的。」

「有洞的還是沒洞的？」她又問應該選擇哪一件牛仔褲。

「外面冷死了。」我說。

「可是，有洞洞的那件看起來比較配紅色的毛衣。」說著，她把沒有破洞的那件牛仔褲扔回行李箱裡，我只能翻了翻白眼。「我只需要從車子裡走到餐廳，然後再從餐廳回到車上。」

她快步走進浴室去換衣服，當她出來的時候，她看起來就像一名要到五星級餐廳的紐約服裝模特兒，而不是要去一家本地餐館、並且在晚餐時吃著早餐鬆餅的大熊湖青少年。

「準備好了嗎？」我父親大聲地問。「車要開了。」

我抓起我的防寒外套，茉兒也拿了一件可愛的西裝外套，上面還有人字形的圖案，同時套上一雙高跟皮靴。看著茉兒的選擇，娜塔麗也從她的袋子裡翻出一雙類似的靴子，然後披上一件米色的及膝羽絨大衣。

「我喜歡你的大衣。」茉兒說。

「我是在義大利買的。花了超過七百元美金。」娜塔麗說。

茉兒表現得很棒，因為她沒有做出任何反應。而我則搖了搖頭，不假思索地說：「我的大衣是在巴黎買的，花了八百元美金。」

娜塔麗對我冷笑，隨即衝下樓梯，大踏步地走出大門。

茉兒轉向我，兩人大笑地模仿娜塔麗傲慢的步伐。

「女孩們。」我母親責備地制止了我們無禮的行為。

我們走進夜色，寒意立刻就讓我們屏住了呼吸。

5

當我們還在室內的時候，世界發生了改變，雪花彷彿永無止境般地從天而降，交織成一層白紗，片片的雪花被勁風吹得在空中旋轉飛舞，最終降落在地，化為一片白色的地毯。我在我的防寒外套底下直打哆嗦。氣溫也同樣改變了，白天的溫暖已經變成了回憶。

「我們出發吧。」我父親打開米勒家那輛車的車門。

茉兒、娜塔麗和我拖著腳步往前走，茉兒的高跟皮靴讓她走起路來幾乎像是在滑行。

「芬恩，坐到副駕駛的位子來，」我父親說。「我會教妳怎麼在雪地開車。」

我乖乖地跳上前座。

我母親在我身後說：「茉兒，安全帶。」

我也把自己的安全帶繫上。

我們緩慢地前進，當我們小心翼翼地行駛在積雪的路面時，輪胎的鐵鍊不停地發出嘎吱嘎吱的聲響。雨刷持續在咻咻作響，透過車子的遠光燈，我們幾乎只能看到前方一碼的範圍，厚厚的大雪在車燈的照耀下不停地往下飄落。

路上空蕩蕩的。除了我們之外，唯一會使用這條輔路的就只有消防隊，以及偶爾從雪松湖抄近路登山的違規者。

我父親沒有按照他所承諾的教我，他全神貫注在路面上，而我也忙著在想查理和即將來臨的舞會。

「那是什麼？」我指著前方一個發亮的東西問道。

我父親減緩車速，以至於車子幾乎慢到不再前進，我們就這樣緩緩地接近那輛現在已經可以看得清楚的紅色小車。我父親把露營車停下來，爬了出去。當我父親走到一半的時候，那輛車的車門打開，一個沒比我大多少的孩子從受困的車裡跳出來。他們交談了幾句，然後雙雙走向我們。

「這是凱爾，」我父親說。「我們要讓他搭個便車。」

我沒意見。我們隨時都可以讓任何人上車。六呎高、寬闊的肩膀、蜂蜜色的皮膚，以及從十呎外就可以明顯看見的一雙明亮的綠眼睛。

他掃視了一下車裡。奧茲繫著安全帶，抱著賓果坐在門邊。我母親、凱倫阿姨和鮑伯叔叔坐在車後的賓利座椅上。克洛伊和凡斯戴著耳塞，坐在靠窗的餐桌椅上，娜塔麗坐在桌子的一邊，茉兒則坐在另一邊。當茉兒的眼神和他相對時，他笑了笑，在她旁邊的位置坐了下來，這證明他除了外型好之外，也很聰明。

我們重新開始上路，小心翼翼地繞過凱爾的車。

凱爾很幸運地遇上了我們。我無法想像今晚會有多少車子經過這條捷徑，如果要一路走到鎮上的話，那將會是一趟漫長而冰冷的旅程。

在我身後，茉兒已經將他迷住了，雖然，我聽不清他們的對話，不過，我知道凱爾已經完了。茉兒的魅力讓一堆男孩都為之心碎。她是那種能讓男孩在分手之後傷心欲絕、迷失方向的女孩。

為了確認，我轉過頭，果然，凱爾已經側坐在他的座位上，完全被擄獲了，茉兒撒下她的天羅地網，用她的美貌和充滿真誠與好奇的問題讓他受到了催眠，同時傾聽著他的每一個回答，彷彿他是全世界最迷人的男孩一樣。

娜塔麗坐在對面看著他們，完全插不上嘴，這讓我真的有一點點感同身受，很慶幸自己不是那個坐在他們對面、在茉兒施展魅力時完全被視而不見的女孩。

我父親踩下煞車，這讓我迅速回過頭，只見一頭受到驚嚇的雄鹿就在我們面前。露營車突然傾斜，然後打滑，前輪緊抓著地面，但後輪卻在滑動。一切都發生得很緩慢。我們幾乎沒有在移動。車尾不知道撞擊到什麼硬邦邦的東西，然後，前輪的輪胎就失去了抓地力。感覺上車子好像只滑動了幾吋，不過，實際上必然是好幾呎的距離，因為車頭的保險桿刮過了護欄，保險桿在被撞彎時發出了金屬摩擦的嘎吱聲，然後，我們就停了下來。我吐出了一口氣，很慶幸有人很聰明，知道要在這種危險的狹路上搭建護欄。而這一口小小的氣息竟引發了接下來發生的事。彷彿縫線被扯開一樣，固定住護欄的電纜塔突然從山腰上啪嚓地斷裂——啪、啪、啪、啪。

我們墜落了下去。

沒有時間尖叫。宛如飛彈一樣，我們急遽地往下墜落，在山坡、白雪和樹叢飛馳而過之際，我被我的安全帶吊在了擋風玻璃上。我父親那邊的輪胎不知道猛烈地擦過了什麼東西，導致我們往前反彈，然後又再度往下掉落，讓車子不再保持垂直的方向，我的肩膀則被卡在了儀表板和車門之間的角落裡。

下一秒鐘，露營車已經翻到了側面，我看著車子繼續滑行，滑過了岩石和積雪。我抬起頭往上看，不敢相信我們已經墜落得這麼深，車子上方的道路儼然變成了遠處一道看不見的山脊。

我在車外，但是並不覺得冷，雖然感到滿心困惑，不過，我很快就明白了。

6

我死了。

這是顯而易見的事實，就像你發現自己在流血一樣。你低下頭，看到了鮮血。以我的例子來說，我低下頭，除了四周的白雪和森林之外，我什麼也看不見，這太快、也太過真實到不像一場夢。我感覺到我的身體——我的四肢、我的心臟、我的呼吸——但是卻再也感覺不到這個世界，我感覺不到寒冷、潮濕、重力，或者空氣。

這很震驚，卻也十分自然。就像出生一樣，我這麼想。我不記得自己被生出來，不記得來到這個世界時的那份痛楚，不過，我知道要呼吸、要吸奶、要哭。死亡很像那樣——我沒有真正經歷過死亡的記憶，沒有瀕死的創傷，但是，我對這種新狀態的了解是與生俱來的。有點難以接受，有點無法相信，然而，我直覺地認知到我死了，而且，我的身體也不再是我的一部分了。

風在咆哮，聽得到風聲卻感覺不到風，這實在很奇怪。我跟著露營車。這並不難。就好像你叫你的手去抓東西一樣，我想要跟著，所以，我就跟著了。我的靈魂存在，但是，我的靈魂不再受到任何肉體形式所限制。我可以很自由地跟隨著我的想法移動。沒有白光或黑洞在對我招手，就我所知，此刻的我是獨自存在的。雖然我已經不再活著，我依然可以感覺到我是這個世界的一部分，我的情緒依然豐沛，就像我還活著一樣。

露營車撞到一塊大石頭，然後又撞上了一棵樹，最終停了下來。

我在恐慌之中想到了茉兒，突然之間，我就在車裡看著她了。她側倒在車上，瞪大眼睛地抓著座椅。娜塔麗在她對面保持著類似的姿勢，只不過還在不停地尖叫。

奧茲被他的安全帶吊在已經變成天花板的那一側，同時大聲咆哮著要我父親停車。他抓住賓果，儘管賓果不停地想要掙脫，卻並沒有為了讓奧茲鬆手而咬他，這還真是令人驚訝。

克洛伊、凡斯和凱爾，就是那個我們在半路撿到的男孩，一個壓著一個地堆疊在駕駛座後面，原本放在櫃子裡的棋盤遊戲全都散落在他們身上。大富翁的錢和卡片，以及拼字遊戲的計分板依然還在空中打轉。我母親、凱倫阿姨和鮑伯叔叔則混亂地躺在後面一點的地方。

我父親的呻吟讓我挪往了駕駛座。

我大聲叫著我母親。我喊了又喊。我父親需要幫助。但我卻發不出任何聲音。

露營車的車頭擠壓在他身上，他的身體側向一邊，卡在了駕駛座的車窗和方向盤之間。他的腿斷了，股骨的下半部刺穿他的牛仔褲，鮮血甚至都滲出了牛仔布。他的臉不僅被玻璃碎片劃傷，也被透明的碎冰凍僵了。到處都是鮮血。

拜託，我乞求著，誰來幫幫他。

他的眼睛在不停地顫動中睜開來，他再度發出呻吟，在視線逐漸聚焦下，痛苦而恐慌地皺起了眉頭。他低聲叫著我的名字，並且在轉頭時，立刻發出一聲恐怖的哭喊。我跟著他轉頭望去，很快地又把頭轉回來。我的死亡並非如我想像的那麼迅速或者毫無痛苦。我的雙眼和嘴巴在無聲的尖叫中敞開著無法闔上，而我那顆斷了一半的頭則怪異地朝著我父親的方向垂吊著。不停滴落的鮮血在他旁邊累積成了一灘小池，鮮血多到我無法相信自己的身體竟然裝得下這麼多的血液。

他向我伸出手，想要從他的位置上掙脫出來，但這卻為他帶來了極大的痛苦，我大聲叫他不要動，我沒事，我不覺得痛。我不停地尖叫。大聲喊著這些話，也不停地在這麼想，但是，他聽不到我在說話。他絕望地想要從他的困境中掙脫出來，他的肌肉拉緊，臉孔因為痛苦而扭曲，而我只能眼睜睜地看著他，只能祈禱，直到我的祈禱終於得到回應，因為疼痛讓他暈厥了過去。

在車廂後面，我母親已經從那個人堆中掙脫了出來。她皺著眉頭，踉蹌地往前挪動，一隻手壓在自己的肋骨上，身體也無法挺直。她跌跌撞撞地穿過側倒的露營車，看著還在她們自己座位上的茱兒和娜塔麗，然後再看向吊在她上方的奧茲。她對奧茲的喊叫和賓果的狗吠聲不加理睬，繼續爬向擠在駕駛座後面的那堆人。

凱爾從三個人之中滾了出來，他坐起身，暈眩地握著自己的左臂。凡斯把克洛伊從他身上推開，也坐了起來。血跡無處不在，有些噴濺在車廂的牆壁上、有些滲進了座椅裡，連克洛伊的臉上都在流血。

我母親從克洛伊閉著的雙眼上撥開她的瀏海，凡斯突然畏縮了一下，隨即上下檢查著自己，看看鮮血是否來自於他身上。鮮血從克洛伊髮線上一道兩吋長的傷口湧出。我母親從自己的脖子上拉下圍巾，直接壓住那個傷口，克洛伊不由自主地發出了呻吟。

「你沒事的。」我母親說。

鮑伯叔叔已經爬到了她旁邊。

「顧好她。」我母親說完，鮑伯叔叔立刻用手臂擁住克洛伊，讓她躺在現在已經變成地面的餐椅靠背上，然後溫柔地拿開那條圍巾，幫她檢查傷口。

在他們後面，凱倫阿姨已經來到了娜塔麗旁邊。她從座椅上扶起娜塔麗，把她帶到露營車的後面。

我母親擠過凡斯和凱爾身邊來到駕駛座，但她剎那間就僵住了，她猛然倒吸了一口氣，雖然那甚至比低語還要小聲，然而，在風聲、冰雹聲和奧茲的尖叫聲中，那卻像是一道雷鳴。凱爾閉上眼睛，他的嘴唇在無聲地祈禱。凡斯面色蒼白地注視著克洛伊。茉兒渾身緊繃地將視線越過我母親，恐慌和擔憂明顯地刻畫在她的臉上。鮑伯叔叔抬起頭，抓住凡斯的手，強迫它壓住克洛伊的傷口，然後很快地挪向前座去幫我母親。

「喔，天哪。」當他來到駕駛座時，他咕噥了一聲。

我母親踉蹌地往後退，鮑伯叔叔及時扶住了她。

我的死相看起來太可怕了，我想，她就要崩潰了，她渾身都在發抖，張開的嘴巴激烈地在喘氣，不過，我父親的呻吟彷彿開關一樣，將她從崩潰的邊緣拉了回來，我看著她緊緊閉上雙眼，試著要喚起內在的力量，以便在轉頭去看我父親之前先堅強起來。

他的手臂依然往前伸著要觸碰我。她爬過中控台來到他的身邊。「傑克。」她一邊說，一邊將他的頭髮往後撫平。

「芬恩。」他呻吟地說。

「噓。」她安撫著他，而他在她的安撫下再度昏了過去。

在露營車後面，凱倫阿姨和娜塔麗緊抱著彼此。

「媽？」娜塔麗說著，從她母親的懷裡探出頭，望著駕駛座。

「噓，寶貝。別看。一切都會沒事的。不要看。」凱倫阿姨說著，將娜塔麗的臉拉向自己。

凡斯坐在克洛伊旁邊，繼續把我母親的圍巾壓在她的頭上。茉兒依然在她自己的座位上，掙扎著要解開她的安全帶，而奧茲也還吊在半空中，一邊抱著賓果，一邊呼喊著我父親。

凱爾接近奧茲，試著要幫他一把。

「不要。」茉兒喊了一聲，阻止了他。

凱爾轉向她。

「不要動他。」她說。

奧茲又踢又叫，然而，茉兒是對的。這並非殘忍，而是必須得這麼做。在這種時候，沒有人能應付得了奧茲，他最好還是待在他現在的位置。

凱爾從奧茲身邊轉開，改而去幫茉兒解開她安全帶上的掛鉤。

在這個時候，腎上腺素讓每個人都保持了溫暖，然而，要不了多久，他們就會開始發冷。露營車的擋風玻璃已經不見了，風雪呼呼地吹進了車廂裡。我父親已經覆蓋上了一層白霜，而我已經死掉的軀體也被半掩在了積雪裡。

我母親拿出她的手機。「可惡。」她的臉上閃過一抹恐慌。沒有訊號。鮑伯叔叔嘸了嘸口水，也拿出他自己的手機，隨即搖搖頭。

「我們得把他弄到後面。」我母親很快地評估了一下情況，她和我一樣，都了解到冰冷才是眼前最大的危險。

當我母親和鮑伯叔叔在凡斯和凱爾的協助下，把我父親拖到車廂後面時，我父親痛得大叫出聲。他們讓他平躺在座椅上方的鑲板上。他的情況很糟，臉上有多處割傷，牛仔褲也被血浸透了。我母親和鮑伯叔叔蹲在他旁邊，凡斯回到了克洛伊身邊，凱爾也回到他原來的位置，試著要幫茉兒解開她的安全帶。

「我的皮包，」凱倫阿姨說。「裡面有剪刀。」

凱爾爬向凱倫阿姨那個已經被拋到車子前面的大手提袋旁邊，伸手在袋子裡摸了摸，掏出了她那個裝有各種雜物的皮包——化妝品、衛生紙、抗菌濕巾、兩包鹹餅乾、她的手機、地址簿、一袋m&m's巧克力和感謝卡——最後終於找到了一把美甲的小剪刀，然後匆忙地爬回茉兒身邊去幫她剪開安全帶。

茉兒一獲得自由，立刻就越過他身旁，爬向駕駛座。凱爾也緊跟在後。

當她看到我時，她發出一聲吶喊地往後摔倒。凱爾在扶住她的時候將她轉開，把她的臉拉向他的胸口，同時企圖要把她帶回車廂後面。然而，茉兒拒絕回到後面。她推開他，再度往前爬，然後拾起我的手。她的嘴唇無聲地開闔，淚流滿面地在和我說話，我好想念她，想念到我的心臟彷彿被撕成了兩半，我和她一起哭泣，渴望著這件事沒有發生。

克洛伊的眼睛現在已經睜開了，她從凡斯手中接過那條圍巾，按壓在自己的傷口上，同時恍惚地看著四周。她看著我父親躺在她身邊，然後望向駕駛座，眼裡蒙上了一層淚水。她的下巴在顫抖，我看著她把下巴往前伸，試著要讓它停止顫抖。

賓果的吠叫聲讓克洛伊抬起頭。「凡斯，幫一下賓果。」她勉強地吐出一句話。

凡斯從奧茲手中拉走賓果，讓原本就不停在大叫的奧茲叫得更大聲了，生氣和倒吊讓他的臉都漲紅了。

凱爾盯著奧茲，我可以感覺到他有多麼想幫奧茲，那股想要幫忙的渴望讓他的下巴緊繃，肌肉也在收縮。

「你覺得怎麼樣？」我母親對著正在檢查我父親傷勢的鮑伯叔叔說。

鮑伯叔叔的眼神來回移動，很顯然地，他不知道應該如何處理他面前的傷勢。他是個牙醫，不是醫生，一個美齒專家，而他現在面對的情況則和牙齒美白或美齒貼片完全無關。不過，在短暫的判斷之後，他帶著幾乎具有說服力的口吻說：「我們得處理他的腿，幫他止血。」

我無法確定是面子還是實力讓他說出這樣的話：他是因為太傲慢、不願承認自己不知道該怎麼辦，還是在試著讓車上的女性不要擔心。不管哪一個，我都很慶幸他的自信讓大家冷靜了下來，即便連奧茲都不再大叫，只是繼續地吊在那裡嗚咽而已。

在他們身後，娜塔麗和凱倫阿姨依偎在一起，兩人都開始發抖了。茉兒也在顫抖，我想要叫她到車後去，因為那裡比較暖和，但是，她繼續地坐在我旁邊，依然握著我的手在哭泣。

我所不想要發生的事全都發生了，而我所能做的只是看著這一切。這是世界上最令人氣餒、最糟糕的事。拜託，我乞求道，幫幫他們。然而，如果這個新的世界裡有上帝的話，祂也和我還活著的時候一樣讓人無法看見，而我的祈求也沒有得到任何的回答。茉兒，到後面去吧。

茉兒依然毫無反應，不過，凱爾付諸了行動。我不知道是因為他聽到了我，還是因為他單純地意識到他可以做點有用的事。不管原因為何，他的舉動都讓人鬆了一口氣，他爬向前，輕輕地把茉兒從我的軀體和凍人的冷風中帶走。

當鮑伯叔叔把我父親受傷的腿拉直時，我父親發出了尖叫，導致鮑伯叔叔瞬間鬆開了手，他偽裝的自信也在瞬間化為了恐慌。「也許還是不要動它比較好。」他結結巴巴地說，不過，這也是顯而易見的事實。他是靠美化人們的笑容為生的，他並沒有比現場其他人更懂得如何處理這種傷勢。

7

在最初的震驚退去之後，現實就降臨了。他們被困在了一個距離援助好幾哩外的暴風雪裡。我死了。我父親傷勢嚴重。鮑伯叔叔的左腳踝也受傷了，而克洛伊則需要縫合傷口。這些是看得見的傷勢。

比受傷更嚇人的是透過擋風玻璃捲進來的冰冷和強風。凱爾和奧茲的穿著最適合這種天氣，他們兩人都穿了全套的戶外裝備，包含雪靴和手套。茉兒的裝扮最糟糕，她的羊毛薄外套、破洞的牛仔褲和設計師靴子對於防禦這種酷寒完全起不到作用。她在車後座的凱倫阿姨和娜塔麗旁邊瑟瑟發抖。那對母女緊緊地相擁在一起，娜塔麗嗚咽地在啜泣，凱倫阿姨則不停地在安慰她，告訴她一切都會沒事的。

「有什麼計畫嗎？」凡斯說。「誰要去求救？」

所有人都看著我母親，但我父親咬著牙說道：「沒有人。我們需要待在這裡直到明天早上。」恐慌在每個人之間流竄。現在連七點都還不到，距離明天早上至少還有十二個小時。

「想都別想。」凡斯說。

凱倫阿姨開口說道：「我想，我們等不了那麼久。天氣太冷了。」

「我們必須如此，」我父親顫抖地說，他的顫抖更多是因為疼痛，而非寒冷。「外面一片漆黑，而且還在刮著暴風雪。在那樣的環境裡，你根本無法判斷哪邊是朝上走。」

「上就是下的相反，」凡斯說。「而且，我絕對不可能在這裡待上一整晚。」

「凡斯，傑克說得沒錯，」我母親說。「我們得要等到天亮。」

「我餓了。」依舊吊在座位上的奧茲說。

「奧茲，你需要等等。」我母親漫不經心地回答。

「你答應過有鬆餅的。」

這回，她完全無視於他的話。

「鬆餅！」

對奧茲不加理睬並不管用。

凡斯戴上他的帽子。「你們想要待在這裡，那是你們的事。我要去求救。克洛伊，你要跟我走嗎？」

克洛伊的臉上還掛著血跡，她依然把我母親的那條圍巾壓在她的傷口上。她的眼睛從凡斯轉向其他人，然後又回到凡斯身上。

「不行，克洛伊要留在這裡，」我母親說。「還有，凡斯，你也是。傑克是對的。我們得要等到明天早上。」

「克洛伊！」凡斯挑釁地叫著她，他的鼻孔噴張，眼睛也瞇了起來，一副挑戰的模樣。克洛伊站起身，因為暈眩而輕微地搖晃。

「克洛伊，」我母親的聲音裡帶著一絲恐懼。「你得要留在這裡。」

凡斯把克洛伊拉向他，佔有性地一把摟住她的肩膀。

我母親把手伸向她。「克洛伊，我們需要待在一起。」雖然她並不知道，不過，是她的話讓克洛伊做出了失控的決定。克洛伊放下我母親的圍巾，轉身踉蹌地走向已經破碎的擋風玻璃，當她走過去的時候，她小心翼翼地不去看我的屍體，她繃緊下巴，身體因為虛弱而搖擺不定。凡斯跟在她身後，幾乎是用推的，把她推進了夜色之中。

「安，阻止她。」我父親呻吟著，然而，我母親無能為力。她站在駕駛座的邊緣，透過碎掉的擋風玻璃望著眼前的一片漆黑，只不過，風雪已經吞沒了他們，他們已經不見了蹤影。

「鬆餅，」奧茲還在吵鬧。「我肚子餓了。」

除了我父親以外，每個人都假裝他不在那裡。我父親含糊地說：「奧茲，沒有鬆餅了，今晚不會有鬆餅了。你需要照顧好賓果。賓果也餓了，可是現在沒有食物。牠會很害怕，因為牠不了解狀況，所以，你需要照顧牠。」

我父親在費力擠出最後一句話之後，兩眼一翻，又失去了意識。不過，他所做的事太厲害了。他是唯一一個真正了解奧茲的人。我弟弟已經不再尖叫，他的注意力轉移到了他的新任務上面。

「茉兒，把我放下來，」他說。「爸爸說我需要幫賓果。」

我有點驚訝，他找的人居然是茉兒。不過，當我掃視現場剩下的人時，她確實是最好的選擇。我認知到自己居然這麼快就被取代了，這讓我的心彷彿被人捏了一下。

即便現在，我母親也不看著她的兒子，她躲避他的方式，就像有些人逃避自己的反射，不想看到這個世界都做了些什麼一樣。然而，宛如一個殘酷的玩笑似的，奧茲的外表和她最為相像——淺金色的皮膚，淡褐色的眼睛上覆蓋著長長的睫毛。不過，宛如一面哈哈鏡一樣，奧茲是她的一個扭曲而臃腫的版本，而且，打從他出生以來，她就拒絕面對他。

我母親繼續站在那裡凝視著夜色，她的拳頭緊握，我知道，她正在權衡是要去追克洛伊，還是要待在這裡。我可以感覺到她在做選擇。這是一個極其艱難的決定。一個女兒消失在了荒野之中。她受傷的丈夫和兒子就在這裡，還有茉兒。我自私地乞求她留下來。

茉兒站起身，她小心翼翼地繞過我父親，朝著奧茲走去，她的身體因為冰冷而在抽搐。凱爾跳起來協助她，他們一起解開了奧茲的安全帶，把他扶了下來。

奧茲在駕駛座後面找了一個角落，然後把賓果呼喚到他的腿上。他低聲地對那隻狗說：「我知道你餓了，可是，你得要等等。沒事的。你會沒事的。我會照顧你。」語畢，他搓了搓賓果的長毛，而賓果也乖乖地聽話。

「我們得要把那扇窗戶封起來。」凱爾看著碎裂的擋風玻璃說道，他的話把我母親從發呆的狀態拉了回來，她沒有做出決定，是決定自動幫她做了選擇，時間已經過去太久了，她現在什麼也不能做，只能留下來。

「他是對的，」她說著眨眨眼睛，試圖不讓淚水流下來。「我們想要活過今晚的話，唯一的機會就是把風雪擋在外面。」

每個人都四下張望著。米勒家的車子並沒有太多的補給品。這不是一輛用來露營的露營車。它更像是一輛衝浪車，一種不需要花大錢的旅行工具，或者類似衝浪板、獨木舟和腳踏車這樣的玩具車，一個裝了幾張座椅和一張桌子的金屬盒子。

「雪，」茱兒說。「我們可以用遊戲板和棍子，如果我們還找得到那些東西的話，然後把它們混在雪裡，就像愛斯基摩人那樣。」

茱兒很聰明。將來，她會有所成就的。就像馬蓋先一樣，給她一根迴紋針和一捲大力膠，她就可以做出一架噴射飛機。

凱爾不需要被交代兩次。他立刻就跳起來付諸行動，只見他戴上手套，爬向敞開的窗戶。鮑伯叔叔瘸著他受傷的腳踝往前挪動，我母親也跟在他身後。

我母親轉過身，這個動作所引發的疼痛，讓她僵凝在了原地。她慎重地吐出一口氣，很快地卸下皺眉的神情，然後說：「茱兒，待在這裡。」

「我可以幫忙。」茱兒的牙齒在她發青的嘴唇裡打顫。

「待著。」我母親加強了語氣說道，而茱兒也不再爭辯。

在我母親離開之後，茱兒把她的注意力轉到我父親身上。她的手不受控制地在發抖，不過，她還是成功地拉開了他的外套，把他的手臂從衣袖中拉出來。她把他的手臂交叉在身體上，然後重新拉上外套的拉鍊，再將袖子綁緊，他的外套現在變成了一個繭，他赤裸的雙手也受到了保護。

她的動作讓他醒了過來。「芬恩？」他咕噥著我的名字，迷惘地睜開眼睛。

「是我，米勒先生。」茱兒的聲音破裂了。

當我父親發現那不是我的時候，他流下了眼淚，淚水凍結在了他傷痕累累的臉頰上。「謝謝你。」說完，他又失去了意識。

她低頭看著他的腿，他的傷勢讓她畏縮了一下。她畏縮的不是那些血跡，而是對他的痛苦感同身受，我看到她在祈禱，祈禱他繼續昏迷，不要醒過來。當她的眼睛回到他的臉上時，她注意到有東西從他外套的口袋裡露了出來——一隻手套的一角——然後，我看著她把那隻手套塞到看不見的地方。

8

露營車裡面已經夠冷了，外面就更不用說了。兇猛嚎叫的強風把雪花捲成了一坨坨的冰球，不停割劃著皮膚。我母親揚起臉接受攻擊，她的目光在刺刀般的風雪中搜尋著克洛伊，但卻完全看不到她和凡斯的蹤影。

只有凱爾戴了手套。我母親則用她的圍巾裹著她的雙手。

鮑伯叔叔爬回露營車裡，我也跟著進去。

「奧茲，我需要你的手套。」他來到我弟弟旁邊說道。

這不是個好主意。

奧茲依然抱著賓果，並且用他戴著手套的手在撫摸牠。奧茲為嚴寒的天氣穿足了衣服，因為我父親答應他，要在晚餐之後和他一起在餐館前面堆雪人，那是我們每次到灰熊莊園吃飯的一項傳統。

茱兒的眼睛瞄向我父親的口袋，不過，她什麼也沒有說。

「奧茲，我會把手套還給你的，」鮑伯叔叔說。「但是，我現在需要它們，這樣我才可以把風擋在外面。」

「不要。」奧茲用他粗魯的奧茲方式回答，然後將他的雙臂交叉，把手塞進他的腋窩底下。

「奧茲，把你的手套給我。」鮑伯叔叔命令地說，他帶著權威感地伸出手，試圖要用另一種方式溝通。

我翻了翻白眼。試著要用爭辯、說理、要求或者哄騙的方式，讓奧茲做他不想做的事，根本就只是在浪費時間而已。那絕對不可能成功的。不過，像鮑伯叔叔這麼聰明的人，也可能有非常愚蠢的一面。雖然，他從我弟弟出生起就認識他了，但是，他真的不了解奧茲的障礙。

我稱奧茲為單純。有些人會說他很蠢，不過，不只是這樣。我弟弟的腦袋以一種非常原始的方式在運作，他多半都憑藉著衝動而非思考在做事。如果他看到一塊餅乾，他就會吃掉。如果他需要去上廁所，他就會把他的褲子拉下來，然後去上廁所。他的認知並沒有擴展到精密的想法或者複雜的情緒，例如同情、憐憫，或者同理心。他知道自己的需求，並且根據本能採取行動，以滿足這些需求。這不是說他沒有愛或者不在乎。他的心就像大象一樣大，然而，任何事都需要以他能明白的方式讓他知道。如果鮑伯叔叔要他幫忙封住那扇窗戶，奧茲就會一直工作到他崩潰為止，而且不會抱怨一個字。或者，如果他要求奧茲「分享」他的手套，「一隻給你，一隻給我，」那麼，奧茲也許會按照他說的做。他甚至可能和鮑伯叔叔「輪流」戴手套。這些都是奧茲被教過的概念，也是他能夠理解的概念。

然而，鮑伯叔叔並不明白這點。他只是把奧茲視為一個擁有手套的傻瓜，而那雙手套是他為了封閉那扇窗戶所需要的。他不耐煩地往前靠近我弟弟，所有他偽裝的善良都不見了，他的眼睛看起來既冷酷又陰沉。

奧茲才十三歲，因此，鮑伯叔叔誤以為自己可以因此而霸佔那雙手套。這太蠢了。雖然鮑伯叔叔比奧茲高了兩吋，年長了三十歲，並且還聰明許多，但是，那就好像相信自己比一頭灰熊高、活得比灰熊久，並且比較聰明，所以就一定打得過灰熊一樣。

鮑伯叔叔抓住奧茲的袖子，想要把奧茲戴著手套的手拉向他，豈料奧茲快得彷如一條鯊魚一般地低頭就咬了鮑伯叔叔一口。狠狠的一口。

鮑伯叔叔猛然拽開自己的手，然而，牙齒的咬痕已經印在了他的皮膚上。「野獸，」他怒斥道。「該死的野獸。」

奧茲把自己戴著手套的手重新夾在腋下，鮑伯叔叔匆匆地走到車外，不僅沒有戴手套，還在喃喃地咒罵。

他看到我母親和凱爾在底盤旁邊。他們已經把我的屍體從駕駛座拉出來，抬到面對下坡的露營車側面，這樣，當他們用雪填滿擋風玻璃時，我的身體就不會被埋在裡面。他們讓我平躺在前輪後面，如此一來，我多少就可以受到保護。

我母親一邊啜泣，一邊脫掉我的衣服，她扯下我的UGG靴子、襪子和運動褲。凱爾則脫掉我的防寒外套和運動衫。我看著他們，很慶幸天色已黑，所以，凱爾就不會看到我被扒光的模樣，這樣想其實很荒謬，因為我已經死了，然而，我還是會感到尷尬。

當他們把我身上能脫掉的都脫掉之後，我母親抱著我的衣服，穿過已經不存在的擋風玻璃回到車內。

「茉兒，把這些穿上。」說著，她把那堆衣服放在我朋友旁邊。

茉兒困難地吞嚥著口水，她的顫抖已經不只來自於寒冷了。即便在黑暗之中，我外套上的血跡也依然隱約可見。

「那些是芬恩的嗎？」娜塔麗問，她的聲音聽起來像在打嗝，我發現，她可能這才意識到我不在那裡，或者剛想起來我不在場，她的腦子還沒有完全認知到發生了什麼事。

我母親抬起頭，驚訝地看著娜塔麗和凱倫阿姨，彷彿完全忘記了她們的存在。

凱倫阿姨的眼睛從一邊瞄向另一邊，她的瞳孔放大。「那雙靴子應該要讓娜塔麗穿。」她擁住娜塔麗，狂亂的眼神迅速地掃過那堆衣物。

我母親歪著頭，思索著凱倫阿姨的話，彷彿試著要改變思路，好把這額外的資訊也納入自己的腦袋裡。茉兒和娜塔麗都穿著無法抵禦寒冷的靴子。我母親自己腳上穿的那雙蓋住腳踝的軍靴，事實上也沒有好到哪裡去。

也許是因為凱倫阿姨看著我母親的眼神過於強悍，也或許是因為她完全沒有幫忙封住那扇窗子的事實，又或許是因為我已經死了，而茉兒是我最好的朋友，甚至可能是因為她承諾過卡敏斯基太太要照顧茉兒，或者因為我母親無法重新考慮這個決定。不管原因為何，我母親都轉身背對著凱倫阿姨，然後重複地說：「茉兒，把這些穿上。」語畢，她不發一語地轉身走回了戰場。

茉兒幾乎無法讓她自己的身體動起來。她的肌肉劇烈地在痙攣，她的手指凍成了爪子。最後，她終於穿上了我的運動衫和防寒外套。然後脫下她的靴子，把我的運動褲套在她那件洞洞牛仔褲上，再把腳塞進我那雙對她來說太小的UGG裡。她把我的襪子當作了連指手套。最後，她把我那件防寒外套的兜帽緊緊地扣在她的下巴上，擋住寒風，也擋住了凱倫阿姨憤怒的目光。

9

我母親、鮑伯叔叔和凱爾英勇地把露營車封閉起來，將風雪阻擋在外——這場極地風暴如此猛烈，讓我想起我曾經讀過的故事，那是關於海上颶風將大船吞噬的故事。風雪的猛烈讓我想起克洛伊正深陷在這場風暴之中，我不禁呼喊著她的名字，驀然之間，我就來到了她的身邊，當我發現她所處的困境時，我差點就喘不過氣來。

凡斯和克洛伊犯了一個錯誤，很大的一個錯誤。他們已經完全迷失了方向，根本不知道應該往哪個方向繼續前進。四周一片漆黑，強風和酷寒不斷地打擊著他們，他們在這一片凹凸不平的凍原上蹣跚前行，時而陷落在深及膝蓋的積雪裡，時而在光滑的花崗岩和冰層上絆倒滑跤。凡斯試圖要辨別上下的方向，然而，那是不可能的，因為上面很快又變成了下面，或者變得陡峭到難以通行。

理智應該告訴他們要停下來，到樹後去尋找掩蔽，然後靜待夜晚的結束，不過，絕望和寒冷將凡斯的理性凍僵了，因此，他只是一直往前走，不停地確認克洛伊的狀況，並且在她絆倒時協助她，向她保證一切都會沒事的。

她的狀況並不好。她的傷口已經不再出血，但是，她看起來卻不太對勁。她失去了平衡感，她的每一步都走得搖搖晃晃，彷彿喝醉了一樣。「你自己繼續走吧。」當她的腳一度卡在雪堆裡，導致凡斯必須折回頭來幫她時，她這麼對凡斯說道。

凡斯短暫地遲疑了一下，那讓我打從心裡發冷，不過，他最終說道：「不，我不會丟下你的。」

她嗚咽地點點頭，於是，他們繼續步履維艱地往前走，當凡斯固執又勇敢地在前面開路時，克洛伊踉蹌地尾隨其後，試圖要跟上他的腳步，凡斯依然相信他將會成為英雄，而且終將會拯救他們所有的人。

10

當我母親、鮑伯叔叔和凱爾從已經變成天花板的車門爬回露營車裡的時候，三個人渾身都發抖到不行。凱爾首先跳進車裡，彷彿一名優雅的運動員。我母親接著爬進來，在凱爾抓住她的腰部、幫她往下跳落在車裡時皺了皺眉頭。當鮑伯叔叔動作笨拙地把身體沉到車裡時，他們聯手幫了他一把，鮑伯叔叔的腳在碰觸到地面時，他受傷的左腳踝一個不穩，讓他一屁股摔倒在了地上。

凱倫阿姨跳起身，幫忙他站起來，然後帶著他走回到車後，坐在她和娜塔麗之間。她把他的手包覆在自己的雙手之間搓揉，並且用自己的圍巾蓋住他凍紅的耳朵。

我母親癱倒在我父親旁邊，她的身體劇烈地在發抖，看起來彷彿癲癇發作一樣。

凱爾在角落找了一個位置坐下來，將雙膝抱在胸口，獨自不停地在打哆嗦。

已經八點了。

「大家會來找我們的。」幾分鐘之後，凱倫阿姨開口說道，空氣裡開始籠罩著悲慘的氛圍。所有人都帶著希望看向凱爾和茉兒，他們是這個團體裡的孤兒，他們的家人都還在家裡擔心著他們。

凱爾搖搖頭。「我室友會以為我去找我女朋友了。而我女朋友會以為我回家了。」

茉兒顫抖著下唇坦承：「我要我媽媽發誓她不會打電話給我，我也告訴她，我不會打給她。

因為這樣，我們還大吵了一架。」

原本的希望消失了。沒有人會來找他們：今晚不會，明天也不會。至少在兩天之內，沒有人會發現他們失蹤了。我母親緊緊地閉上眼睛，我知道，她正在想著克洛伊。我看著她咬著牙，繃緊了下巴。茉兒完全無意掩飾自己的情緒，當她把臉埋在膝蓋上時，淚水瞬間就流了下來。

時間過得極其緩慢，每一分鐘都像一個小時一樣，低溫和強風襲擊著露營車。一開始，每個人面對的方法都不一樣，娜塔麗在凱倫阿姨身旁一邊抱怨、一邊哭泣，凱倫阿姨輕聲地安慰她，告訴她要撐下去。鮑伯叔叔坐立不安地頻頻更換著姿勢，企圖幫自己保暖。我母親和茉兒把我父親夾在她們之間，彷彿三明治一樣，當她們想起我、擔心我父親和克洛伊以及凡斯的時候，淚水無聲地爬滿她們的臉頰。我父親很幸運地依然在昏迷之中，他微弱的呼吸和偶爾發出的呻吟，是他依然活著的證明。凱爾縮在他的防寒外套裡，儘管他也在發抖，不過，他的狀況似乎比其他人都好一些，除了正在睡覺的奧茲以外，無論是寒冷還是如此戲劇化的局面，奧茲似乎都完全沒有受到影響，至於賓果則躺在他的腿上。

我從上面往下看，我感覺到了他們的痛苦，並且絕望地想要幫忙，但卻什麼也做不到。

起初的幾個小時，我們就這樣各自待著，直到接近午夜的時候，世界變得奇冷無比，每個人所承受到的痛苦也逐漸拉近，所有人都面臨到了生存的問題。再也沒有人坐立不安、抱怨或哭泣。每個人都閉上眼睛，把下巴縮進衣服裡，身體緊緊縮成了一團，祈禱著早晨趕快來臨，祈禱著他們可以撐過這個悲慘的狀況。

當我再也無法目睹他們的痛苦時，我回到了克洛伊身邊，默默祈禱著會有某種神聖的指引發生，然後奇蹟般地帶領她和凡斯得救，也祈禱著其他人的救援很快就會出現。

11

上帝很殘酷，或者，上帝並沒有在傾聽。

克洛伊和凡斯繼續在凍人且一望無際的黑暗裡舉步維艱地前進，四周的狀況就和他們這六個小時以來所見到的一模一樣，毫無改變。他們之間的距離變寬了，克洛伊已經越來越落後，而凡斯回頭的次數也越來越少了。

我待在克洛伊的身旁，她依然在蹣跚前進，但是，她的力氣幾乎已經用盡，她的身體危險地搖搖欲墜。我們踩進一個雪堆，她絆倒了，跪倒在地，再也沒有站起來。

起來，克洛伊。

她的雙手插在口袋裡，她的臉部低垂，以至於她的下巴幾乎貼在了胸口。凡斯回頭看到了她，然而，他才邁出一步，小腿就陷入了積雪裡。他在原地站了很長一段時間，透過大雪編織成的幕簾看著她，我感覺到了他內心的衝突、他的猶豫和他的恐懼。他們之間相隔了一百呎：那是一片需要耗費極大力氣才能跨越的虛擬海洋。

淚水凍結在他已經起了水泡的臉頰，最終，他用他凍僵的手背拭去淚水，轉過身，蹣跚地走開。雖然我很討厭他，不過，某部分的我也能夠理解。他只是個孩子，他在暴風雪中迷失了，而他並不想死。如果他留下來的話，死亡就是必然的事。他們兩個都會死。因此，他跨出了一步，然後又一步。

在走了十來步之後，他停了下來，我看著他發現到自己做了什麼，他的羞恥心重重地鞭打著他。他倏地轉身，掃視著宛如漩渦般的黑暗，絕望地想要識別回頭的路，如此一來，他才能夠挽回他已經做出的事，重新成為他以為的那個自己，然而，他的臉卻蒙上了一層恐慌。誠如很多你以為自己可以重來的事，事實上卻都為時已晚——他的腳印已經被抹去，而她也不見了。

他覺得自己看到了來時的路，於是便跟隨著那些腳印，然而，他的方向偏離了幾度：雖然距離很近，但她依然聽不見他的呼喚，而他也無法看見她。我看得到他們兩人，也想要指引他們，但是，我雖然和他在一起，他卻依然形單影隻，而且也不知道自己其實和她這麼接近。

終於，在挫折和麻痺之下，他放棄了，我目視著他搖搖晃晃地走回他相信是正確的方向，他現在唯一的獲救希望就是找到一條出路，這樣，其他人就可以回來救她。

我看著他，仔細地思考了一會兒，也許，這就是地獄，一個看不見也聽不見的存在，在這裡，你沒有能力幫助那些你所愛的人，並且被迫眼睜睜地看著他們掙扎和受苦。當我活著的時候，我向來不祈禱，我的家人也不去教堂，而我懷疑，這是否就是我遭到天譴的原因，因為我應該要信奉神卻沒有那麼做，因為我沒有對自己的罪提出懺悔，因此，我受到了懲罰。

我現在要懺悔了。我誠心誠意地祈禱，乞求上帝拯救我的家人和茉兒，還有凱倫阿姨、鮑伯叔叔、娜塔麗、凡斯和凱爾，讓他們不再受到折磨，並且將我從這個世界拯救出來，如果不能上天堂的話，至少也到一個我可以找到平靜、可以釋放憤怒的地方，並且讓我不要再看到任何我深愛的東西遭到毀滅。

克洛伊仍然停留在原地，她蹲在雪堆裡，雙手依舊插在口袋裡，她吐出的氣息在她面前化成了一團白霧。

加油，克洛伊。我祈求著。求求你，克洛伊。你得要撐下去。你得要試著撐下去。

而她也在這麼做。她費了九牛二虎之力站了起來，搖晃地走向她右手邊的一棵大松樹，然後疲憊地倒向樹幹，往下滑坐到樹根的一個凹陷處，將身體蜷縮成一團，現在，她可以休息了。

12

終於，漫漫長夜開始從漆黑轉為了灰色，當天色亮到我母親可以看得見她自己吐出來的氣息時，她僵硬地從我父親身邊翻身，強迫自己凍僵的肌肉伸展。

我父親的臉色蒼白到我很擔心他已經死了，悲傷開始向我襲來，不過，在茱兒坐起身的時候，他發出了呻吟。我把淚水吞回去，同時看到我母親也做出了和我一樣的反應。

那場事故造成的傷害在夜裡浮現了，今天早上，我母親顯然感到了嚴重的疼痛，她受傷的肋骨讓她的身體無法挺直。我父親的臉腫了，瘀青讓他的臉變得難以辨識。他的牛仔褲因為沾染鮮血而發黑，他的呼吸也變得很淺。鮑伯叔叔把娜塔麗的腳從他外套的衣袖裡拉出來，為了讓她的腳趾頭免於受凍，這不失為一個很有創意的做法，他緊蹙眉頭地抬起他受傷的腳，他的腳踝已經腫成了平時的兩倍大。

凱爾的左臉瘀青，他繞著肩膀好緩解身體的痠痛。除此之外，他似乎沒有大礙。其他人——凱倫阿姨、娜塔麗、茱兒和奧茲——也平安無事，只是感到筋疲力竭、口渴、飢餓和冰冷。

鮑伯叔叔跳到車門邊，爬上桌子邊緣，他成功地推開了車門，一陣冷空氣立刻就鑽進了車裡。他雖然高到可以把頭伸出去，但是，在只有一條腿可以使用的情況下，他沒有足夠的力氣可以把自己撐起來，爬出車外。他一副坐立不安的模樣，顯然急需要讓他的膀胱獲得解放。

凱爾爬到他旁邊的長凳上，把雙手做成踏腳墊，好讓他可以蹬在自己的手上爬出去。

「你需要去上廁所嗎？」凱爾問奧茲。

奧茲點點頭，於是，凱爾說：「來吧。」

「賓果也要。」

「賓果也要。」

茱兒看著這一幕，她的眼睛因為凱爾的善舉而濕潤。

奧茲不需要別人幫他。他爬上桌子邊緣，很輕鬆地把自己往上一撐，爬出了車子。凱爾抬起賓果，好讓奧茲往下探，將賓果拉出露營車。直到此時，凱爾才自行爬出車子，然後將車門關上。

我母親檢查著我父親的狀況。她看著他傷重的腳，再檢查了他的脈搏，然後輕輕地吻了他的嘴唇，我從來都沒有見過她如此溫柔地對待過他。「我要去求救。」她低聲地說著，同時把手探進他的口袋裡，抽出他的手套，將它們塞在她的外套底下。

在那個瞬間，我很好奇她怎麼知道手套在那裡，又為什麼整夜都沒有把手套戴上，不過，當她把眼睛瞄向茱兒時，答案就呼之欲出了。而茱兒的眼神依然停留在鮑伯叔叔、凱爾和奧茲幾分鐘之前消失的那扇車門上。信任。是茱兒告訴她的。她們相信彼此，但是，她們並不完全相信其他人。

男生們回來了。凱爾首先進到車裡，再高舉雙臂接過奧茲放下來的賓果，然後，他們再協助鮑伯叔叔。

「你留在外面，奧茲，」凱爾說。「換女生了，你需要幫忙她們上去。」

凱爾幫忙每個女生往上爬，而奧茲則負責把她們拉出車門。每一次，凱爾都說：「幹得好，兄弟。」然後，奧茲就會露出驕傲的笑容。

比較起昨夜，風雪已經減緩了一半，雖然依然狂風大作，也依舊酷寒，不過，他們已經可以看到樹林，也能夠分辨得出上下了。

凱倫阿姨和娜塔麗很快就解放完成，匆匆地又回到了露營車裡。我母親抓住茱兒的袖子，以免她立刻就跟著凱倫阿姨她們跳進車裡。奧茲站在她們旁邊，等著要助她們一臂之力，幫她們回到車裡。

「我要去求救。」我母親說。

茱兒忍住眼眶裡的淚水，咬著下唇，讓自己停止發抖，我母親將她拉進懷裡，這讓茱兒的淚水決了堤。茱兒靠在我母親的肩膀上啜泣，目睹著這樣的畫面，讓我感覺很奇怪，看著我母親摟著她，撫摸著她的頭髮。我不記得我母親曾經像那樣地抱過我或者那樣溫柔地對待過我。就我所知，她也從來沒有那樣抱過克洛伊或奧伯莉，一抹妒意在我心裡升起，我不禁懷疑，如果換成是我，她是否還會這麼溫柔。

我母親壓低聲音地說：「你需要照顧奧茲和傑克。在我帶著救援回來之前，你得要照顧他們。」她的話裡有著警告的意味。

茱兒從她的懷裡退開，她拭去臉頰上的淚水，然後做了一件很了不起的事，那完全就是典型的茱兒之舉，讓我不由得更加想念她。「你需要穿上這雙靴子。」語畢，她一屁股坐到雪上，把那雙UGG給扯了下來，同時把雙腳舉在空中，才不至於讓腳因為沾到雪而變濕。

「茱兒……」

「不要爭論了。你需要去求助，芬恩的靴子會讓你走到你要去的地方。」她的用詞很謹慎，我母親點點頭，隨即坐在她旁邊，這樣她就可以把靴子換上。我的UGG完美地符合了我母親的尺寸。這兩年來，我們都穿著同樣大小的鞋子。

凱爾從露營車裡探出頭來。「發生了什麼事嗎？」

「待在這麼冷的戶外太好玩了，」為了茱兒，我母親勇敢地說道。「我想，是時候去尋找救兵了。我要去求助。」

凱爾毫不遲疑地從車門爬了出來，然後說：「我和你一起去。」

我母親點點頭，在他們開始沿著露營車墜落的方向走回去之前，這是他們唯一開口說過的話了。奧茲幫忙茱兒爬到露營車上，然後也跟在她身後爬上車，他們一起目視著我母親和凱爾消失在白色的雪幕裡。只有我留意到，我母親並沒有對奧茲說再見。

13

「他們要去哪裡？」奧茲問。

「去求救。」茉兒回答。

「我餓了。」

「我也餓了。」茉兒回覆他，令人驚訝的是，這種簡單的共識竟然奏效了，只見奧茲點了點頭。

當茉兒和奧茲回到車裡時，依偎在一起的凱倫阿姨、鮑伯叔叔和娜塔麗，從他們在露營車後面的位置看著他們兩人。

「安呢？」鮑伯叔叔說。

「她去求救了。」

「喔，感謝老天。」凱倫阿姨說著，而鮑伯叔叔的臉色卻蒙上了一層憂慮，他的目光飄向露營車覆蓋著積雪的窗戶。他皺著眉頭地活動著他的腳踝，向他自己或者其他人確認他為什麼沒有當英雄的原因。

「那個孩子和她一起去了？」他的聲音因為擔心我母親而緊繃。

「凱爾。」茉兒在蹲到我父親身邊時說道，她吸吮著嘴唇，企圖讓自己振作起來。奧茲回到了他的角落，並且把賓果拉到他的腿上。

鮑伯叔叔繼續看著車外的雪，凱倫阿姨則看著茱兒脫下我母親過小的軍靴，改換上她自己冰冷的靴子，她凍僵的手指掙扎著要抓緊鞋子已經變硬的皮革。凱倫阿姨的臉上依舊帶著怨懟，因為我的UGG被給了茱兒而非娜塔麗。

娜塔麗的表情比較令人難以捉摸。她的眉毛微微皺起，不過也很難確定她是否真的在皺眉，然而，如果我判斷沒錯的話，她的表情雖然和她母親一樣輕蔑，但在那樣的表情背後還隱藏著一絲敬意，也許娜塔麗知道，如果我母親把靴子給了她而不是茱兒的話，她是絕對不會把那雙靴子還給我母親的。

在茱兒把她的靴子拉鍊拉好之後，她爬向了駕駛座。我母親的手提包和克洛伊的包包在車子翻覆之際，連同遊戲卡和撲克牌的籌碼以及拼字遊戲，全都被拋到了駕駛座附近。凱倫阿姨已經拿回了她的皮包，她的皮包此刻正塞在她自己的身邊。

茱兒首先檢查了我母親的手提包——幾百元的現金、信用卡、太陽眼鏡、化妝品、一把梳子、二十幾張收據、六支筆、衛生棉，還有我們當地一間泰國餐廳的菜單。克洛伊袋子裡的東西顯然就更豐富了——除了所有派不上用場的化妝品和拆開的糖果紙之外，還有一本老舊的傲慢與偏見、一件黑色的緊身褲和一個BIC[3]的打火機，以及一些收據和現金。茱兒偷偷地把那件緊身

[3] BIC是二戰結束後創立於法國的知名打火機品牌。

褲放進口袋裡，然後把那本書和打火機，連同手機和現金都放到一邊。她往前繼續爬到駕駛座上，沾滿血跡的座椅讓她感到有點昏眩，她在中控台上翻找到一張新的地圖、我父親的帽子和一根胡蘿蔔，那可能是他為了要和奧茲一起堆雪人而準備的。那根胡蘿蔔和那件緊身褲一樣，也被放進了她的口袋裡，最後，她把那頂帽子和打火機一起帶回到露營車的拖車車廂裡。

鮑伯叔叔在看到那頂帽子時，臉色頓時沉了下來；他是個禿頭，這讓我因為擔心而起了雞皮疙瘩。我母親和凱爾的離開讓車裡的氛圍出現了微妙的變化，而這種變化令人感到不安。鮑伯叔叔、凱倫阿姨和娜塔麗現在坐在同一邊。我父親、茉兒和奧茲則在另一邊。我看著凱倫阿姨的皮包，只見那個皮包現在已經被她塞到椅子的更深處，顯然是要把它藏起來。

茉兒解開我父親衣服上的兜帽，我看著鮑伯叔叔突然振作起來。他甩甩頭，彷彿從恍惚的狀態中醒來一樣，然後站起身。「我來幫忙。」他說。他一隻腳踝懸空地跳到茉兒身邊蹲下來，然後扶起我父親的頭，好讓茉兒可以把那頂帽子罩在我父親的頭髮上。

「謝謝你。」茉兒在重新繫緊兜帽的時候說道。

鮑伯叔叔把手放在我父親的胸口。「撐著點，傑克。」然後才一拐一拐地回到他家人身邊，而茉兒則繼續和我的家人擠在一起。

14

我母親和凱爾很快就發現，要沿著我們墜落的路徑筆直往上爬並非一個選項。絕大部分的花崗岩冰滑的表面都沒有立足點，此外，在你越過林木線的那一刻，面對迎面吹來的強風，花崗岩也無法提供任何的遮蔽，即便最強壯的登山者也很容易就被這樣的強風擊落致死。

因此，我母親和凱爾以斜行穿越的方式前進，我母親小心翼翼地觀察著陽光是否隨時都在他們身後，以確保他們一直都在朝北前進，因為那是小鎮大致的方向。只要有機會，他們就往上前進，不過，大部分的時候都不可能，他們時不時就遇到死路，然後被迫退回到比較低的位置。

起初，我母親走在前面，不過，很快地就變成了凱爾在前面帶路，因為他的鞋子明顯地具有比較優越的摩擦力。遇到比較陡峭的地勢時，他會在雙腿站穩的情況下，用我母親的圍巾協助她往上爬。

他們緩慢而斷斷續續地往前推進，我可以看到他們越來越接近路面，不過，他們自己並不知道。我母親的嘴唇已經起了水泡，臉頰也紅腫了，然而，艱苦的行走似乎讓她的身體暖和了起來，只有雙腳在嚴寒的天氣裡被凍到發疼。

凱爾似乎並沒有受到影響，或者，他剛好是那種不會抱怨的類型。他堅忍地往前走，拓荒開路，並且經常回頭查看我母親的狀況。我越是觀察他，就越是對他感到敬佩，也越對他心存好奇，他是誰？他的家人和女友是什麼樣的人？他怎麼會住在大熊湖？他現在在想什麼？他是否感到害怕？他是這場意外事件的一部分，而我們對他幾乎一無所知，這種感覺實在有些奇特。

我母親的目光在她前進時不停地掃視著左右兩邊，彷彿一隻老鷹一樣，我可以感覺到她希望他們會撞見克洛伊和凡斯。只是，我知道他們根本不在附近，一片覆雪的森林、岩石和樹林隔開了他們，克洛伊依然蜷縮在她昨晚倒下的那個樹洞裡，而凡斯則繼續朝向更遙遠的荒野蹣跚而去。

15

「奧茲，你可以再抬我出去一次嗎？」茉兒說。

「你要去哪兒？」鮑伯叔叔問，他的話裡充滿懷疑，他們之間最新湧起的那股不信任的暗流隨著每分每秒的過去逐漸在增強。

「我要去幫大家弄點水。」

娜塔麗振作起來，凱倫阿姨也舔了舔自己的嘴唇。自從我們十五個小時前離開小木屋到現在為止，所有人都沒有吃過或喝過任何東西。

鮑伯叔叔眨眨眼睛，他不信任的眼神很快地被一絲羞愧所取代。「你需要我幫忙嗎？」

茉兒搖頭搖得有點太快了。「我只是需要去拿點雪。」

我弟弟把他的手交叉成一個踏腳墊，就像凱爾稍早做的那樣，然後把茉兒抬出了車門。她把車門在她身後關上，白天裡亮到令人眼盲的光線讓她眨了眨眼睛。數度的開開關關已經讓車門上的積雪都掉落了，她很快地在車門上站起身，我顫抖地看著她脫掉我的運動衫和她的褲子，然後套上克洛伊的緊身褲。

她的聰明讓我露出了微笑，我知道她是刻意等了夠長的一段時間才出來，好讓其他人不會聯想到她可能在手提袋和駕駛座的中控台上找到了些什麼。

她很快地把衣服穿回去，對於她穿了克洛伊此時絕對需要的一件衣服，我們兩個都感到了同樣的罪惡感。我看著她閉上眼睛，無聲地祈禱，我也和她一起禱告，希望克洛伊可以感覺得到我。

當她重新穿好衣服時，她火速地咬了兩口那根胡蘿蔔，再把它塞回口袋，接著再將露營車頂上的雪舀進克洛伊的包包裡。然後，她從車門再度爬進車裡，讓奧茲幫忙她落地。

鮑伯叔叔、凱倫阿姨和娜塔麗好奇地看著茱兒爬過椅子，來到拖車的側窗，那扇窗戶現在已經貼在地上了。她把我母親的太陽眼鏡盒折成兩半，抽掉裡面的襯裡，然後盡可能地挑掉凝固的膠水。她用幾頁的傲慢與偏見以及那個BIC打火機，升起了一小簇的火花，再藉此來融化眼鏡盒裡的雪。盒子很淺，裝不了幾盎司的水，不過，這個方法很管用，在燒了十來頁之後，她已經有了一小碟寶貴的水。

她把那些水倒在我父親張開的嘴唇上，當我看到他嚥下那些水時，我不禁發出了歡呼。

她把下一盒的水給了奧茲，只見奧茲大口地把水吞下，然後又說他肚子餓了。

「我也是。」茱兒說。

下一輪的水，她給了娜塔麗，後者也向她致謝。

「賓果。」當茱兒把另一小撮雪放到火焰上時，奧茲開口說道。

鮑伯叔叔和凱倫阿姨沉默地看著，等待著茱兒做出她的決定，看她接下來會把珍貴的水給誰，是他們還是那隻狗。茱兒自己連一口都還沒有喝過。

當雪幾乎融化時，茱兒抬起頭看著奧茲。「奧茲，賓果是一隻狗，」她說。「在沒有水的情況下，牠可以比人類撐得更久。」

「不行。」奧茲說著，緊緊地把賓果拉近。「牠渴了。」

茉兒把盒子捧給了凱倫阿姨，她也小心翼翼地從茉兒顫抖的雙手接過盒子。

不，我尖叫著。輪到茉兒了。她是下一個孩子。我對凱倫阿姨的憎惡立刻排山倒海地湧起。自從意外發生之後，在她所做的每一件事，或者她沒有做的每一件事當中，這是最令感到我憤怒的一次。

她把那個盒子舉向唇邊，然而，她的動作太慢了。奧茲衝上前，一把抓住了她的手。凱倫阿姨在拉扯之中彎下身，企圖要把水吸進嘴裡。

說時遲那時快，奧茲的拳頭從不到四分之一杯的水上方落下。與其說是一拳擊中，那更像是一根棒子掃過她的臉，他的拳頭雖然只是斜擦過她的臉頰，不過，那股力道已經足以甩開她的臉。

她大叫一聲地鬆開手，一半的水都灑了出來。

奧茲並沒有察覺到。他只是小心翼翼地把剩餘的水拿回給賓果，而賓果也如飢似渴地舔食。

鮑伯叔叔把凱倫阿姨擁入懷裡，面帶恐懼地瞪著我弟弟。

奧茲把盒子遞給茉兒，然後要求地說：「還要。」

茉兒全身顫抖地順從了他。她用冷到發白的手指在眼鏡盒裡填滿了雪，然後撕下更多書頁來取火。

「他會讓我們全都死掉，」凱倫阿姨在鮑伯叔叔的胸口嗚咽地說。「他要不就會殺了我們，或者，我們會因為他而死掉。就像他傷害那隻狗一樣。」

一提到那隻狗，我的血液都凍結了。三個月以前，奧茲突然想到賓果很寂寞，需要一個朋友，因此，他決定幫賓果找一個朋友，一隻鄰居的比格犬。當那個鄰居走出屋子，發現奧茲正在他的後院裡時，他和奧茲面面相覷，奧茲嚇壞了，因而緊緊地捏住那隻幼犬，導致那隻可憐的狗肩膀脫臼，肋骨也斷了好幾根。

這引起了一場官司，社區協會給了我們家一個警告，我母親因此失去了理智。她說，奧茲已經超過我們可以控制的範圍，是時候開始尋找替代的解決辦法了，那讓我父親一個頭兩個大。他在家裡的每一扇門上都加裝了兒童安全鎖，在每個房間架設了監視器，並且連續兩個星期都睡在奧茲的房門外。這實在太可怕、也太悲慘了，而且讓人十分地痛苦。

茱兒看著鮑伯叔叔，然後再看著奧茲，她對我弟弟的擔心和害怕全寫在她的臉上。我自己也和她一樣地擔心。奧茲絕對不會故意傷害任何人，然而，那並不表示他就不具危險性。

茱兒把眼鏡盒遞給了奧茲，當奧茲把盒子捧向賓果的時候，賓果很快地把水喝掉。她再度把盒子裝滿雪，這回，鮑伯叔叔表示：「奧茲，你覺得你能幫我一把，讓我出去上廁所嗎？也許賓果也需要去。」

我對他的計畫露出了笑容。幹得好，鮑伯叔叔。讓奧茲分神是應付他的絕妙方法。

當他們三個離開露營車時，所有人都因為鬆了一口氣而嘆息，茱兒又從那本寶貴的書上撕下幾頁，好讓火燒得更旺，以增加融雪的速度。她把下一份水遞給了凱倫阿姨，後者貪婪地大口吞下，我突然出現在車外，好看看鮑伯叔叔是否能找出辦法拖延奧茲，讓他晚幾分鐘再回到車裡，這樣，茉兒就可以有時間讓她自己也喝口水。

「芬恩。」奧茲注意到我的屍體就在輪胎附近。積雪已經移位了，並且掉落在我的身體上，讓我除了臉之外，全身幾乎都被掩埋在了雪裡。

「她在睡覺。」鮑伯叔叔一邊說，一邊用他沒有受傷的那條腿跳來跳去，以驅逐寒意，他的雙手插在口袋裡，下巴也縮在他的大衣裡。

奧茲瞇著眼睛。我弟弟並不聰明，不過，他的觀察卻很敏銳，對他說謊向來都不是個好主意。他沉著臉，噘起下唇，開始不停地搖頭。「我的芬恩。」他的話讓我的心掀起一陣波濤。接著，他採取了意想不到的舉動。他二話不說地走到我躺著的地方，在我身邊跪下來，然後用雪把我的臉埋起來。「晚安，芬恩。」他在完成的時候這麼說。

當他站起身時，鮑伯叔叔說：「奧茲，我很擔心。」他的語氣裡帶著某種讓我寒毛豎立的成分。

奧茲歪著頭。

「你媽媽已經離開很長一段時間了。我很擔心，她可能會迷路。」

奧茲皺起眉頭，而我的脈搏則開始加速。

「我想，應該要有人去找她。」鮑伯叔叔又說。

奧茲點了點頭。

「我想去，」鮑伯叔叔說。「但是，我的腳踝傷得很嚴重。」

我搖著頭，難以置信的感覺減緩了我的恐慌。

「我去。」奧茲熱切地表示自願去找人，彷彿這是一個很棒的想法。

不！我擋在他們兩人之間，直接面對著鮑伯叔叔，我的鼻子差點就要碰到他的鼻子了。不要這麼做。

「你覺得你可以找到她嗎？」鮑伯叔叔揚起眉毛，彷彿對奧茲的想法感到折服。

「賓果可以和我一起去，」奧茲說。「牠可以找得到任何人。當芬恩和我玩躲貓貓的時候，賓果總是可以找到她，而芬恩可是很擅長玩那個遊戲的。」

「好主意。」

拜託你，我乞求道。求求你，鮑伯叔叔，想想你正在做什麼。「如果賓果和你一起去的話，」鮑伯叔叔繼續往下說。「那麼，他也可以幫你和你媽媽找到你們回來的路。」

我轉向奧茲。他正在認真地點頭，他模仿著我父親每次在認真又充滿男子氣概的對話時所會浮現的神情。

茉兒，幫幫忙，我哭喊著。

然而，茉兒完全不知道發生了什麼事。她正在車裡盡快地把雪融化，希望奧茲不會那麼快就回去。

「在你走之前，」鮑伯叔叔說。「我有一個提議。」

奧茲帶著我父親的那種神情再度點點頭，而我的恐慌則讓我渾身冰冷。我無法想像情況還能變得更糟，但我確定更糟的事就要發生了。

「你和賓果會需要食物，這樣，你們才有體力去找你媽媽。」

「我餓了。」奧茲說。

「沒錯。這樣吧。我有兩包餅乾。」鮑伯叔叔從口袋裡掏出原本在凱倫阿姨皮包裡的那兩包玻璃紙包裝的蘇打餅。「我用這個來和你換手套。」

我根本不想再懇求了。我只能在恐懼中不敢置信地瞪著他們，無語地看著奧茲毫不猶豫地接受了這個交易，他脫下手套交給鮑伯叔叔，而鮑伯叔叔則把餅乾扔給奧茲，彷彿他剛剛進行了全世界最棒的一筆交易。

「幫我一把。」鮑伯叔叔說完，奧茲立刻交叉起他沒有戴著手套的雙手，好將鮑伯叔叔抬到拖車上。

鮑伯叔叔並沒有回頭，也沒有祝奧茲好運。他打開車門，讓自己往下降落到車裡，把那個不可能的任務留給了奧茲和賓果，讓他們徒步在荒野中去尋找我母親。

16

風越來越大了。我可以從我母親臉部皮膚被拉扯的程度以及她頂風前進的模樣看出來。她的力氣正在流失，成功找到救援的信心也同樣在減弱。時間剛過下午，他們已經步行了一整天，但卻無從得知他們是更加靠近、還是更加遠離文明，這讓他們很難不放棄希望。我母親一直很謹慎地讓太陽保持在她身後，不過，他們已經繞道過很多次，以至於她甚至不再確定小鎮是否依然在北方，或者他們是否已經完全走過頭了。

當他們撞見一條積雪已深、彷若一條白蛇般沿著崎嶇的山勢蜿蜒而上的溝渠時，我大聲地叫他們跟著那條溝壑走。公路就在上面。我把自己每一盎司的力氣都發送給我母親，用意志力希望她會轉彎。

我其實無須建議。「凱爾。」她嘶啞地叫著，她的聲音因為脫水和疲憊已經乾涸了。她指著那條蜿蜒的白蛇。太陽已經太偏右了。為了要保持原有的方向，他們需要轉彎。

在絲毫沒有抗議和提問之下，凱爾改變了方向，朝著那條曲折的彎道邁進。

他們是一對很棒的組合。凱爾不僅擅長攀爬，也懂得選擇比較好走的路線，而我母親則能讓他們保持在正確的方向上。自從出發之後，他們的交談沒有超過十來個字，然而，一股自然的加乘作用卻讓他們比獨自一個人行動走出了更遠的距離。

走在那條覆蓋著積雪的溝渠裡，每踏出一步，我母親的腳就深陷一次，讓那雙鬆垮的UGG塞進了不少的細雪。她已經不再因為皮膚凍到宛如火燒而皺眉，我想，她的皮肉現在一定已經凍到麻痺了。

凱爾在前面穩定地前進，每隔幾碼就停下來等我母親手腳並用地往前移動，她偶爾會滑倒，但總能重新站起來繼續跟上。

那個斜坡一度變得太過陡峭，我母親一個不穩，往下滑了將近二十呎。她在雪堆上躺了一秒鐘，身體不停地在上下起伏，然後，以超人般的力量，別無選擇地重新站起來，再度蹣跚前進。

凱爾回頭往下爬，迎著她而去。「把你的圍巾給我。」

我母親解開她脖子上的那條羊毛圍巾，將圍巾遞給了他。凱爾把圍巾的一頭綁緊在我母親的右腕上，然後伸出自己的手，讓她把另一頭綁在他的手上。雖然，他們之間幾乎已經沒有足夠的空間可以讓我母親跨出完整的一步，不過，在走過接下來的一百呎之後，當她再度滑倒時，凱爾在雪中站穩了腳步，緊緊抓住那條圍巾，才讓我母親只是在原地摔倒，而沒有再次往下跌落。

他們一吋一吋地往前挪動，當他們朝著他們想要前進的方向推進時，每踏出一步，希望就跟隨著他們的腳步重新出現，而每一個步伐也都沒有將他們帶回到他們出發的原點。

狀況突然就出現了。他們還剩不到一半的距離就可以到達頂端了，每接近一吋，我的心就為之在慶祝，當凱爾繞過一塊巨石的時候，地面突然挪動了，他原本以為堅固的地面竟然是一大塊厚重的冰雪。

我看著他摔倒，他的右腳騰空，讓他倒向了側面。那條圍巾抓住了他，讓他免於往下跌落，也讓他面對著山壁搖晃，彷如鐘擺一般，而我母親也被猛拽得失去了平衡。當凱爾的重量將她拖向山脊時，她狂亂地揮舞著四肢，她的右手抓著圍巾，左手在空中亂抓，尋找著可以著力的東西。

當她抓到從那塊巨石底下竄出來的小樹枝時，她的肩膀已經滑過了山脊的邊緣。那棵樹不到兩呎高，不過，樹根卻已經長得很強壯了，我看著她突然停了下來，她的四肢在奮力撐住的同時不斷地在顫抖。她戴著手套的一隻手抓住了小樹枝，另一隻則抓著凱爾，她的頭從一隻手轉向另一隻手，我目睹著她思緒飛騰，以驚人的速度在他的重量和她的力氣之間進行衡量。

凱爾也看到了，當我母親右手的手指鬆開時，他張大了嘴，而我則發出了無聲的尖叫。

凱爾墜落了。不過，僅僅只是一吋。她手腕上的結並沒有鬆動，反而縮緊了，在我母親來得及把圍巾甩掉之前，凱爾已經沿著那條羊毛圍巾在往上攀爬了，我母親瞬間改變了她的決定，只見她探下身來，再度握緊她的手，用盡全身力氣地抓住圍巾，即便她的四肢幾乎就要被凱爾的重量給大卸八塊了。

一秒鐘之後，他爬上了山脊邊緣，癱倒在我母親旁邊，他吐出的氣息在他面前凝結成霜，他瞪大雙眼，依然處在和死亡擦身而過的震驚之中。

我母親躺在地上，我看著她把手舉到自己面前，數度開闔著五根手指，彷彿她完全不知道手指的機制是如何運作的，她的下巴也在驚魂未定下不停地顫抖。

「好了嗎？」凱爾說著從地上起身，他的目光避開了她的眼神。

她張開嘴，打算說些什麼，但卻無法開口。為了想讓自己活下來，你選擇了犧牲別人的性命，而你又該如何為這樣的選擇道歉？

在他們繼續往前走的時候，那條圍巾依舊拴在他們之間，不過，凱爾在選擇往上爬的路線時更加小心了，在他踏出每一步之前，他都會仔細評估，這讓他們往前推進的速度變得更緩慢了。

17

奧茲並沒有朝著正確的方向前進。他看著露營車，然後朝著車尾燈所面對的方向走開，他若非忘記我們並不是一路把車子開到了現在這個位置，就是誤以為車尾燈就像羅盤，永遠都指向回家的路。

起初，他呼喚著我母親。當他走進樹林深處並且完全迷路時，他開始叫著我父親。在過去的兩個小時裡，賓果忠心地跟在他旁邊，同樣地舉步維艱，不過現在，我看著那隻狗發出了哼哼的聲音，牠停下腳步坐下來，然後一肚子趴在一塊沒有積雪的花崗岩上。

奧茲低頭看著牠。「你累了嗎，賓果？」

賓果把頭放在腳掌之間，然後看著奧茲，彷彿在說牠很抱歉。

「沒關係，」奧茲在牠身邊坐下來。「我們休息一下吧。」

賓果已經快十一歲了。一名精神科醫師曾經建議我們找一隻狗和奧茲作伴，結果，那隻狗從此變成了我弟弟忠心的夥伴。

奧茲從他的口袋裡拿出那兩包餅乾。他把其中一包餵給了賓果；另一包則自己吃掉了。他把賓果的頭抬到他自己的腿上，將他凍僵的手插進口袋裡，然後告訴那隻狗，一切都會沒事的。

18

茉兒現在完全孤身一人了。

她繼續坐在我父親旁邊發抖，每隔幾分鐘就強迫自己的手指和腳趾動一下，每次的伸展都讓她的臉因為疼痛而扭曲。她的目光持續地瞄向車門，隨著時間一分一秒地過去，她的恐慌逐漸升高，因為她了解到一定發生了什麼可怕的事，而奧茲也不會回來了。

鮑伯叔叔、凱倫阿姨和娜塔麗擠在一起，自從我母親和凱爾離開之後，他們就一直待在那個位置，現在，娜塔麗的手上還戴著奧茲的手套。

娜塔麗對茉兒的眼神感到不安，她把手滑到大腿底下，過了一會兒之後，又把雙手插在腋窩底下，而鮑伯叔叔則挑釁地看著茉兒。

茉兒挪開目光，吸吮著自己的下唇，那是當她陷入麻煩或者說謊被抓到時的一個小習慣。罪惡感。悲傷。害怕，全都會讓她出現這樣的反應。

茉兒很喜歡我弟弟。奧茲向來都很迷戀她，而且經常做出一些甜蜜的傻事來證明這點。去年夏天，他花了三個小時和一整年的零用錢，在一場園遊會上玩套瓶子的遊戲，為她贏得了一隻超大的獵豹絨毛玩偶，那隻獵豹身上還有看似心形的斑點。那個遊戲根本是被操控的，那些瓶子幾乎不可能被套中，不過，奧茲下定了決心，因為他知道茉兒很喜歡獵豹。終於，在那個攤位工作的男孩因為同情，所以趁著奧茲不注意的時候，偷偷地將一只套環推到一個瓶子上。當奧茲把那隻獵豹送給茉兒的時候，他的臉上綻放著無價的笑容。

茉兒忍住淚水，再度蠕動著她的腳趾頭，身體上的疼痛暫時阻斷了隨時可能淹沒和摧毀她的情緒。

在此同時，鮑伯叔叔的罪惡感正在加劇。他憤怒地坐在凱倫阿姨旁邊，明顯地越來越煩躁。我可以看得出來，他的羞愧在轉化為憤怒之前，就像強酸一樣地在吞噬著他。茉兒知道他做了某些事，而他也知道茉兒知道。我看到他的腦筋在轉動。如果他們能脫離這個困境的話，當他們脫離時，由於她已經知道了，所以，其他人也會發現。當他對奧茲施加詭計時，他並沒有考慮到這點，不過現在，他想到了。他坐在他女兒和妻子旁邊，什麼也不能做，只能悲慘地盤算著當他們獲救時將會發生什麼事。

茉兒現在已經融化了足夠的水，他們全都不再口渴了。如果他們需要製造更多水的話，還有半本小說和地圖可以燃燒。如果他們剛才全都保持冷靜的話，這些水完全足以供應給每一個人喝，包括賓果和奧茲，但是現在，認知到這個事實只是徒增傷悲而已。

這個下午變成了每個人為了生存下來而必須忍受的痛苦時光，能夠在天黑之前得到救援的希望也開始消滅。我母親和凱爾從早上就離開了。如果他們有成功抵達目的地的話，救援應該早就來到了。

每個人都在以不同的方式應對他們逐漸失去的信心。茉兒擔心我父親，不停地低聲安慰他說，救援已經在趕過來的途中了。他沒有回應。在過去的好幾個小時裡，他動也不動，甚至連呻吟都沒有發出。娜塔麗茫然地看著前方，一點想法也沒有，完全仰賴她父母來為她操心。凱倫阿姨的腦子不停地在轉動，但是卻什麼結論也沒有得出。深怕要再被多困在這裡一個晚上，她自言自語地重複說道：「我們需要離開這裡。也許我們應該生火。不，我們得要保留我們的必需品。也許有人應該要去找奧茲。我們需要待在這裡。有人會來找我們。喔，天啊，我們撐不過另一個晚上……」每隔半個小時，她就把娜塔麗的腳從靴子裡拉出來，搓揉她女兒的腳趾，咕噥著關於循環和血液流量的事情。我希望她能閉嘴。我想，每個人都希望她閉嘴。鮑伯叔叔已經放棄回應她，轉而任憑她胡言亂語，他的思緒現在已經被不確定的未來和即將在酷寒中面對另一個漫漫長夜的事實，以及即將需要做出的困難選擇所佔滿。我看著他的眼神飄向我父親，游移在他的North Face外套、羊毛帽、牛仔褲和他的雪靴之間。

茉兒微微地挪動了一下位置，擋住他的視線。

「我們需要離開這裡。」凱倫阿姨嗚咽地說。

鮑伯叔叔沒有回答。他已經解釋過很多次，離開這裡並不是個選項。五個人已經做了這樣的嘗試，但沒有一個人回來。鮑伯叔叔是個聰明人。在這場意外中存活下來的十個人裡面，有五個人留在了這裡，他的妻子和女兒都在其中。

時間分分秒秒地向另一個地獄般的夜晚推近，生存的條件和可能性也持續在變化，鮑伯叔叔的目光再度滑向我父親，他的表情深不可測，只是盯著從我父親嘴唇裡吐出的薄霧，那是我父親依然活著的唯一證明。

19

當凱爾和我母親終於抵達路面時，他們並沒有歡慶，而只是暫時停下腳步，並且因為鬆了一口氣而顫抖。

現在，他們已經踩在了紮實的地面上。他們之間的那條圍巾解開了，他們也加快了腳步。每隔幾分鐘，我母親就掏出她的手機，檢查著訊號，二十分鐘之後，手機螢幕終於亮了，並且出現了一格訊號，真是謝天謝地，這讓她的眼睛充滿了感激的淚水。

在那之後，事情飛速地進展。幾分鐘之內，一輛警車就發現了他們，那場意外的細節也被傳達給了不同的單位。警察想要送我母親和凱爾到醫院，但是，我母親堅持要他開車帶他們到搜救現場。凱爾也同意地表示自己沒事。

設立在雪橇遊樂場旁邊那座停車場的搜救大本營充滿了戲劇性。已經有十幾輛救護車、警車和森林巡警的吉普車集結在那裡了，此外，還有至少五十名穿著各式制服的人。我母親和凱爾被帶到一輛等待中的救護車裡，他們幫兩人裹上了加熱毯，也給了他們瓶裝水。一名醫護人員跟著他們上車，以檢查他們的情況。

我看著那名男子首先為我母親檢查。她的手指有輕微的凍瘡，幾根腳趾也是，至於小腿則因為靴子裡面滲進冰雪，皮膚因而被凍出了一些斑塊。她的傷處受到熱敷和包紮的處理，她的雙腳也浸泡在一桶溫水裡。那名醫護人員還懷疑我母親有幾根肋骨斷了，他建議我母親要到醫院照X光。她搖搖頭，再度詢問他是否會用無線電聯繫警長，了解一下搜救行動的最新進展。

他打給了警長，並且在掛斷無線電之後搖搖頭，然後轉向凱爾，只見凱爾正在耐心地喝水，吃著他們為他買來的麥當勞起司漢堡。我母親也有一袋食物，不過，她連碰都沒有碰一下。

凱爾把他的食物放到旁邊，脫下外套和襯衫。

我倒吸了一口氣，我母親也是，她的眼睛驚訝地凸了出來。凱爾整個左半邊的身體，從肩膀到臀部，已經腫成了一大片，皮膚也因為瘀青而泛出斑斑駁駁的藍紫色。

「哎唷。」當那名醫護人員抬起凱爾的手臂時，凱爾叫了一聲，露出一絲嘲諷的笑容。

他的英勇令我大為折服。他的身體已經不成人形，而他竟然從頭到尾連一個字都沒有抱怨過。我母親嚥了嚥口水。她完全不知道。她也從來沒有問過他。一個和她女兒同樣年紀的男孩發生了一場可怕的事故，而她甚至從來都沒有問過他是否沒事。我也沒有想過。只是，現在回想起來，這似乎讓人很難理解。我想要告訴她沒關係，想要提醒她，她自己已經有夠多的事情需要處理了。不過，我知道，即便她可以聽得到我說話，結果也不會有什麼不同。悔恨是一種很難面對的情緒，是一種令人難以放下的重擔，因為木已成舟、覆水難收。只有幻想才能保護你免於這種痛苦，或多或少地把已經發生的事改變成比較容易接受的模樣，然而，我母親並不擅長於幻想。

「你還好嗎？」那名醫護人員留意到她的臉色蒼白。

她點點頭，別過臉，不去想將會被此刻所撼動的未來，轉而專注在恐怖的當下，同時祈禱著自己不會再次感到懊悔。

「你需要到醫院去，」那名醫護人員對凱爾說。「那些瘀青需要仔細檢查一下，還有，我認為你的肩膀曾經脫臼。它雖然已經復位了，不過，你可能需要綁上吊腕帶。」

凱爾點點頭，然後又聳了聳肩，彷彿那個人告訴他的並非什麼了不起、卻也夠討厭的事情；他很快地用一種令人難以置信的平常口吻說：「你覺得有人可以讓我搭個便車嗎？」

「外面還有一輛救護車。」那名醫護人員說。

凱爾有些難為情地表示：「這趟便車還真有點貴。」

那名醫護人員打開車門，朝著後面大喊：「嘿，瑪麗．貝斯，你覺得你可以免費送這個孩子去醫院嗎？」

一名女子的聲音回應道：「當然可以，今天，英雄可以享受特別的車價——免費到急診室。」

凱爾臉紅地穿上他的外套，然後站起來。「謝謝。」他對那名醫護人員說道。在即將走出車門的時候，他猶豫了一下，然後轉身面對我母親。他有點口齒不清地說：「我希望他們沒事。」

他的善良幾乎摧毀了她，我看著她的表情緊繃，肌肉因為控制情緒而拉緊。她費力地點點頭，右手在她的腿上打開又闔上，就在她開口要說什麼的時候，已經來不及了。凱爾已經走了，我想，如果他剛才沒有轉身的話，他的表現會更加慈悲。一陣啜泣聲響起，我母親咬著她的指關節強忍著哭泣，她將那股衝動深深地壓抑在內心裡，以免淚水決堤。

我看著凱爾消失在另一輛救護車裡，同時很好奇我是否會再見到他。我懷疑。誠如彼此並肩作戰的士兵一樣，一旦戰爭結束，他們就會回到各自的生活，悲慘的回憶是他們之間唯一的連結，而那樣的回憶是任何人都寧可忘記的。

20

茉兒是第一個聽到的。她抬起頭，看著天花板，然後歪著頭。嗒，嗒，嗒，聲音的頻率一致到不可能是風。那道轟鳴聲越來越近，讓她挺直了身體，我看著她更加專注地在傾聽。她跳起來，不過立刻就摔回了地上，因為她的腳已經凍僵到無法支撐她了。她趴在地上，爬到車門底下那張椅子的旁邊。

「救命。」她有氣無力地用破裂的聲音喊著。

她沙啞的聲音讓鮑伯叔叔、凱倫阿姨和娜塔麗也注意到了。他們抬起埋在衣服裡的頭，豎起耳朵，隨即聽到了直升機的聲音。鮑伯叔叔從他的座椅上爬起來，一瘸一拐地來到茉兒旁邊，努力地把車門推開。

透過打開的門縫，一名被直升機吊下來的男子示意他們待在車裡不要動。茉兒立刻爬回到我父親身邊。

「救援到了，」她哭著說。「你會沒事的。救援到了。」

我父親沒有回應，我祈禱她是對的，希望他們及時趕到，而他也能撐過去。

那名男子就在門口。他年約三十，看起來像個海軍陸戰隊的士兵，身形矮壯結實，肌肉發達，剃得很短的頭髮直挺挺地豎立在頭頂上。他掃視了一下車內，然後讓自己降落到車裡，鮑伯叔叔在他環視著現場時和他握了握手。

「五個，」男子對著他的耳機說。「四個有反應，一個失去了意識。」

「確認有五個人。應該是六個加一隻狗。」有人大聲地回應他。

鮑伯叔叔的眼神落到地上，隨即很快地又回到那名男子身上。「第六個和那隻狗今早離開了，」他說。「他去找他母親。」

茱兒的目光飄向娜塔麗戴著手套的手，不過，她並沒有說什麼。

凱倫阿姨和娜塔麗因為獲救而過度興奮，完全沒有察覺到其他的事。她們哭著擁抱彼此，發誓她們以後再也不會到任何有雪的地方。我真希望她們可以閉嘴。閉嘴！

不到幾分鐘，我母親、凱爾和鮑伯叔叔為了封住擋風玻璃而堆起的那面雪牆就被清除了，另外兩名救援隊人員帶著一副擔架進到露營車裡。幾分鐘之後，我父親就被抬出去吊上空了。那架直升機並沒有花時間等待其他人被救出來。我父親一上飛機，直升機立刻就朝著河濱市一家三級創傷中心而去，一組醫生已經在那裡待命了。

第二架直升機在幾分鐘之後抵達。娜塔麗首先被吊上去，凱倫阿姨接著往前站，不過鮑伯叔叔卻阻止了她，他說：「親愛的，得讓茱兒先上去。」凱倫阿姨漲紅了臉，隨即退回到原位。

等到所有人都上機之後，那架直升機才前往醫院。救援隊曾經簡短地討論是否要帶上我的屍體，不過，他們最終決定再折返回來處理。

我很高興他們做出這樣的決定。茱兒已經承受太多了。她現在最不需要的就是和我冰凍、毀壞的屍體一起踏上這段旅程。

起飛之後，茉兒看著窗外，她瞇著眼睛，望著被大雪覆蓋的森林，那一望無際的寬廣和看不見克洛伊、凡斯與奧茲的絕望，讓淚水順著她的臉龐滑落了下來。

21

我母親獨自坐在救護車裡等待著消息。

聖貝納迪諾郡警察局負責了這次的救援行動，主事的那個傢伙叫做伯恩斯。他是那種你希望事情由他來主導的人。他的身材中等，行動矯捷有如運動員一樣，他散發著令人感到安慰的自信果斷，特別是在應對我母親的時候。半個小時以前，他命令她待在救護車裡，不要干涉救援行動，當她張嘴想要抗議時，他嚴厲的神情阻止了她。

伯恩斯在一輛警局的廂型車後面指揮整個行動，大聲地對他的團隊下達命令，他的語氣傳達著時間緊迫的急切性，不過卻沒有絲毫的恐慌。每隔幾分鐘，他就步出廂型車，眺望著地平線，評估著漆黑的天色和即將來臨的風雪，無論是天色還是風雪，兩者逼近的速度都太快了。

當他收到救援隊的消息時，他匆忙地越過停車場，來到救護車裡面。

「怎麼了？」我母親看著他嚴峻的神情問。

「我們找到了那輛露營車。你丈夫已經在被送往河濱市內陸山谷醫療中心的路上了。他還活著，不過傷勢很嚴重。」

她緊緊地閉上眼睛，他還活著的消息讓她鬆了一口氣地發出了嘆息。她以為這是伯恩斯要傳達的壞消息，她花了幾分鐘的時間，才發現他還沒有說完。

「茉兒和高德那家人——鮑伯、凱倫和娜塔麗，」他繼續往下說。「由第二架直升機送往大熊湖醫療中心。」

我母親點點頭。伯恩斯停了下來。她不禁歪著頭注視著他。

「你兒子沒有和他們在一起。我們抵達的時候，他不在露營車裡。根據其他人的說法，他和那隻狗今早離開了。」

我母親困惑地瞪大雙眼。「你一定弄錯了。奧茲不會離開的。他就是不會。那不是他會做的事情。我兒子，他……」她向來都不知道要如何形容奧茲。「他的頭腦很簡單，」最後，她終於這麼說。「但他自己並不這麼認為。」

伯恩斯的下巴抽動了一下，雖然輕微，不過卻流露出他的情緒。「很遺憾，」他說。「不過，他沒有和他們在一起。我們已經指示搜救隊也要去找他了。」

我母親盯著她發紅、乾裂的手，或許是因為拒絕接受、困惑，也或許是因為承受不了，只見她不停地搖著頭。

「K-9小隊很快就會抵達那裡，」伯恩斯說。「在我們因為夜色降臨而必須停止行動之前，還有一個小時左右的時間，希望——」

「一個小時，」我母親尖叫著打斷他。「你是什麼意思，一個小時？我女兒和兒子都還在荒野之中。你不能因為晚上而停止搜索。」

她並沒有提到凡斯。

「米勒太太，我們正在全力地搜尋克洛伊、奧茲和凡斯。」

我母親在被提醒她的孩子並非唯一失蹤的人時畏縮了一下。我並沒有因為她沒有想到凡斯而對她有所怨言。自從昨天晚上開始，我自己也沒有想到過凡斯，我的思緒完全被克洛伊、茉兒、奧茲、我父親和我母親佔據——我只想到了我所愛的人，完全沒有餘地再去擔心其他人。

「我需要去幫忙。」我母親說著站起身。

「米勒太太，你能幫忙最好的方法就是讓我們做我們的工作，並且待在這裡，以防我們需要你。而我現在需要你幫忙我們多了解你兒子一點——任何可能有助於我們找到他、釐清他為什麼會企圖要去找你的資訊。」

「他企圖要去找我？」

「根據鮑伯的說法，那是他之所以離開的原因。所以，現在，我需要你多告訴我一點關於奧茲的事。」

我母親把手肘撐在膝蓋上，將臉埋入掌心裡。

我不確定這是為了要分散我母親的注意力，還是伯恩斯真的需要這些資訊，不過，讓我母親有事可做是個好主意。這讓她可以專注在某件事情上，而不至於發狂。她想了一下，然後開始敘述，她的話讓我大感震驚。

我母親從來都沒有注視過奧茲，或者似乎從來都沒有這麼做過，然而，她的描述卻詳細到讓人不寒而慄。不知道為什麼，她一直都在觀察他，但是卻沒有人發現。她閉上眼睛地說，他的左耳下方有一顆痣，他的手腕上有一個看似加州形狀的胎記，他的太陽穴上有一道疤痕，那是他兩年前從腳踏車上摔下來所造成的，他的髮線上有一撮翹起來的頭髮，讓他的頭髮從額頭向左邊捲曲。她知道他的腳上穿著羊毛襪——一只是灰色的，另一只則是棕色的，因為他的左腳比右腳大，而那只棕色的襪子比較薄，他喜歡讓他的鞋子感覺起來很平均。她很確定他會往下走，而不是往上走，因為那樣對他來說才是合理的，她也同樣確定，如果救援人員靠近的話，他一定會躲藏起來。

她含著淚水地說他有多麼強壯，並且警告伯恩斯，除非奧茲同意，否則不要靠近賓果。奧茲會強烈地保護他所愛的東西。她的描述是那麼地生動，我彷彿可以從她的話語裡看到他。當她說起他的心地有多麼善良的時候，她顫抖的聲音裡隱含著驕傲，當她轉而提起他的忠誠時，她聽起來又是那麼地溫柔，我聽著她述說，希望我父親也能夠聽到這席話，或者，但願奧茲可以知道這一切。

22

我看著英勇的救援人員穿著顏色鮮明的橘色防寒外套，站在那場意外事故的現場邊緣，等待著上級下令，讓他們沿著繩索下降，開始展開搜尋。他們十幾個人背風而立，一陣陣的強風襲擊著他們，淹沒了他們的聲音。然而，沒有人抱怨，也沒有人露出投降的跡象，當他們收到指令說搜尋行動因為暴風雪而暫停時，我可以感覺到他們的絕望。這些人的手機上全都帶著凡斯、克洛伊和奧茲的照片，他們沒有人想讓這三個人繼續在野外熬上一個夜晚。在不情願之下，他們也只能回到運送他們來到這裡的吉普車上。

在伯恩斯告訴我母親這個消息時，他們動用了三名警察才把我母親拖住，讓她無法衝到樹林裡去。

「哈德爾。」伯恩斯對著那名跑來協助的醫護人員大喊。

那名醫護人員掏出一根注射筒，在我母親來得及把他踢開之前，就把那根針筒扎在了我母親的大腿上。她幾乎立即就癱倒在了他的懷裡，那幾名警察隨即將她抬到救護車上，她在被綁住之後，立刻就被送往了醫院。

我鬆了一口氣。我母親已經超過三十六個小時沒有睡覺了。

23

我來到那家位於大熊湖的醫院探視茉兒。

麻痺。那個醫生重複地使用著這個字眼。「接下來會感到刺痛，此外，你可能會有好幾天的時間沒有感覺……」

我真希望這個字眼只限於茉兒的手指和腳趾。然而，茉兒全身都感到麻痺，身體內外都是。她對醫生的問題點點頭，跟著他簡單的指示做動作，不過，她沒有說話，她的瞳孔縮得像針頭一樣小，當醫生為了判斷她的傷勢而刺她、戳她時，她的身體宛如布娃娃般地無精打采。一名護士建議讓她服用煩寧❹，不過，醫生卻搖了搖頭。也許晚點再說吧，如果有必要的話。他認為，在她的身體重新適應環境時，最好不要讓她用藥。

茉兒的傷勢僅限於低溫所造成的傷害。她的嘴唇腫脹破皮，耳朵起了水泡，為了治療凍瘡，她的手腳都被夾板固定，並且用紗布包裹了起來，剛開始的時候，她的體溫甚至比正常低了好幾度。儘管如此，她依然很漂亮，看著她裹著電熱毯、安全地坐在醫院裡，我感到無比的寬慰。

❹煩寧（Valium）具有抗焦慮藥物的作用。通常用於治療包括焦慮、癲癇、酒精戒斷症候群、失眠、肌肉痙攣等一系列疾病。

卡敏斯基太太衝進病房裡，讓茱兒緩緩地抬起了頭。

「媽咪。」她含糊地叫了一聲，她渾身都在發抖，先是她的嘴唇，然後往外擴散，直到她全身都在劇烈地顫動。接著，她就已經在她母親的懷抱裡了，卡敏斯基太太攙扶著她，為她減緩那股衝擊，她親吻著茱兒的頭，並且向她保證說，媽媽就在這裡，茱兒沒事了。

「噓，寶貝。」卡敏斯基太太溫柔地引導茱兒躺回床上。當她把那條電熱毯在她女兒身上蓋好時，她輕輕地唱起一首波蘭的搖籃曲，我記得在茱兒和我小的時候，她也曾經唱過這首歌。不到幾分鐘，茱兒的眼睛就閉上了，她的呼吸也平緩了下來。卡敏斯基太太並沒有因此而停止哼唱。她從牆角把一張椅子拉到病床的圍欄邊，坐下來，一遍又一遍地唱著那首搖籃曲。

一個小時之後，茱兒動了一下，不過並沒有醒來，當她在啜泣中呼喚我的名字時，我再也無法承受地離開了。

24

我父親在動手術。

至少有十幾個人圍繞著他，他們全都穿著長袍、戴著口罩。他的頭裹著紗布，嘴巴裡插著一根呼吸管。他左邊的一名外科醫生似乎在處理他的胸腔，而右邊那個則專注在他髖部上方一個開放性的傷口上。我父親的右腿撐著一根支架，被股骨刺穿皮膚的那個傷口很乾淨，不過卻毫無遮掩，赤裸裸地暴露在空氣之中。他和茉兒一樣，手腳都被夾板固定，而且被紗布包裹了起來。

你不需要具有醫學文憑，也能看出他的狀況很糟糕。自從他被直升機運離事故現場至今已經過了四個小時，然而，眼前的狀況看起來彷彿這場治療才剛剛開始。這對他們來說將會是一個漫漫長夜。

25

我決定去看看伯恩斯，了解一下明天最新的搜救計畫，結果卻出乎意料地發現我自己出現在鮑伯叔叔、凱倫阿姨和娜塔麗也在的一間房間裡。

當伯恩斯自我介紹的時候，鮑伯叔叔坐在他的病床上，和面前這位警長握了握手。

「其他人怎麼樣了？」鮑伯叔叔問。

凱倫阿姨在靠窗的那張病床上，她的手裹著熱敷墊，不過並沒有上夾板，我猜，她的凍瘡比我父親和茉兒都還要輕微。娜塔麗蜷縮在角落的一張躺椅上，她手指上的皮膚乾裂，不過，除此之外並未受傷。她們兩人都在睡覺。

鮑伯叔叔的腳踝套著一只橡膠靴，並且架高在一塊保麗龍磚上面。

如果我是個好人的話，我會很高興他們都沒有受到重傷，他們的手指、腳趾、肋骨、肺部和腿都沒事。然而，在那一刻裡，我並非一個好人。我是一個憤怒的靈魂，而這個靈魂的軀體已經死了，她的家人和最好的朋友正在受苦，我痛恨他們三個人竟然如此安好。

伯恩斯簡單地告知了鮑伯叔叔我家人和茉兒的狀況。當伯恩斯說搜索工作暫停了，奧茲、克洛伊和凡斯都還在野外時，鮑伯叔叔的臉上失去了血色。從伯恩斯提到克洛伊的模樣看起來，我可以看得出來，她是他最擔心的一個。也許是因為他自己也有個女兒，也或許是因為在我母親的描述中，克洛伊是最沒有運動神經的一個，而且，她和凡斯暴露在荒野中的時間最久。他絕對有理由擔心。克洛伊的狀況並不好；隨著時間一分一秒的過去，她在那個樹洞裡緩緩地凍僵了，緩慢到我無法目睹，每一秒鐘都像一把刀插在了我的心上。

「米勒太太幾分鐘之前被帶到醫院來了。」伯恩斯說。

「安在這裡？」鮑伯挺起身說道。「在這家醫院？她還好嗎？」

「她需要服用鎮定劑，」伯恩斯說。「不嚴重，不過，就目前來看，醫生們建議持續給她鎮定劑直到明天早上，這樣，她才能稍微休息一下。那就是我之所以在這裡的原因。因為安服用了鎮定劑，那家人沒有人可以和媒體交談，我希望你也許可以代表他們說說話。如果我們可以得到大眾越多的關注，我們的搜索行動就能獲得更大的支持。」

鮑伯叔叔幾乎是從床上跳下來的，隨即因為起身太快而暈眩地絆倒。

「慢慢來，」伯恩斯說。「把衣服穿好，集中精神，等你準備好的時候，就到休息室來和我會合。」

鮑伯叔叔點點頭，伯恩斯隨即朝著房門走去，不過卻在走到一半的時候轉過身來。「還有一件事。有件事我不是太確定。那個男孩，奧茲——他母親很確定他不會自己擅自離開。你告訴騎警說他離開露營車去找她。他為什麼要那麼做？」

鮑伯叔叔的眼神飄來飄去，腦子裡不停地在思索應該如何回答這個問題。「奧茲是……呃，我相信安告訴過你……他不正常。」

不正常，我尖叫著。什麼叫做不正常？

「當他沮喪的時候，他會變得情緒化，而且不講理。」

伯恩斯的神情沒有透露什麼，他銳利的眼睛定定地看著鮑伯叔叔。

「我想，當時的情況超過了他所能承受的，當他使用暴力時——」

「他使用暴力？」伯恩斯打斷他。

鮑伯叔叔點點頭。「他打了凱倫。」他朝著他熟睡中的妻子點點頭。「輪到她喝水的時候，奧茲卻想把水給那隻狗喝，所以，他就從凱倫那裡把水搶走，當凱倫不放手的時候，他就打了她。」

伯恩斯看了凱倫阿姨一眼，她左邊的臉暴露在被子外面——蒼白、白皙，沒有什麼痕跡。

「我就是在那個時候帶他出去的。我問他，他是否需要去上廁所，好讓他遠離其他人，希望那會讓他冷靜下來。可是，當我們到外面的時候，他突然想到他必須去找他母親。我試著阻止他，但卻無能為力。」

伯恩斯點點頭，開始轉身，但他遲疑了一下又轉回來。「你是怎麼回到露營車裡的？」

鮑伯叔叔側著頭。「我是怎麼什麼？」

「你是怎麼回到露營車裡的？安說，奧茲和凱爾是唯一強壯到可以把自己撐上露營車頂，然後爬回車裡的人。她很擔心，奧茲是留在那裡的人裡面，唯一能抬起你們其他人的人，她擔心他會自己先爬進車裡，而忘了要先把其他人抬上車頂。」

鮑伯叔叔在回答之前短暫地猶豫了一下，這讓伯恩斯了解到這個故事有點不尋常。「我從來都沒有從露營車頂上下來過，」他說。「就像我說的，奧茲很沮喪，而當奧茲沮喪的時候，最好的辦法就是避開他。因此，當他和那隻狗從車頂上下去的時候，我就留在車頂上。」

「嗯，」伯恩斯說著點點頭。「所以，當你還在露營車頂上的時候，他就離開了？」

鮑伯叔叔點點頭。

「這也許會有所幫助。他朝著哪個方向走？」

我困難地吞嚥著口水。鮑伯叔叔當然不會回答，以免把救援隊導向錯誤的方向去搜尋。他根本不知道奧茲往哪個方向走。奧茲把鮑伯叔叔抬上露營車，在奧茲選擇要朝哪個方向前進時，鮑伯叔叔已經回到車子裡了。

「他是朝著安和凱爾離開的方向走的。」鮑伯叔叔回答，恐慌和憤怒染紅了我的視野。奧茲選擇了完全相反的方向，誠如我母親所說的，他是朝著下坡走的，因為那是車尾燈所面對的方向。

「很高興知道這點，」伯恩斯說。「我們幾分鐘後見。」

關門的聲音吵醒了娜塔麗，她睡眼惺忪地坐起身。

「小天使，你能幫一下你老爸嗎？」鮑伯叔叔說。

她們一起幫他穿好衣服，接著，她扶著他站起來，然後把拐杖遞給他。當他搞不清楚要怎麼使用拐杖時，他發出了一聲輕笑。娜塔麗並沒有和他一起笑，這點倒是值得表揚。事實上，她看起來彷彿就要吐了。就算不是的話，至少，當她看著她父親為了接下來那十五分鐘的媒體曝光而自娛自樂地練習使用拐杖走路時，她的臉上浮現了一絲不屑的神情。

26

卡敏斯基太太依然坐在茱兒的病床邊唱著搖籃曲，她的聲音輕柔到彷彿只是在哼唱。當電話響起時，我正準備要離開病房前往記者會，那是一聲牛的哞叫，是從我的iPhone發出來的，這讓我知道有人發了簡訊給我。茱兒一定是從事故現場把我的手機取走了。那支手機現在就和她自己的手機一起放在茶几上。

我飄移過去看著螢幕。雖然，飄移不是正確的用語，因為它意味著移動、空氣和感覺，但是我卻完全感覺不到這些。我並沒有真正地移動；我只是存在於我所選擇之處，隱形而無聲——一個見證者，一股意識，除此之外，什麼也不是。

螢幕是亮著的。我母親想要知道你的禮服是什麼顏色，這樣，她就可以買一條相配的領帶。祝你週末愉快。星期二見。查理。

我困難地嚥下口水，眼裡盈溢著淚水。我知道，我不應該在還有那麼多人值得我為他們感到難過時，卻為自己感到難過，但是，我就是無法自已。我想要去參加舞會。和查理一起。我想要坐在茱兒旁邊，和她聊著我的禮服以及我應該要穿什麼顏色來讓她分心，因為茱兒向來都很在意這種事。我想要幫助伯恩斯尋找我弟弟、我姊姊和凡斯。我想要告訴我母親，我很抱歉撞壞了她的車，並且告訴她，鮑伯叔叔對奧茲所做的事。我希望每個人都獲救，希望我們所有人都可以回家。我想要回到學校，想要上大學，然後成為大聯盟的首位女性經理。我希望這些事都能實現。

我盯著已經不再發亮的手機螢幕，想著我原本會選擇的禮服，也許是綠色的，因為那會和查理的眼睛很搭。我想著他牽起我的手，引領我走到舞池，然後在他的手摟住我的後背時發出咯咯的笑聲，而他也露出傻笑來回應我。我知道我們會笑成一團，因為他很有趣。他的朋友總是會被他的話逗得開懷大笑。

茉兒不安地動了動，發出了幾聲呻吟，然後叫著我的名字。

*我在這裡，*我啜泣著，雖然我並不在這裡。

她再度動了一下，她的臉彷彿因為痛苦而扭曲。我擔心是我的悲傷干擾到了她，於是，我離開了。

27

那個房間和一間教室一樣大，裡面擠滿了記者和攝影師。靠近房門的地方有一座講台和一支麥克風。伯恩斯站在講台後面發表著聲明。這是我第一次看到他不自在的模樣，我發現，儘管他在領導他的團隊時自信滿滿，不過，站在聚光燈底下並不是他的專長。

在他僵硬地說明情況以及明天的搜救計畫時，鮑伯叔叔和娜塔麗都站在他的身後。鮑伯叔叔已經刮了鬍子，娜塔麗也梳過頭髮，還塗上了唇蜜和腮紅。

伯恩斯結束他的聲明，然後介紹了鮑伯叔叔，鮑伯叔叔也拄著拐杖跳上前來。

「高德先生，」一名淺金色頭髮的記者說。「關於你和你家人痛苦的經歷，你有什麼要對我們說的嗎？」

鮑伯叔叔眨了幾次眼睛，燈光和那名對他說話的漂亮女子讓他失去了理智。「呃，嗯，喔，我們的首要之務，呃……只是撐過那個晚上。」

「所以，你決定待在那裡，不要走開？」

鮑伯叔叔點點頭。「我們墜落了很長的一段距離，當時漆黑一片，又在下雪。要在夜晚找到出路是不可能的事。」

「可是……」那名記者看著她的筆記。「克洛伊・米勒和凡斯・漢尼根卻選擇要試著去找到出路？派他們去求援是你們集體做出的決定嗎？」

她的語氣中帶著一絲輕微的指控，讓鮑伯叔叔嚥了嚥口水，他瞇起眼睛，彷彿豎起一面自我保護的盾牌一樣。「不，那是他們自己的決定，」他說。「我們試著阻止他們做出這樣的決定，但是，凡斯決定要離開，而克洛伊也決定要和他一起走。」他停下來，搖了搖頭。「我們誰都無能為力。」他重新抬起視線，以充滿心碎的聲音說：「他們只是孩子。為了讓他們也能和我們其他人一起平安地在這裡，我願意付出一切。」

那名記者同情地點點頭，現場其他人也跟著點點頭。「至於第三個失蹤的孩子，」她說，「那個男孩，奧茲——你也試過要阻止他嗎？」

「我試過，」鮑伯叔叔無比真誠地說。「我求他聽我的話，但他想要找他母親。」當他的情緒戰勝理智時，他停了下來，然後深深地吸了一口氣，才又繼續說道：「奧茲有智能上的障礙。他有堅強的意志，但卻沒有足夠的智力。我祈禱搜救人員能找到他。他父母是我最好的朋友，而他們把他們的兒子留給我照顧。如果他發生什麼事的話，我永遠也不會原諒我自己。」他在淚水湧上眼眶時將視線轉開，他的說服力太強了，就連我也幾乎相信了他。我看著那些一臉同情和理解的記者，我知道他們也相信了他，我真希望我可以拿一座奧斯卡獎盃往他的頭上砸去，他的表演絕對值得獲頒奧斯卡獎。

「高德先生，」那名記者繼續往下說，她的聲音現在已經轉為溫和了。「往好的一面來看，你的家人、傑克．米勒，以及茉兒．卡敏斯基現在都獲救了。」

鮑伯叔叔點點頭，順著她的話轉變了話題。「是啊。聽到直升機在我們頭頂上方的聲音，儼然就是上帝對我們的祈禱做出了回應。」

「救援隊表示，除了撞車過程中所受到的傷害，你們五個的狀況都出奇地好，這都要歸功於某些聰明的求生選擇。你們用雪塞住擋風玻璃來阻擋暴風雪，這是真的嗎？」

「是的。雪發揮了隔離的功能。這和愛斯基摩人使用的技巧一樣。」

我對他沒有提到茉兒或者歸功於她感到憤怒。

「你們把雪融化成水嗎？」

「我們有一個打火機、一個太陽眼鏡盒，還有一本傲慢與偏見的小說，」他依然沒有提到茉兒。「感謝珍．奧斯汀寫了這麼長的故事。」

底下的群眾發出了輕笑聲。

「真聰明，」那名女記者說。「你是一個活生生的印第安納．瓊斯。」

「算不上，」鮑伯叔叔臉紅地說。「當你處在絕境時，你就會想出辦法。你不得不如此。」

鮑伯叔叔身後的伯恩斯皺著眉頭，不過，令人讚嘆的是，娜塔麗竟然往前一步地說：「爸爸，我們應該走了。我累了。」

鮑伯叔叔這才回到了現實，一絲慚愧的表情浮現在他臉上。「當然了，寶貝，」當他用手臂摟住她的肩膀，並且認同地親吻她的頭時，他的眼神並未和她相對。接著，他調整了一下他的拐杖，然後終於做了一件對的事情。他轉向攝影機說：「還有三個孩子在荒野之中。搜救行動明天將會恢復。請為他們祈禱，並且提供你們可以提供的任何支援來找到他們。」

在娜塔麗的陪同下，他一跳一跳地離開了。在場的每一個人都讚賞地看著他們的背影，除了伯恩斯以外，伯恩斯的眼睛雖然並未透露出什麼，不過，他緊抿著嘴，往下拉的嘴角流露出了懷疑和不信任。

28

我整夜都和克洛伊在一起。我去找過奧茲，然而，我無法和他待在一起，因為他不斷地呼喊著我父親，讓我不忍心聽下去。他依然在他和賓果稍早停下來休息的那塊岩石上，雖然賓果已經不見了，逐漸隱沒的腳印顯示牠朝著露營車回去了。

克洛伊蜷縮在那棵空心的樹裡，她戴著兜帽的頭埋在膝蓋上。她完全沒有發出一點聲響。我感覺得到她的寒冷、她的疼痛和悲慘，我知道她已經放棄了。如果她可以選擇的話，她會讓自己的心跳停止，讓她的肺部停止呼吸。然而，儘管她這麼希望，她的血液卻依然在壓縮，空氣也繼續在她的體內流動。

我坐在她旁邊，祈禱我的靈魂還有能量，能夠帶給她一點溫暖，在我陪她等待的時候，我也對著她說話。我告訴她死亡是什麼感覺，以及發生在其他人身上的事。我告訴她關於鮑伯叔叔愚蠢的新聞採訪，以及在面對災難時，他是怎樣的一個蠢貨。克洛伊向來都不喜歡鮑伯叔叔，所以，她會很高興聽到這個的。

當我把所有的正經事都說完之後，我告訴她關於查理那則簡訊的事。我承認我考慮穿綠色的禮服，因為那會和查理眼睛很相配，坦承自己女孩子氣的一面讓我羞紅了臉。*不要告訴別人，我警告她。我不想在我已經走到終點線的時候毀了我不羈的一世英名。*

我告訴她，我有多希望查理會穿他的牛仔靴：那雙有著紅色縫線的黑色靴子，不是棕色的那雙。然後，我對我曾經做過的所有不友善的事道歉。我告訴她，當我看到她在體育館後面抽大麻的時候，我跑去密告校長，對於此事，我感到很抱歉。接著，我厲聲叫她不要再抽大麻了，我告訴她那有多蠢，像她那麼酷的人不應該這麼做。我也告訴她，她以為被她弄丟的那副太陽眼鏡，其實是在我最底層的抽屜裡，就在我的足球訓練服底下。有一次，我在沒有告知她的情況下擅自借走了那副眼鏡，結果不小心坐在上面弄破了一邊的鏡片。

我不停地說，不停地說，然後突然停了下來。有聲音，但不是我的，還有狗吠。克洛伊沒有聽到。她沒有動。她沒有發現自己得救了。

這裡，我尖叫著。這裡，這裡，這裡，這裡。

一隻哈士奇還是牧羊犬，或者什麼渾身灰色長毛、不可思議的動物，把牠的鼻子探進了她的兜帽裡，這讓克洛伊嗚咽了起來。那隻狗把鼻子抽出來，開始嚎叫。兩分鐘之後，兩名穿著橘色防寒外套的男子就已經蹲在我們旁邊了。其中一個人正在對著他的對講機說話。

「我們找到她了。我們找到那個女孩了。」他的聲音很激動。

另一名男子把他的手指壓在克洛伊的脖子上，然後拇指朝上地做了一個手勢。

「她還活著。」那個拿著對講機的人說。

「知道了。直升機已經過去了。」對講機那頭回覆道。

我又是歡呼、又是拍手、又是旋轉、又是大叫，我不在乎沒有人聽得到我。他們找到了克洛伊。我姊姊將會沒事的。

29

我到我母親所在的地方。我想要在她得知這個消息時在那裡。

當我出現在搜救大本營而非醫院的時候，我一點都不驚訝。我母親坐在她昨天坐的那個位置，也就是救護車後面，她動也不動，像一塊石頭一樣，雙眼茫然地看著前方。鮑伯叔叔在她旁邊，握著她那雙發紅乾裂的手。

鮑伯叔叔對援助的呼籲奏效了。超過一百名志工和來自各個單位的人員加入了搜救的行列。現場有救護車、消防車、警車、十幾輛吉普車，以及來自林業局的廂型車。

遠處，厚重的烏雲和尚未降落的雪正在發出威脅，不過，截至目前為止，它們還未發動攻擊。

兩架直升機在山谷上盤旋。我對他們能否看到奧茲，並沒有抱著太大的希望。他躲在了濃密的樹林底下，而且，基於鮑伯叔叔錯誤的情報，搜救行動鎖定的方向和奧茲前進的方向完全相反。

伯恩斯打開救護車的車門，一陣風跟著他一起進到車裡。我母親跳起來，她的目光企圖要讀懂伯恩斯的表情。

「我們找到克洛伊了。她還活著。」說著，一抹笑容浮上他那張飽經風霜的臉。

我母親張開雙臂抱住了他。「謝謝你。噢，天哪，謝謝你。她在哪兒？」

「他們正在用直升機把她送往你丈夫所在的那家醫院。」

「她還好嗎？」

他暫停得有點太久，那份猶豫讓救護車裡的空氣似乎就要被掏光了。「她有嚴重的腦震盪，他們也不確定她的手腳是否沒事。」他說。

我母親用手掩住嘴巴，踉蹌地往後倒在鮑伯叔叔身上，鮑伯叔叔及時接住了她。她不停地搖頭，彷彿試著要將這個消息抹去，就像拭去神奇畫板[5]上畫壞的圖畫一樣，在鮑伯叔叔的協助下，她回到了她的座位上。

「我應該要去那裡，還是應該留在這裡？」她沒有特定在問誰，只是自言自語地說著。

我不知道我是否曾經聽過我母親徵詢別人的意見。這顯示出她有多麼的焦慮。

伯恩斯說：「他們給你女兒打了鎮定劑，她在幾個小時之內都不會醒來。所以，現在，你應該要留在這裡。」

在傳遞完消息之後，他轉身就要回到車外。

我母親的聲音攔住了他。「凡斯呢？」她說。

伯恩斯轉過身，搖了搖頭，我母親見狀，立刻把臉埋進雙手裡。鮑伯叔叔揉揉她的背，告訴她一切都會沒事的。

不過，不會沒事的，因為，當伯恩斯踏出救護車時，他掃視著黑暗的地平線，向他們襲捲而來的濃雲和已經開始降落的雪片讓他緊緊地抿住了嘴角。

❺ 神奇畫板（Etch A Sketch）是六〇年代國外流行的一種玩具，是一種不需要用筆來作畫的畫板，只需要利用兩個旋鈕來控制水平和垂直的落筆點進行繪畫。在玩具總動員中也曾經出現過這個玩具。

30

我和我母親以及鮑伯叔叔一起等待。暴風雪已經來臨了，冰雹彷彿鼓刷一樣地擊打在車頂上，不停地提醒著他們，他們處在既乾燥又溫暖的地方，而奧茲和凡斯卻正在受到天氣的擺布。

很難相信今天是總統日❻。這是三天週末假期中的第三天，也是我最期待的一天。我想到自己現在原本應該有多麼高興——我在這個山坡上的最後一個早上——也許正在玩滑雪板，更有可能在滑雪。我應該正在享受生命，從山上俯衝下來，在練習坡地上疾馳過茉兒身邊，和凡斯競速，和我父親一起搭乘纜車，理所當然地享受著這樣的一天，這樣的樂趣和這樣的時光，就像每個普通人一樣。

鮑伯叔叔無比好心地坐在我母親旁邊。他揉著她的背，不像他平時那樣廢話連篇，同時不停地望著窗外，留意著任何可能出現的變化。

「凱倫怎麼樣了？」我母親在冰雹下得特別猛烈時問道。

「還好，」鮑伯叔叔回答。「醫生希望她在醫院多住一天以防萬一，不過，她沒事的。」

我母親的嘴抿成了一條薄線，薄到連嘴唇都看不見了，傷痛和她正在面對的各種情緒混合在了一起。凱倫阿姨一直沒有打電話來，人也不在這裡。我母親的傷勢比凱倫阿姨嚴重，她的煎熬和痛苦也勝過凱倫阿姨千百倍，然而，凱倫阿姨卻連一聲慰問也沒有。

「她和你不同，」鮑伯叔叔說。「凱倫並不堅強。她會想通的。她只是需要消化這些事情。」

「想通？消化事情？」我母親不滿地說，那股傷痛很快地轉為了苦楚。「那是什麼意思？據我所知，她的孩子都活得好好的啊。」

「她很難過，」鮑伯叔叔說。「而且，她很擔心娜塔麗。你知道她的個性。她很固執。」

我母親還抱住自己。

「給她一點時間。」鮑伯叔叔說。

我母親沒有回答。有些事情是時間無法療癒的。她和凱倫阿姨是二十年的老朋友，但是，在她有生之年裡，這一刻是不會被忘記的。

那名救護車的司機瑪麗．貝斯從駕駛座轉過身來面對他們。「他們找到凡斯了，」她說。「直升機在松結露營區附近看到了他。他還在走路，那是個好跡象。」

鮑伯叔叔親吻了我母親的頭髮，然後將她抱得更緊，兩人都將這個消息視為尋獲奧茲的保證。

幾分鐘之後，當瑪麗．貝斯再次轉過身來的時候，他們的新希望破滅了。「直升機要停飛了。天氣太糟糕了。」

我母親幾乎沒有反應，在經歷過那麼多的打擊之後再添加一筆，她已經被掏空了。

❻總統日（President’s Day）定於每年二月的第三個星期一，又稱為華盛頓誕辰紀念日，旨在紀念美國首任總統喬治．華盛頓的生日，是美國的法定假日，與陣亡將士紀念日、感恩節等享有同等地位。

「撐著點。」鮑伯叔叔說。「奧茲很強壯，地面上的搜救隊也還在搜尋。」

✦

伯恩斯在正午的時候走向救護車，強風刮過他的臉頰，讓他把下巴都縮進了大衣的衣領裡。當鮑伯叔叔透過窗戶看到伯恩斯的時候，他推了推我母親，讓她抬起了頭。這回，她沒有等到伯恩斯走到他們面前。她從溫暖的車裡往前衝，那張臉充滿了希望，讓我為現實的殘酷感到心痛。

伯恩斯的目光移向左邊，然後垂落到她腳邊的地面上，她猛然停下腳步，氣喘吁吁地用手遮住嘴巴，同時開始不停地搖頭，他為什麼來找她的另一個可能性突然浮現在她的腦子裡。

「我們找到了那隻狗。」在她可以做出錯誤的結論之前，他先開口宣布，以免她的希望完全破滅——至少還沒有。

她迅速地眨了幾次眼睛，試圖理解這個消息，然後原地轉身，二話不說地回到了她本來的位置。賓果被找到了。奧茲依然下落不明。

31

「你怎麼想?」一名警員走向伯恩斯的時候說道。那名男子雙手插在口袋裡,肩膀縮到了耳邊,以免他的臉被側面掃落下來的雪刮到。

「再二十分鐘。」伯恩斯說。「我們再多給一點時間。」

一個小時之後,當整個世界已經呈現一片雪白時,他做出了決定,那是他一直祈禱著不需要做出的決定,他暫時中止了那天的搜索行動。

那對我弟弟而言無疑是宣判了死刑,這點每個人都知道——搜救隊、伯恩斯、我母親。另一場暴風雪正在向他們撲來,在搜救重新展開之前,至少需要等上一天、或者兩天的時間。沒有人能夠熬得過這麼長的等待。

這是最糟糕的結果,比他們發現他已經死了還要糟糕。我看著搜救隊拖著腳步回到他們的車上,每個人都氣餒地垂下頭,他們原本都祈禱奧茲還活著,現在,他們轉而祈求他已經死了,這樣,他就不需要再受到更多的折磨。

他沒死。他正蜷縮在賓果離他而去的那塊石頭上,不再呼喊著我母親或我父親。他孤單而害怕,獨自一個人在那裡顫抖,這樣的畫面幾乎要將我摧毀。

雖然,我知道他聽不見我,但我依然告訴他我愛他,告訴他賓果很安全,然後就離開了,缺乏待下來的勇氣讓我深感羞愧。

當伯恩斯把消息告訴我母親的時候，她幾乎沒有反應，她只是感謝他盡可能地讓搜救隊在風雪中待了這麼久，然後收拾好她放在救護車裡的東西，隨即和鮑伯叔叔一起走向等待著他們的警車。那輛警車會把她送到我父親和克洛伊正在接受治療的河濱市創傷醫院。

她受到了太大的驚嚇，我這麼告訴我自己，同時甩開當她聽到這個消息時那個讓我震驚的印象：鬆了一口氣。

不，我尖叫著。放棄了。她知道會有這樣的結果，因此早已有了心理準備；那並不是一個出其不意的消息，因此，它並沒有造成太大的傷害，如果她原本就抱著高度的期待，那麼，她的反應也許就會有所不同。她唯一的錯誤是沒有力氣掩飾她的反應，假裝她被這個消息摧毀了，一如所有人期待她會做出的反應那樣，包括我在內。

「你要我陪你一起去嗎？」鮑伯叔叔在幫她打開警車車門的時候問她。

我母親搖搖頭。「凱倫和娜塔麗需要你。」

他把她拉進懷裡，她在他胸前融化了，她把頭靠在他的胸口，他也把下巴抵在她的頭髮上。

「如果你需要我的話，我隨時都在。」他低聲地說，那份溫柔讓我不禁懷疑，他們之間存在的是否不只友誼。鮑伯叔叔明顯地喜歡我母親。一直以來都是這樣。而她對他的感情就沒有那麼明確了。

32

看到克洛伊躺在病床上的模樣，我母親嚇了一跳。她的頭髮遮在前額，一塊紗布覆蓋在傷口上。她的雙眼緊閉。一條白色的床單蓋在她身上，綁著繃帶的雙手就放在床單上面。月光從窗戶灑落進來，讓她蒼白的臉上散發著微光。她看起來就像一個受傷的天使，我感覺到我母親因為見到她而大大地鬆了一口氣，她的胸口也不再緊繃，以至於她幾乎沒有注意到克洛伊耳朵上的水泡、眼睛周圍藍色的凹陷，以及暴露在夾板外面那些發黑的手指和腳趾指尖。

我和我母親一起坐著，等著克洛伊醒來，護士時不時就進來查看她，幫她更換紗布，圍繞在她身邊的機器不停地發出嗶嗶聲和呼呼聲，那些穩定的聲音和螢幕上蜿蜒滾動的曲線讓人感到安心。雖然，克洛伊正在發燒，她的呼吸偶爾也有些紊亂，不過，她的脈搏一直都保持著穩定且令人安慰的節奏。

奧伯莉在快要八點的時候來了。令人驚訝的是，她看起來一如往常，看到她讓人感到不安。那就彷彿直視太陽一樣，既讓人覺得痛苦，卻又同時感到驚奇。

我母親站起身，她們投入了彼此的懷抱。

奧伯莉屬於我母親。她愛我父親，我父親也愛她，不過，奧伯莉就是屬於我母親。她們擁有一種俏皮、好玩又輕鬆的母女關係。她們兩人都喜歡購物，都喜歡看感人的電影，而且可以每天都到水療中心去讓自己受寵，每晚都到橘郡最新的餐廳去嚐鮮。我們總是取笑她們說，她們應該組成母女檔的美食評論家。她們會很成功的。奧伯莉會扮演白臉，而我母親則會是吹毛求疵的那個。

她們坐在彼此身邊，就像彼此的反射一樣，她們的腳都放在地板上，雙手都疊放在各自的大腿上。奧伯莉一定已經哭了很久。我之所以知道，是因為她的眼睛泛紅，而且也沒有塗上眼影，那表示她敏感脆弱的淚管發炎了。

不過現在，她坐在我母親旁邊，強忍著自己的情感。她沒怎麼說話，只是憂心忡忡地看著克洛伊和想著我，心不在焉地轉動著她手指上的訂婚戒指，默默地數著指環上的寶石。當她收到那枚戒指時，她驕傲地宣布指環上有二十二顆小鑽石圍繞著中間的那顆寶石，那象徵著在班求婚之前，他們交往的每一個月。我檢視著戒指，為了鬧她，我刻意說鑽石只有二十一顆。在我說完之後，她必定把那些鑽石數了一百次，後來，這變成了一個笑話，每個人都作弄她，並且問她是否確定真的有二十二顆鑽石。

「他們用藥劑讓爸爸處於昏迷的狀態。」過了一段時間之後，她才終於開口。「這樣有助於緩解他的腦腫脹。」

我母親點點頭。在奧伯莉到醫院之前，醫生就已經告知了我母親最新的狀況。手術進行得很順利。他的腿被接了回去，他的脾臟也被移除了，不過，在他醒過來之前，他們還無法得知他腦部受創的程度大小，而他們希望他會在一週之內醒來。

「他會沒事的，」奧伯莉說。「克洛伊也是。」

她沒有提到奧茲或者他依然還下落不明、事情還有希望之類的話題，我母親也沒有。我等待著她們說出口，然而，我等得越久，就越是感到難過，直到我再也忍不住的時候，我離開了病房。

33

我抵達茱兒的病房時，房門剛好被打開，凱倫阿姨走了進來，這讓守在病床旁邊的卡敏斯基太太立刻轉過身。她很快地站起來，帶著凱倫阿姨回到走廊上。

「她的情況怎麼樣？」凱倫阿姨在房門關上的時候問，她的臉上流露著關切。

凱倫阿姨的手指出現一級凍瘡，精神上也受到了輕微的震撼。不過，在住院一天之後，她已經幾乎完全康復了。她的頭髮梳得很有型，臉上也適度地化了妝，除了手上還塗著藥膏之外，她看起來完全就和意外發生前一樣。

卡敏斯基太太仔細地看著她，良久，才以一個問題來回答她。「娜塔麗沒有受傷嗎？」

「沒有。」凱倫阿姨說。「她很幸運。」

卡敏斯基太太的眼神依舊堅定地停留在凱倫阿姨身上，她繼續說道：「茱兒也很幸運，雖然也許不像手指和腳趾都沒事的娜塔麗那麼幸運。不是嗎？」

凱倫阿姨點點頭，在卡敏斯基太太的持續注視下，她對茱兒的關心變得有點尷尬，過了很長一段時間，卡敏斯基太太才說：「一想到當時外面有多麼天寒地凍，以及我女兒曾經有多麼害怕，我就覺得不寒而慄。」

凱倫阿姨調整了一下她的重心。

「你看到茉兒的腳趾了嗎？」卡敏斯基太太說。

凱倫阿姨吞下一口口水，搖了搖頭。

「她的腳趾比她的手指還要糟糕。」她看著凱倫阿姨的腳。「她的腳趾頭無法承重，不像你的腳趾那樣。」

我可以感覺到凱倫阿姨正在她的鞋子裡捲曲著腳趾頭。

娜塔麗那件七百美元的外套證明了每一分錢都花得非常值得。那層又長又厚的鵝絨不僅讓娜塔麗免於凍傷，也保護了她父母的腳，因為凱倫阿姨和鮑伯叔叔都把他們的鞋子塞到了那件外套底下。

「她的手指幾乎都還是白色的，」卡敏斯基太太繼續說。「他們告訴我說那還算不錯，蒼白意味著只有皮膚受到了凍傷。黑色就很糟了：那表示為了將熱能傳導給重要的器官，循環已經被阻斷了。」

凱倫阿姨臉色發白地嚥了嚥口水。

「茉兒的腳趾大部分都變成了黑色。就像石頭一樣，彷彿是用硬邦邦的火山岩漿捏成的，而不是血肉和骨頭。」

她停下來，目光持續在凱倫阿姨臉上足足停留了一秒鐘，才繼續往下說：「很難想像要冷到什麼程度才會傷成這樣。不過，是的，就像你說的，我們的女兒很幸運。我需要提醒自己這點，需要提醒我自己她們有多麼幸運。」

凱倫阿姨開口，彷彿就要說什麼，不過，卡敏斯基太太還沒結束。她的話就像匕首一樣尖銳，她說：「我坐在那間病房裡的每一秒鐘都在提醒著自己，芬恩死了，而我女兒還在這裡，我們真的很幸運。然而，當我看到茉兒的腳趾時，我就想到了那份酷寒，我也無法自已地想到娜塔麗，然後懷疑為什麼我女兒的腳趾頭這麼黑，而你女兒卻沒有。然後我又想，如果這是運氣的話，那麼，運氣真的很殘酷，也很不公平，她們兩個都在那輛露營車裡，兩人都又冷又怕，都穿著無法保護她們的靴子，然而，只有我女兒面臨失去腳趾的危險，我很難理解為什麼你女兒這麼幸運，而我女兒卻沒有這份運氣。」

她沒有等待回應，立刻就轉身回到了病房裡，獨留凱倫阿姨兀自站在走廊上顫抖。我看著她靠到牆邊，試著要穩住自己。她透過張開的嘴巴急促地在呼吸，同時搖著頭，彷彿企圖要讓自己從一場夢裡醒來一樣。

我總是好奇，茉兒怎麼可能是卡敏斯基太太的女兒，這麼溫文爾雅的女人怎麼會是脾氣如此剛烈的家長。現在，我明白了。外表會騙人，而人們和他們看起來的並不一樣。從今以後，凱倫阿姨再也無法在看到娜塔麗的腳趾時不想起茉兒，或者在照鏡子的時候，不會聽到卡敏斯基太太的話：*我很難理解，為什麼你女兒那麼幸運，而我女兒卻沒有這份運氣。*卡敏斯基太太並不溫順，而凱倫阿姨也並不富有愛心和慷慨，雖然，如果你問一千個認識她們的人，幾乎所有人都不會同意這個說法。

34

如果說茱兒沒有娜塔麗那麼幸運的話，那麼，克洛伊就是徹底地被詛咒了。醫生們都很小心地不對患者的家人說出真相，他們的實話只有在私下的時候才討論。克洛伊將會失去幾根手指，也許還有幾根腳趾。究竟幾根，目前還不清楚，不過，他們無法挽救所有的指頭。他們也很擔心她的耳朵，並且召來一名整形外科醫生進行諮詢。

我讓醫生們繼續留在走廊上討論，轉而到病房裡親自去看看她的狀況。我才到那裡一分鐘，她就突然抽動了一下，然後睜開了眼睛。她的瞳孔左右來回地轉動，臉孔因為恐慌而扭曲，然後又癱回枕頭上，再度昏迷了過去。

「她怎麼了？」奧伯莉問。

「恐懼。」我母親低聲地說，然後將她的椅子拉得更靠近病床，從克洛伊綁著繃帶的手上方握住她的手腕，好讓她知道她在那裡。她小心翼翼地撫摸著她，彷彿她可能會粉碎一樣，事實上，她看起來確實也像隨時都會碎裂。克洛伊的皮膚是如此蒼白，看起來有如水晶一樣，她的身體在那張床單底下是那麼地渺小，宛如小嫩枝一樣的脆弱。克洛伊含糊地在說著什麼，那讓我母親皺起了眉頭。只有我知道她在說什麼，那讓我的眼睛鼓起、心跳加速。她很明顯地在說：黑色的靴子，紅色的縫線。

克洛伊呻吟著再度醒來，這回，她的動作更緩慢，並且因為疼痛而蠕動。

「去叫護士。」在我母親的大喊聲中，奧伯莉跳起來，衝出了病房。我母親隨即轉向克洛伊，溫柔地說：「我在這裡，寶貝。媽媽在這裡。」

克洛伊從我母親的手中抽回自己的手腕，緊緊地閉住雙眼，乞求著能返回到沒有意識的狀態，感謝上帝，一名護士衝進來，在她的點滴裡注射了某種藥物，回應了她的祈求。

35

我去找了奧茲。克洛伊聽到我了——黑色的靴子，紅色的縫線。她在睡夢之中聽到了我。

我蜷縮在他身邊告訴他，我在這裡。我告訴他克洛伊被找到了，她會沒事的。我告訴他，老爸現在在醫院裡，而且一直問及他的狀況，還有，賓果也很安全。我告訴他，他表現得有多麼好，他幫了很大的忙。我也告訴他，因為他的緣故，媽媽被找到了，他的足跡讓搜救隊找到了她。我告訴他，他有多麼特別、多麼堅強和勇敢。我告訴他，大家有多麼愛他，又會多麼地想念他。我告訴他關於天堂的事，我說天堂是個很漂亮的地方，那裡沒有規則，而且，當你犯錯的時候，也沒有人會對你發脾氣。我告訴他，他可以把棉花糖放在他所有的食物上，即便是牛排，只要他想這麼做的話，而且，所有的天使都和茱兒一樣漂亮，他們都有美麗的金色翅膀，他們都喜歡打水仗和堆雪人。我一直說一直說，直到黑夜變成了灰色，地平線開始散發微光。

當他停止顫抖時，我依舊在說話，他的死亡是如此地平靜，我幾乎沒有注意到。他的胸口做了最後一次的起伏，然後，他的嘴敞開，再也不動了。

我為他的靈魂祈禱，祈求上帝盡快把他帶到天堂，就像我承諾過他的那種天堂，一個充滿善良和理解的地方，一個更能包容像奧茲這樣特別的孩子、讓他更少感到困惑的地方。

當我的悲傷轉為憎恨時，我去到了恨意的來源，祈求同樣也有地獄的存在，可以對鮑伯叔叔的所作所為做出懲罰。

36

這是欺騙。那些倖存下來的人，你以為他們都沒事了。

自從意外發生以來已經過了一個星期，自從我母親爬出車子去求援至今已經過了六天，自從克洛伊和凡斯被找到，也已經過了五天了。

奧茲一直都沒有被尋獲。暴風雪一過去，搜救行動就立即重新展開，並且在兩天後喊停。兩個人死了。其他人正在療傷，並且可以重返他們的生活，從他們偏離的地方再重回軌道。

你是這麼想的。對嗎？

錯了。

傷害性的後果彷彿一床荊棘織成的被子，覆蓋在那些倖存者身上，存活的急迫性轉化成了完全不同的另一種東西。腎上腺不再過度分泌；疲憊和震驚不再麻痺大腦；意外發生後的生活現實彷彿慢性出血，開始滲入到他們的認知裡，曾經經歷過的冰冷和痛苦宛如無聲的鬼魅，在每一口的呼吸中撕扯著他們。

當我發現最糟的部分尚未來臨時，恐懼揪住了我的胃，讓我持續地感到疼痛。拒絕接受和悔恨、羞愧的感恩和罪惡感、傷慟和絕望，全都在我母親、克洛伊和茉兒的思緒與夢境裡纏繞——這段經歷讓她們恐懼到不敢入睡，唯恐自己會想起這些事。

我想起了在山路上看到的那頭鹿，牠那雙大理石一般的眼睛帶著驚慌地看著擋風玻璃，我很好奇，牠是否意識到自己引發的災難，還是牠絲毫都沒有察覺，而依然無知地繼續過著牠的生活，完全不知道為了救牠一命所付出的代價是什麼。

鮑伯叔叔、凱倫阿姨和娜塔麗已經回到了他們在橘郡的家。我很高興他們走了。雖然，鮑伯叔叔的存在為我母親帶來了安慰，不過，卻令我感到氣憤。缺乏良心不僅讓他做出了他所做的事，似乎也讓他免於受到其他人所承受到的創傷後效應，這實在不公平到令人噁心。他的腳踝已經幾乎復原了，他的家人很健康，他的家庭很完整，他被大眾視為了英雄，他在夜裡也能安然入睡。

如果我可以把我弟弟受到的痛苦播放給他看，我會的。每當他閉上眼睛的時候，我會不停地用奧茲的哭喊聲、奧茲的困惑，以及奧茲呼喚我父親、我和茉兒的聲音來折磨他——那是奧茲孤單、恐怖而緩慢死亡的原聲帶。有時候，我會沉默地等待，讓他以為他被饒恕了，然後，我會把整段的原聲帶調到最大聲，無情地糾纏著他，直到他不敢入睡為止。

然而，我無法重播奧茲所受到的痛苦，因此，鮑伯叔叔就像那隻鹿一樣，繼續毫無感覺、也不知悔改地過下去。他從來沒有想起過那個恐怖的夜晚，或者他把奧茲騙開的那一刻，更從來沒有反省過他在那一串不幸事故中所扮演的角色，因此，他並沒有為自己所做過的事而承受苦果，也不覺得自己有責任，更沒有感覺到任何的悔恨。

其他人就沒有他這種「不受回憶困擾」的幸運了。他們的良知不時地發出怒吼，「應該那麼做」和「原本可以那麼做」的想法在他們的腦海裡咆哮。他們無法忍受他們現在眼中的自己——那些反射太明顯、太直接、太殘酷，也太誠實——我這才發現，我們並非注定要如此清楚地看到自己，而毫無自我和無知的偽裝，我們並非注定要讓自己的本性顯露出來。

我母親、茉兒和克洛伊因為不同的悔恨而痛苦，雖然引起這些悔恨的根源都是一樣的——強烈地想要讓時光倒流、讓命運倒轉，並且做一個比過去的自己要好的人。

我母親大部分的時候都在想奧茲。我有和他道別嗎？她經常對著鏡子大聲地自問。她沒有，不過，她並不確定，我極其希望她能說服自己她有。

她也用發生在克洛伊身上的事來自我虐待。當她告訴奧伯莉這件事的時候，她總是啜泣到無法自已。奧伯莉對她說那不是她的錯，但是，無論奧伯莉說了多少次，她都聽不進去。鮑伯叔叔也提醒她，她確實試著要阻止過克洛伊。他說得很嚴厲，幾乎都要生氣了，他很確定地告訴她，她當時根本無能為力。

我恨他，不過，我很高興他這麼說。

很不幸地，克洛伊並不覺得如此。她公然對我母親表露出恨意，只要我母親靠近她，她就開始責備我母親。我姊姊花了將近三十個小時蜷縮在那棵樹的樹洞裡，那麼長一段時間的孤獨，足以讓你的思想和對事情的觀點都受到扭曲。我不確定克洛伊都記得些什麼，我只知道她已然出現變化的觀點裡容不下原諒。

我很難知道克洛伊在想什麼，因為她不肯說話。自從她獲救之後，她唯一一次開口，是為了問凡斯的狀況，當她聽到他還活著的時候，她的熱淚盈眶，當她要求護士打電話給凡斯，卻聽到凡斯的母親告訴她說凡斯不能接她的電話時，她的心碎了。

從此之後，她沒有再說過一個字，也沒有再做過什麼事。她整天都面朝窗戶地側躺在床上。偶爾，她會睜開眼睛，雖然，大部分的時候，她的眼睛都是閉著的。她拒絕吃東西，也不去洗手間。她只靠著點滴和尿布度日，即便她把屎拉在自己身上，她也依然不動如山。

這真的慘不忍睹，我想，那味道一定很糟糕——壞死的肌肉、尿液和糞便。我母親必然是已經習慣了，因為她並沒有反應，但是，其他人在走進病房的時候總是皺著眉頭，然後匆忙地結束他們的工作，好盡快逃離那裡。

克洛伊左腳的一根腳趾頭和右腳的兩根趾頭都已經被截肢了，還有她左手小指頭的最上面一截也是。一名整形醫生移除了她耳朵上幾顆受到感染的水泡，她的耳垂因此而變得畸形。剩下來的腳趾都是黑色的，看起來彷彿隨時都可能會斷掉，雖然醫生還抱持著希望，認為它們依然還有救。

在這些過程之中，我母親一直都守在克洛伊的床邊，保持著高度的警覺，眼睛甚至幾乎都沒有眨過一下。每天早晨，在踏進那間病房之前，她要鼓起多大的勇氣，在打開那扇房門之前，她也必須先深呼吸，這些，都只有我看在眼裡。

然而，只要她一走入房間，坐在克洛伊病床邊的椅子上，她就換上了堅忍的外表：沉默地坐在那裡看著克洛伊呼吸，她臉上那抹虔誠奉獻的神情，讓我看得心都揪起來了，也讓我不明白一個人怎麼能如此深愛另一個人，卻又極度地不想靠近那個人。在意外發生之前就已經是這樣了，她們兩人習慣避開彼此，她們會聽著另一個人往哪裡去，然後刻意避開同樣的道路。

「油和水。」我父親曾經這麼說，然而，奧伯莉卻搖搖頭。「油和油，」她糾正他說。「你看不出來她們倆有多麼相像嗎？」我想，他們兩個說的都沒錯：她們兩人在外表上完全相反，然而，內心卻同樣的固執，因此造成了她們的水火不容。

有時候，我母親會想起凱爾。我之所以知道，是因為我看到她神情扭曲地張開她的右手，然後又闔上。很多時候，她也淚水盈眶、嘴唇顫抖地在想著我。

她就在這種無止境的悲傷和折磨中，等待著我父親和克洛伊復原——對奧茲、克洛伊和凱爾的悔恨，對我父親的憂慮，以及對我的悲傷。

茉兒的痛苦不同於我母親：在這麼短的時間之內失去了這麼多，這讓她怎麼都無法接受，她的玻璃泡泡碎裂了，這個世界變得無法理解。她完美的生活、她完美的摯友、她唯美的手指和腳趾。她的無畏、她得天獨厚的無知、她不屈不撓的精神。她對善良、樂觀、對和錯的信仰。她對自己的信心以及她如何看待她自己。所有的這些都被毀滅成一百萬個她無法理解的尖銳碎片，也讓她無法往前邁進。

「我很高興是芬恩死了，」她在醫院醒來的那個早晨，她哭著對她母親說。「我怎麼能⋯⋯怎麼能這麼想？芬恩死了，而我在看到她的時候，第一個想法居然是鬆了一口氣，慶幸死的人不是我。」

「噓，寶貝。」卡敏斯基太太安慰地說。「我們無法控制自己的反應，我們只能控制自己的行為。」

「好吧，」茱兒回答她。「可是，奧茲沒有和鮑伯一起回到車裡，而我卻什麼也沒做。什麼也沒有。沒有採取任何行動。我。什麼。也沒有做。」

對此，卡敏斯基太太只能淚濕地點點頭。

茱兒常常哭泣。她很少睡覺，而當她醒著的時候，她總是在哭。她的醫生同意讓她轉院到位於拉古納海灘的教會醫院，她會在那裡待到她的腳趾不再有感染的危險為止：至少還要兩週。

醫生說她的腳正在好轉，雖然它們看起來更糟了。彷彿一顆腐爛的洋蔥，最上層的皮膚呈現出斑駁的棕色和金黃色，還夾雜著黑色的斑點，她的皮膚龜裂、長滿水泡、一片片的死肉剝落，露出了底下粉嫩的皮膚。

茱兒拒絕去看自己的腳或者她的新生活，她無法接受那些醜陋怪誕的東西變成了她的一部分。

37

醫生們決定是時候讓我父親醒來了。他的腦腫終於消退了，他的生命跡象也穩定了下來。時間是傍晚：因為這個時候接近晚上，由於重新回復意識可能需要時間，有時候甚至需要好幾個小時，而這個時候的安靜和黑暗可以將這樣的壓力減到最低。

他的右腳被吊帶、螺絲和彈簧弄成了一個複雜的裝置，還有十來條管子和電線纏繞在他的手臂上，彷彿叢林的藤蔓一樣。我對此感到驚嘆，現代醫學和救活他的這些出色的醫生讓我大為驚奇。

他的臉被一週沒刮的鬍子遮住，他瘦了很多，臉頰凹陷，他強壯的身體在那張床單底下顯得那麼薄弱。不過，他還是他，下巴的線條依然高貴，眼睛四周的笑紋也依然存在，看到他，我覺得自己思念他思念到我想要對醫生大叫，請他們加快動作。

我母親站在床邊，握著他的手，她的臉流露著恐懼和擔憂，我不禁好奇此刻的她正在想什麼。

麻醉師在他的點滴裡注射了一劑針劑。

幾分鐘過去了，機器上的脈搏指數終於變快，我父親也開始微動。他沒有受傷的那條腿在床單底下動了動，然後，沒有被我母親握住的那隻手也握緊了拳頭。他脖子上的靜脈開始搏動，嘴巴則因為吐出我的名字而扭曲。之後，他呼喚著克洛伊，那名麻醉師擔心地看著我父親的醫生。

「傑克，沒事了。」我母親安撫地說，她往前站得更近，用她另一隻手裹住握著他的那隻手，她的話彷彿加了麻醉劑，讓他突然又癱回到床單上。我強忍著眼淚，充分意識到當他再度醒來，發現這段時間裡都發生了什麼事的時候，他將會面臨到怎樣的痛苦。

每個人也都因為意識到這點而吐出了一口氣，幾分鐘之後，當他再度蠕動時，那名麻醉師有所準備地站在一邊，抓穩了他手上的那根注射筒。不過，這次的情況沒有剛才那麼糟，我看著他的眼睛在我母親呼喚他的名字時慌亂地轉動，然後在發現她之後，定定地停留在了她身上。

「沒事了，」她說。「我們都沒事。」那是個謊言，不過，是個完美的謊言。

「克洛伊？」他發出刺耳的聲音說。

「她在這裡。她沒事。」

我父親大大鬆了一口氣地閉上眼睛。他不知道要問及奧茲的情況。他認為奧茲很好，他以為在他獲救的時候，我弟弟也和他一起獲救了。

「米勒先生。」醫生說著往前踏近一步，讓我母親不得不往後退開。那名醫生問了一堆問題，好判斷我父親的腦子是否有所損傷，感謝上天，他的大腦似乎沒有受傷。

「你很幸運。」醫生在問完問題的時候說。

我不確定我父親是否同意這個說法。我父親雖然緊緊控制住了他的情緒，但是卻因此而在顫抖。醫生告訴他，他的脾臟已經被割除了，他的腿需要四到六個月的時間才能復原，他將會永遠跛腳，他需要再住院兩個星期，並且要坐在輪椅上五個星期，在至少一年的時間裡，他將需要每週進行好幾次的復健，然而，他並沒有在聽醫生說話。

我父親什麼也沒聽進去，他的眼睛依然固定在我母親身上，他凝視著她，給她所有他在山上時所無法給她的力量和勇氣。他懷著巨大的罪惡感；我可以感覺得到。他的罪惡感主要不是來自於意外的發生——我父親堅信我們無法控制運氣——而是來自於意外一旦開始發生，他就無力阻止，也無法改變事實，無法扭轉一切，而且無法保護他的家人。

那名醫生終於離開了，當門閂在他身後喀噠一聲扣上時，我母親開始哭泣，不受控制地大聲哭泣，無法承受的悲傷讓她的肩膀劇烈地在顫動。

我父親緊蹙眉頭地往右邊挪動了幾吋，然後伸出他的手，而我母親彷彿一個小孩般地爬上那張病床，躺到他的身邊。她的身體貼著他，左腿覆蓋在他沒有受傷的那條腿上，手臂則攬住他的胸口。他把她的手握在自己手裡，同時將下巴靠在她的頭髮上。

一整個晚上，他們就維持著那樣的姿勢，緊緊地依偎在一起，我父親幾度醒來又幾度昏睡過去，而我母親在經過一個星期之後，終於首度進入了夢鄉。

38

奧伯莉坐在克洛伊的病房裡翻閱著現代新娘。當房門打開時，她很快地把那本雜誌丟到她的椅子底下。

我並不怪奧伯莉分散了她的注意力。自從意外發生以來已經十天了，而生活還要繼續下去。她的婚禮就在三個月之後，想著婚禮的事遠比想著她身邊的死亡和痛苦要好得多。我理解。但我也覺得難過。所有關於她和她大喜之日的喜悅都被拋開了，並且變成了一種她必須隱藏起來、懷有罪惡感的享受。

走進來的那個女人是醫院社工指派給克洛伊的精神科醫師。我不喜歡她。又矮又胖，一頭蓬鬆的棕色頭髮，還有一雙小鳥般的眼睛，她和克洛伊說話的方式，就好像克洛伊是個五歲的小孩，她試過各種方法，包括賄賂和威脅，想要讓我姊姊有所反應，一種想要進行精神診斷而不擇手段的方式，不過，那種方式完全沒有成功的機會。說得好聽一點，她實在糟透了，而我知道，克洛伊一定也這麼想。

「可以借一步說話嗎？」她對奧伯莉說。

「呃，當然可以。」奧伯莉說著，跟她走出了病房。

大部分的時候，奧伯莉都沒有捲入這場意外的餘波。她之所以在這裡，是因為我父親昨晚醒了，而我母親不希望克洛伊一個人待在病房裡，意外剛發生時，她曾經來過醫院一次，在那之後，她就一直待在家裡，我母親在醫院裡照顧克洛伊和我父親，她和班則在家裡照顧賓果和那棟房子。

「我希望你能告訴我一些關於你妹妹的事。」那個女人說。

奧伯莉皺著眉頭問：「什麼意思？」

「我是說，她喜歡做什麼。她有什麼嗜好，她的興趣？我想要多了解她一點，這樣，我可以想出一個辦法來和她有所連結。」

奧伯莉思考著，眼睛左右轉動，我看著她，發現她真的可能對克洛伊所知不多。雖然，奧伯莉和我相處得很好，而克洛伊和我也很好，然而，她們兩人向來都沒有什麼真正的互動。她們之間相差了五歲，當奧伯莉去上大學的生活，她幾乎和每個人都斷了聯繫，除了我母親以外。

加油，奧伯莉，我鼓勵著她。克洛伊。她喜歡聽音樂，喜歡在海灘散步。她收集貝殼和石頭，還有七〇年代的搖滾專輯。她喜歡任何添加肉桂的東西，也熱愛烘焙。思尼克肉桂砂糖餅是她的最愛，因為那是肉桂做的，而且那個名稱唸起來又很好玩。她喜歡那種矯情的字眼，並且會把這種字眼應用在她的話裡：鬼把戲、沉湎酒色、驗血員、辛巴威。她對任何可悲和無助的東西都無力抗拒——流浪貓、兔子、蜥蜴——她還喜歡那些荒謬的實境秀，例如超級減肥王❼或者愛的叢林法則❽。她是一個無可救藥的浪漫主義者，而且瘋狂地和凡斯陷入熱戀，直到他在那場大雪中棄她而去。加油，奧伯莉，快想！

奧伯莉搖搖頭。「很抱歉，」她帶著真誠的歉意看著那個女人。「我不知道。」

那名精神科醫師皺了皺眉頭，這讓奧伯莉感到侷促不安，絕望地想要提供什麼有價值的資訊，她含糊地說：「她聽很可怕的音樂，那種有刺耳的吉他和很多鼓聲的音樂，還有，一個月以前，她剪掉了頭髮，把頭髮染成了黑色。」

「所以，她在生氣嗎？」那名精神醫生提起了精神，彷彿那是什麼突破一樣。「你認為她很沮喪嗎？」

「呃……呃，我……」

不，克洛伊才不沮喪。她正處在她人生最快樂的階段。她還有四個月就畢業了，她墜入了愛河，而且公然地反抗傳統、社會和我母親。她為反對而反對，她是一個歌德文化的信奉者，也是從尖酸刻薄中獲得快樂的人。

「也許吧。」奧伯莉說。

我心灰意冷地發出呻吟。天哪，奧伯莉，不會吧？你在開什麼玩笑？

「是啊，」奧伯莉說。「現在，我仔細想想，她也許很沮喪。」

---

❼超級減肥王（The Biggest Loser）是一檔美國真人實境秀，專門邀請過度肥胖的人參加減肥比賽，在最短時間內減重最多者可以贏得比賽，並獲得二十五萬美元的獎金。節目自二〇〇四年九月起在NBC播出至今。

❽愛的叢林法則（Love in the Jungle）是二〇一一年五月起在Discovery頻道首播的美國真人實境秀。節目遴選一群厭倦現代約會世界的單身男女，讓他們在動物世界的叢林中競相尋找自己的真愛或伴侶。

39

當我父母在彼此的懷抱中醒來時，這一天是如此地美好，讓我想要哭泣。透過窗戶，藍天連接著地平線，游移不定的雲朵懶洋洋地在天空裡飄動，太陽也傲慢地在閃耀。

我母親不發一語地把手腳從我父親身上縮回來，那股將他們拉在一起的迫切感，在早晨明亮的光線以及等待在他們面前的可怕現實底下蒸發了。即便他們的身體依然接觸著彼此，宛如有一股磁鐵的吸力讓他們附著在一起，但黑暗的能量已經將他們分開了，不到幾分鐘，他們就回到了各自的王國裡，那是近幾年來，他們已經習慣的相處模式。

我母親用掌根揉著眼睛去除睡意，然後站起身，將雙臂伸展過頭，以喚醒她的身體，她受傷的肋骨因為疼痛而讓她皺起了眉頭。

「奧茲在哪裡？」我父親在晨光中瞇起眼睛地看著她問道。

過去兩年裡，除了我父親之外，沒有人照顧我弟弟。只有在我父親需要洗澡，或者當他們一起去理髮店，輪到我父親剪頭髮時，我才需要暫時幫他分擔這個責任，不過，除此之外，照顧他的人都是我父親。奧茲已經長到太強壯，沒有人能應付得了他。

如此的缺乏自由在我父母之間製造出了一個有如大峽谷那麼大的裂痕，而他們也經常為此爭吵。我母親希望找一個長期的解決辦法：一個永久的住所，或者至少是一個短期的照護中心。我父親則反對。

「你想要讓他被餵藥、被鎖鍊綁起來嗎？」我父親會這麼爭辯。「因為那就是他們會對他做的事，安。那就是你的建議。」

「我建議至少在週末的時候，我們可以把他留在某個安全的地方，這樣，我們才能好好過生活。」

「我們有在好好過生活啊，而奧茲就是我們生活的一部分。」

「我明白，傑克，可是，他已經變成了我們生活的全部了。我們不能出門。我們不能一起做任何事。而且，他越來越具有危險性了。」

「他不具有危險性。」

「他傷害了那隻狗。」

「他不是故意的。」

「但他還是傷了牠。不管他是不是故意的，他都傷害了那隻動物。他不知道自己的力氣有多大，而且，他正在進入青春期。想想看，這是多麼危險的組合。」

這是真的。我曾經看到過。每當有女孩走過的時候，特別是金髮大胸部的女孩，奧茲就會出現那種相思病的眼神，他的表情會轉換成一種渴望以及一種想要碰觸的嚮往，那讓人感到很不安。

「我會看著他的。」我父親說。

「你不能分分秒秒都看著他。」

他們的聲音很低，但是卻充滿火藥味，他們的爭吵向來如此：針鋒相對的憤怒聲讓整間屋子裡充滿足以持續好幾天的緊張氣氛，直到這份緊張消退到鴉雀無聲，以至於讓人幾乎想念起他們的爭吵。

我母親不知道我父親和我曾經帶著奧茲去參觀一家她口中的那種永久住所，那是一家位於科斯塔梅薩的機構。我們連前門都沒有走進去。奧茲一看到那裡的住客或是散步、或是在草地上搖擺、喃喃自語的模樣，他就已經被嚇壞了。我父親得在停車場擒抱住他，才能讓他免於跑到大街上去。

我們從來都沒有告訴過我母親這件事，我父親從此也沒有再考慮過這件事。我也是。奧茲是我們的；他不屬於那種地方。

「他和奧伯莉在一起嗎？」我父親不甚擔心地問。如果有絕對的必要，克洛伊或奧伯莉可以看住奧茲，只要他服用了類似鎮定劑的東西就可以。

我母親輕微地搖晃了一下，然後抓住病床的圍欄穩定住自己。

我父親側過頭來。

我母親張開口，不過，她的話卻沒有說出口。最後，她搖搖頭，垂下眼簾。

我看到我父親的神情從疑問轉為困惑，再轉為警覺，然後又回到疑問。

「我往上爬去求救，」我母親結結巴巴地說。「結果他跑出去找我。」

「你丟下他？」我父親的憂慮轉變成了完全不同的情緒——他的臉頰漲紅，五官緊蹙，他臉上的憤怒高漲到我無法直視——當我離開他們的時候，我懷疑我們究竟做了什麼，才讓我們受到這樣的折磨。

40

我們在家。今早，我父親和克洛伊被救護車送到了距離我們家兩哩外的教會醫院。

我看著我母親走進我們空蕩的屋子。賓果在她身邊。見到賓果讓我感到無比地開心。牠毫髮無傷地存活了下來，這讓我幾乎難以相信。奧伯莉和班一直在照顧牠，從牠圓鼓鼓的肚子看起來，我覺得班應該把牠寵壞了。

屋子裡安靜得嚇人，感覺完全不像我們家，感覺如此陌生。十三天以前，我們為了準備週末之旅而把起居室搞得亂成一團，而此刻的起居室依然停留在當時的亂象。收藏我們滑雪衣物的儲存箱蓋子打開的躺在起居室裡。我的書包扔在樓梯旁邊。奧茲的塑膠士兵排列成行地站在地板上，準備發動戰爭。克洛伊的軍靴被踢到了沙發旁邊。

我注視著那雙靴子，想起她在最後一分鐘更改了她的選擇，把軍靴換成了那雙老舊、不過卻有毛氈襯裡的索雷爾靴[9]。現在想起來，那個選擇也許救了她一命。

我母親走過那雙靴子，跌跌撞撞地上樓走進她的房間。她脫掉過去十天來一直穿著的那套衣服，將它們扔在了垃圾桶裡，然後開始沖澡，直到水都變冷為止。她用一件厚重的浴袍裹住自己，在擦傷的雙手塗上乳液，最後才回到樓下，為自己倒了一杯酒。然後是另一杯。在第三杯之後，她重新爬上樓梯，蜷縮在她的床上，幾乎就要入睡。

我的葬禮就在明天。

---

❾ 索雷爾（Sorel）是哥倫比亞運動用品（Columbia Sportswear）的子公司，最初以生產冬季運動和工作靴系列為主，在被哥倫比亞收購之後，也擴展到其他產品。

41

我不知道自己人緣這麼好。我環視著室內，看著一大群前來悼念的人。長椅都坐滿了，走道上也擠滿了人。教堂擠爆了，我學校裡的每個人幾乎都到場了——家長、老師、學生——幾百個鄰居，十幾年的運動隊友，還有來自全球各地數不清的親友。只有半數的臉孔看起來還算熟悉，而我所熟識的人則不到四分之一。

謝天謝地，棺材是蓋上的。我已經看夠了我冰冷的屍體，完全不想讓其他人也看到它。那不是我最迷人的一面。我也很慶幸我父親和克洛伊不在這裡。他們一定會很討厭這個場合的，他們不想在這麼大的場面裡成為眾人的焦點，也不想公然展示他們的哀傷。我母親也不喜歡這種場合。她僵硬地坐在第一排的奧伯莉和班之間，當來賓們打量著她，觀察她把自己的情緒把持得多好之際，她只是緊緊地盯著我的棺木。

她的眼睛乾涸，她的表情深不可測。她不會哭，不會在這些人面前哭。只有我知道，今早，她哭到無法自已，她是如此悲傷，我不禁害怕她會哭到暈厥過去，她緊緊抓著床單，緊到我相信床單都要被撕破了。在場沒有人知道這件事。在他們眼裡，她就像個冰雪女王，面無表情地等待著儀式開始，為「埋葬她的孩子」這個她無法理解的任務揭開序幕。

她看著覆蓋在紅木棺材光潔表面上的向日葵，那是我最喜歡的花，也是她所選擇的花束。我對她還記得我的喜好感到驕傲，並且希望我可以告訴她，讓她知道我看到了，而且我很高興她選擇了向日葵。

鮑伯叔叔和娜塔麗也出席了。凱倫阿姨沒有到場——是因為她難以承受，還是因為我母親難以承受，我無從得知。不過，無論原因為何，我都感到很生氣，我決定，從現在開始，她再也不是我阿姨了。我也決定，鮑伯叔叔不再是我的叔叔。我已經死了。我有這個權利。

茉兒是最晚到的人之一。當她父親用輪椅推著她，沿著中間走道來到位於前面的一個保留位時，每個人都伸長了脖子看著她，那些哀悼者帶著病態的好奇，斜眼看著她綁著繃帶的手和腳。儀式結束之後，她會回到醫院。她還需要在醫院住上一週才能回家。一如我母親一樣，她的臉就像一張面具，不過，茉兒的面具是一層經過完美偽裝的、低調的悲傷，她就像一個受傷的公主，每個看著她的人，他們的心都被她偷走了。

只有鮑伯沒有被她所吸引。茉兒在經過他的時候，往旁邊看了他一眼，當他們的眼神交會時，她的臉上閃過一絲細微的陰影，讓他很快地挪開了目光。

查理站在陽台上。他在黑色的外套底下穿了一件有菱形圖案的栗色毛衣，並且打了一條深色的領帶。他看起來是那麼英俊卻又悲傷。我在他旁邊坐了一會兒，很高興自己可以這麼靠近他。

牧師是一名有著稀疏棕色頭髮和男中音的小個子，雖然他從來沒有見過我，不過，他把我說得很棒。當他說完的時候，他介紹了其他要致詞的人。

很多人都致詞了，他們都說了些好話。我特別喜歡我壘球教練的那席話，因為他提到了我最為人所知的那些惡作劇，把每個人都逗笑了。

奧伯莉代表我家人致詞，她代表了我們所有人。她頻頻地看著班，而我知道，她得要這樣，才能撐過致詞的這幾分鐘。她提到了我是怎樣的妹妹，也提到了我和奧茲的關係，這讓很多聽眾都聽到哭了。

接著是茉兒。由於她脆弱的腳趾無法承重，因此，她坐在輪椅上被推上台，然後接過別人遞給她的一支手持麥克風。她雖然穿了一身黑，但是看起來卻像個天使。她的頭髮在教堂的燈光底下閃爍著金色的微光，她的皮膚因為在醫院待了幾週、沒有受到陽光曝曬而發亮。

她把麥克風握在纏著繃帶的雙手之間，瞬間就變成了主角，她對他們訴說著一個又一個關於我們的故事——許許多多露西和艾瑟兒[10]、拉文與雪莉[11]、湯姆和哈克[12]的時光——台下的聽眾被感動得如癡如醉，每一段冒險都讓人捧腹，都是那麼燦爛，讓人不得不嫉妒我們無與倫比的友誼。

我越是聽著，就越加感激與讚賞我這位勇敢的朋友，她所表現的每一絲堅毅，都讓這一刻變為了歡慶而非悲傷，她知道這是我要的。今天早上，她甚至連一口吐司都吞不下，在知道自己就要面對這一天的時候，她緊張到難以控制。她的雙手顫抖到無法幫自己化妝，最後只能仰賴她母親幫她塗上一層厚厚的粉底，來遮蓋她瘀青、深陷的眼睛，然後刷上色彩明亮卻不會顯得喜慶的唇膏。她換了三次唇膏，卻連一次也沒有笑過。然而，現在，為了現場的觀眾、為了我，也許也有點為了我母親，她正在做一場表演，並且在演出中時不時地看著我母親，她提醒著所有人我是個什麼樣的人、我曾經有過什麼樣無比非凡的生活，並且讓他們知道，我是多麼受到眾人的喜愛。那讓我極度懷念我的生活，也讓我越發地想念她。

我不想死，我真的不想，不管我已經死了多久，我都無法習慣。走了。永遠地走了。這個世界在沒有我的情況下繼續運轉。茉兒和我再也無法擁有另一場非比尋常的精采冒險。

當茉兒結束的時候，全場的人眼眶都濕了，所有的人在愛和悲傷中融合在了一起，而我必須提醒我自己，那全是為了我，因為死掉的人是我，這是他們在對我所做的道別。

---

⑩ 露西和艾瑟兒（Lucy and Ethel）是1951-1957年推出的黑白連續劇《我愛露西》中的一對密友。

⑪ 拉文與雪莉（Laverne and Shirley）是1976-1983年播出的一部美國情境喜劇。劇中的拉文和雪莉同在啤酒廠上班，既是室友，也是彼此最好的朋友。

⑫ 湯姆和哈克（Tom and Hunk）是美國大文豪馬克·吐溫的小說《湯姆歷險記》中的主角。由姨媽撫養長大的湯姆和孤兒哈克是密西西比鎮上一對調皮搗蛋的好搭檔。

42

醫生認為克洛伊已經好多了。她現在會吃東西，也會自己去上廁所了。她甚至會和她新的精神科醫師說話，那是一個健忘的老女人，不過，她至少會把克洛伊當作成人來對待。只有我才知道真相。克洛伊有一個計畫，那個計畫在她假裝罹患緊張性抑鬱障礙之下是不管用的，因為她的藥物只能透過靜脈注射的方式。現在，她會吃東西了，如此一來，她的止痛和抗憂鬱的注射劑就改為了口服藥。她會服下早晨給的那份藥；至於晚上給的那一份，她會放在手掌裡，直到護士轉身，再把藥藏在她行李箱的內襯裡。

當房間裡沒有人的時候，克洛伊會收縮和伸展她的肌肉。她會哼唱著有歌詞的歌曲，並且和自己對話。當有人陪伴在側時，她就假裝陰鬱到幾乎昏睡的狀態。

她幾乎每個晚上都修改她的告別辭。她床邊的那本日記裡寫滿了告別辭。最新的版本是這樣的：

爸，這不是你的錯。意外就是那樣，就只是個意外。

媽，你就是你，所以，也不能責怪你。你已經盡力了，但是，無論你怎麼盡力，都無法讓我成為你想要我成為的那種人。

凡斯，我愛過你。

她猶豫著倒數第二個字的時態：愛過還是愛？凡斯，我愛過你，或者凡斯，我愛你。不過，她大部分的修改都著重在我母親的那一段。這是最友善的一個版本，然而，我還是希望我母親永遠都不會看到它。

昨天晚上，當我母親睡著時，我試著告訴她克洛伊在做的事以及克洛伊的計畫，不過，我才說了第一個字，我母親就突然驚醒，呼吸急促地尖叫，於是，我決定不要再去找她了。

43

我母親在我的臥室門口停下腳步，她深深吸了一口氣，然後勇敢地踏進房間。賓果也跟了進來。過去，我房間的雜亂一直都讓她很惱火，而我的房間現在就和十八天前一模一樣，雖然一切都不同了。我的足球制服揉成一團地放在我的床邊，我的護脛和鞋釘被扔在我亂七八糟的衣櫥附近。課本、筆記簿、卡片和獎盃四散在我那張小桌上，還有幾件美術半成品堆在角落裡。

克洛伊和我父親在一個星期之內就可以出院，克洛伊的房間（我們的房間）需要在他們到家時準備好。

對於我母親在打掃我房間時表現出來的無感，我感到有點震驚。彷彿危險物品處理人員在丟棄受到污染的廢棄物一樣，我的每一件東西都被扔進垃圾袋，然後從房間的窗戶被扔到了樓下的草坪，省得我母親還要把垃圾袋拖下樓。

賓果在一旁看著。午後的陽光透過窗戶，在地板上投射出一塊方形的光影，賓果就躺在陽光裡，那是牠最喜愛的位置。光線灑在牠的金毛上，將牠的長毛染成了白色，牠棕色的眼睛跟著我母親的身影在室內移動。當她從我的床底下拉出那個被咬爛的飛盤時，賓果抬起頭，豎起耳朵，然後在飛盤連同其他東西被毫不留情地丟進垃圾袋時，又重重地趴回地上。

令人驚訝地，我全部的人生剛好裝滿八個大型的垃圾袋；我的衣服、我收集的豬、我的獎盃、我的剪貼簿、我的學校作業，還有我那顆有著麥克・楚奧特⓭簽名的棒球。

她什麼也沒有留下。

當最後一個袋子被扔出窗戶時，她把攻擊目標轉到我的床鋪，然後用力扯下床單、被子和床裙，她扯得如此激烈，導致她上氣不接下氣，連襯衫都已經汗濕了。她把這些和我的枕頭全都丟到樓下那堆垃圾袋的上面。

就在她把窗子拉下來的時候，樓下傳來了一陣敲門聲。

她急促地做了一個深呼吸，挺起肩膀，撫平頭髮，然後大步地走下樓去應門。她把門拉開，赫然看見鮑伯站在那裡，他的臉上寫滿擔憂，她立刻撲倒在他的懷裡。

「我看到你把袋子丟出窗戶，」他說著揉揉她的肩膀。「安，你應該打電話給我的。你不應自己一個人做這種事。」

她沒有回答，只是讓他帶著她走向沙發，然後蜷縮在他身邊，她的淚水浸濕了他的襯衫。我很慶幸他在這裡，卻也討厭自己對此感到慶幸。

⓭麥克・楚奧特（Mike Trout, 1991—），暱稱鱒魚，是洛杉磯天使隊的中外野手，也是天使隊的巨星；在二〇一四、二〇一六和二〇一九都獲選為美國職棒大聯盟的MVP。

44

茉兒今天回到了學校。她在三天前出院了。當醫生和護士宣布她的腳趾頭已經沒有危險的時候，他們在她的病房裡幫她舉行了一個蘋果西打驚喜派對。她甚至沒有等到派對結束，就開始收拾她的行李，準備回家。

當她在為第一天回到學校做準備時，我就在她的房間裡。身體上，她確實好多了。她已經補回了她失去的體重，她手指上的皮膚也幾乎都復原了。她最大的困難在於睡眠，她的睡眠總是持續地被顫抖和恐懼打斷，導致她在醒著的時候疲憊萬分。她花了二十分鐘在遮蓋她眼睛下面盡顯倦意的黑眼圈，當她化好妝的時候，她看起來幾乎就和過去的她一樣，除了她的鞋子以外，只見她穿著一雙羊皮的莫卡辛舊鞋⑭，那是三年前，我們一起去阿拉斯加的時候買的——也是唯一一雙她那腫脹的腳趾能夠塞得進去的鞋子。

她對著自己在穿衣鏡裡的腳皺著眉頭，然後深深吸了一口氣，將頭髮甩到肩膀後面，朝著大門走去。

✦

從她踏進學校的方形操場開始，她就變成了一個名人，每一隻眼睛都在看著她，她假裝沒有察覺，大膽地走向她第一堂課的教室。有些人直視著她，他們的眼神裡帶著同情。有些人則故意隱藏目光，鬼鬼祟祟地偷窺，卻又在她看向他們的時候，迅速地把視線挪開。

一整個早上，她都以凱特王妃般的優雅轉移了那些她不想要的注意力，她表現得若無其事、高雅大方，彷彿對那些眼光完全免疫。一直等到第三堂課結束之後，她來到洗手間，獨自關在一間廁所裡，把雙腳蜷縮在馬桶上面，頭靠在雙膝之間，不再痛苦地假裝她還是過去的她，也無須再強忍沒有我而獨自倖存下來的折磨，一直以來，只有和我在一起時，她才能真正做回自己。

午餐的時候，我和她坐在一起。她在學校餐廳買了一顆烤馬鈴薯，然後把馬鈴薯帶到一間空教室裡，一個人吃著她的午餐。她剝開包裹著馬鈴薯的錫箔紙，用一把塑膠餐刀切開，然後，看著熱氣從剖開的馬鈴薯裊裊上升，我知道，她正在想著溫暖，她正在嚥著口水。

誠如許多事物一樣，一顆烤馬鈴薯再也不同於原來的那顆馬鈴薯了。烤馬鈴薯是飢餓和寒冷的反面，是一種與生俱來的安慰，當茉兒再長大一些時，我敢打賭，她會永遠在她家裡備著一袋馬鈴薯，只是為了知道它們就在那裡。她咬了一口，我可以感覺到那股熱氣和味道充斥在她的嘴裡，當她閉上眼睛，感受著這股單純的美好時，我也和她一起浮現了笑容。

⓮ 莫卡辛鞋（moccasins）也稱為鹿皮鞋，是一種由鹿皮或其他軟皮製成的鞋，穿起來柔軟而靈便。鞋子的前半部通常有刺繡或其他裝飾物。

透過窗戶，我瞥見了查理，因而決定也要和他一起消磨幾分鐘，我好奇地從這個視線暢通無阻的制高點觀察他。當他沒有走向看台去和他踢足球的朋友們廝混，反而離開校園，走向棒球場後面的一座小公園，並且在一棵沒有人看得到他的樹後面坐下時，我感到很驚訝。

他從他的後背包裡拿出一個三明治、薯條，還有一瓶水，再把耳機塞進耳朵裡，然後將一本筆記簿放在他的腿上，開始畫畫。他一邊畫一邊笑，當我看到他在畫什麼的時候，我也笑了，我臉上的笑意逐漸擴大，直到笑容洋溢在我的整張臉上。

那是他和我的卡通畫像。他穿著一件燕尾服，褲子捲起來，光著腳丫。我穿著一件蓬蓬裙，拎起裙襬，也同樣的光著腳。在我們之間的是一顆足球。當他完成這幅可笑的圖畫時，他將之提名為第一支舞，然後把圖畫舉高，一面欣賞，一面輕聲地咯咯發笑。

當他吃著三明治時，他很快地翻閱著那本筆記簿的其他頁面，同時不停地在竊笑，而我也和他一起笑。那些畫實在令人捧腹，他一定已經塗鴉好幾個月了。並不是所有的畫都和我有關。有些是老師，有些是讓我聯想到蘇斯博士[15]的奇怪動物。他沒什麼太大的藝術天分——不僅東西的比例很奇怪，繪畫技巧也很粗糙——不過，他真的很好笑。

在其中一幅畫裡，我正在射門，我的腿彷彿有軟骨功一般地繞過我的身體，那顆球朝著錯誤的球門而去。那幅畫的名字是岡比[16]，而我慌張的嘴巴上面有一個泡泡，裡面寫著，噢，糟了！另一幅畫裡的我趴在我的桌上睡覺，口水從我的嘴流到了我的筆記本上——睡美人。

而那也許是最令我震驚的部分。即便畫風誇張，而且不具米開朗基羅的天分，然而，在每一幅畫裡，他都把我畫得很美。過去，我從來都不認為自己很漂亮。也許可愛，如果你夠好心的話，可能會稱讚我漂亮，不過，一直以來，我都是那個高個兒、瘦巴巴的女孩，不僅膝蓋老是擦破皮，臉上的雀斑也多到讓我不具魅力，我只能算是長襪皮皮⑰的那種類型。美這個字是用來形容像茱兒和奧伯莉那樣擁有曼妙曲線、長睫毛和無瑕肌膚的女孩。

不過，查理並沒有把我畫成那種可愛的女孩。好笑，確實，不過也很美。他誇大了我最好的部分——我的大眼睛、大長腿，以及只有左邊臉頰才有的笑渦。他不停地畫我，彷彿我是一個真正的繆思，一個值得被畫的女孩，彷彿我那過長的下巴和骨瘦如柴的肩膀是全世界最動人的下巴和肩膀。

當他的三明治吃完時，他闔上筆記簿，走回了學校，我嘆息地看著他離去，恍然大悟到我們原本會是多麼完美的一對，而我在世時居然沒有發現到這一點，真是令人遺憾。

查理和我只說過一次話，而那次對話根本不具任何意義。「芬恩，對嗎？」當我在足球練習

⑮蘇斯博士（Dr. Seuss, 1904-1991）是美國兒童作家和漫畫家，出版過六十多本繪本，並曾經獲得普立茲特別獎，最有名的繪本包括《戴帽子的貓》。

⑯岡比（Gumby）是阿克·特洛基（Art Clokey）創作的一個綠色黏土人形卡通人物，在一九五三年初次登場之後，立刻就成為定格黏土動畫的知名例子和美國文化偶像，除了出現在電視劇和電影裡，岡比也推出了相關的商品系列。

⑰《長襪皮皮》（*Pippi Longstocking*）是瑞典作家阿斯特里·林格倫（Astrid Lindgren）於一九四五年出版的兒童繪本。九歲的皮皮是個一頭紅髮、綁著辮子、長著雀斑、力氣超人、不拘一格、頑皮不可預測又不想長大的女孩。長襪皮皮已被翻譯成七十六種語言，並被製作成多部電影和電視劇。

結束後走向更衣室時，他這麼對我說。血液衝上我的臉；我很確定，我所有對他的幻想在那一刻都從我的腦子裡顯現在了我臉上，彷彿火警的警報一樣。我點了點頭。

「很棒的射門。」他說。

「謝謝。」我回答完，立刻就快步跑走了，同時一邊算著他說過的話。九個字。查理・麥考伊和我說了九個字。隔天，我不停地練習著我未來的簽名，芬恩・麥考伊，我一遍又一遍地在我的筆記本上塗寫，直到我的手痠了為止。

後悔。但願那天我有和他多說一點話，但願我有更勇敢，並且了解到我擁有的時間是多麼地少。這樣，我就會親吻他。我真痛恨自己從來都沒有吻過他。

45

茱兒和她的朋友站在一起，那是三個住在我們附近的女孩，打從五年級開始，她們和茱兒就因為甜美而被稱之為奶昔幫。雖然茱兒是我最好的朋友，不過，在學校的時候，我們總是各自和不同的團體在一起，她的那群朋友都是人緣好又漂亮的女孩，而我則混在運動員的圈子裡。

「很高興你回來了。」夏綠蒂說。「娜塔麗告訴了所有人，那場意外有多可怕。」

她的話讓茱兒緊繃了起來。

「對啊，」克萊兒補充地說。「她說那真的很恐怖，例如，你們還必須把雪煮成水之類的。」

「我不明白的是，」法蘭西斯說。「如果你可以生火的話，為什麼不把火燒大一點，這樣就可以保暖了？娜塔麗說木頭都濕了，可是，如果你待在那裡一整天的話，你們難道不能把木頭弄乾嗎？」

茱兒的臉上出現了一抹陰影，每當她不喜歡什麼的時候，她的臉上就會出現這種危險的神情。不過，那抹陰影很快就消失了，她甜美地對她的朋友笑了笑。「生火來幫手腳取暖，我真是太傻了，怎麼會沒想到呢。」語畢，她就轉身走開了，把她們留在那裡看著她離去。

法蘭西斯首先開口。「真討人厭。好像因為她發生了意外，她就以為自己比我們優秀太多。」

「也許那場意外比娜塔麗說的還要嚴重，」夏綠蒂說。「我的意思是，茱兒很聰明。如果她可以生火的話，你覺得她不會那麼做嗎？」

「我不知道。當人們嚇壞了的時候，你無法得知他們會做出什麼反應。娜塔麗說有一個很可愛的男孩也在那裡。也許，茉兒不想在他面前表現得像藍波一樣。」克萊兒說。

「我還滿喜歡她那雙莫卡辛鞋的。」夏綠蒂說。

「你在開玩笑嗎？」法蘭西斯說。「我死也不會穿那個。她看起來就像把一隻死在路上的動物穿在腳上一樣。」

46

克洛伊和我父親明天都要出院了。這個想法讓我感到顫慄。現在，克洛伊的行李箱裡藏了十幾顆藥。我完全不知道那是不是致命的劑量，不過，光是一顆就足以讓她不省人事了，所以，我想那些量可能足以致命。

我討厭這種已經死了卻還待在這裡的狀態。我知道一些事，但是我卻無能為力。我唯一的能耐是透過一個模糊的管道進入到睡眠中的潛意識：一種足以把人嚇死，卻又僅能把訊息傳達得支離破碎，乃至於我並不想使用的能力。

自從我在半夜把我母親嚇醒之後，我就不再進入活人的思緒裡。不過，今晚，我別無選擇。我看著我熟睡的父親，他那張英俊的臉龐如此安詳，就和他過去清醒的時候一樣，我真的很不想打破他的平靜。因此，我等了很長一段時間——直到我擔心他就要醒來，而我將會錯失我的機會。

老爸，我低聲地說。他的眼睛在眼皮底下顫動，我加快了語速，好把這份折磨減到最低。讓克洛伊沮喪的不是她的手指和腳趾。是凡斯。他傷害了她，而且……

我父親的五官扭曲，他大叫一聲，在我來得及把剩下的話說完、並且告訴他關於那些藥和日記上的留言之前，他就突然睜開了眼睛。

他急促地呼吸，眼神狂亂地看著四周，我知道我不會再來找他了。讓他抱持著我還存在的希望，這對他來說太殘酷了。

47

鮑伯和班把我父親連同他的輪椅一起抬上前門的階梯。奧伯莉和我母親跟在他們身後，幫著每走一步就皺一次眉頭的克洛伊。賓果又跳又叫地繞著圈子，彷彿一隻幼犬一樣，我很好奇，牠到底知不知道發生了什麼事。牠和人類不同，牠處在亢奮之中，而非悲傷，牠高興地慶祝有人回家了，但似乎忘了那些不在這裡的人。

隨著日子一天一天地過去，我越來越喜歡班了。他有一種迷人的、書呆子式的可愛。他的笑容很好看；長了一張老實的寬臉；還有一對隱藏在那副厚重、細邊眼鏡下的善良的眼睛。我第一次見到他的時候，真的對他沒有留下什麼印象。膽小鬼——我一直都很想用這個字眼，而在班加入我們的生活時，我終於找到一個可以經常使用它的理由了。那傢伙實在無聊透頂，我無法理解奧伯莉到底看中他哪一點。

當奧伯莉宣布要嫁給他的時候，我真的哭了。茱兒叫我要相信奧伯莉，她說，奧伯莉一定在他身上看到了我們沒看到的特質。而現在，我看到了，他的這一面是我活著的時候永遠也看不到的。

今天早上，當他到奧伯莉的公寓，準備接她去醫院時，他給了她一束紙做的玫瑰花。我姊姊很喜歡花，但是，花粉會讓她打噴嚏。

「而且它們也很實用。」他抽出一朵玫瑰，把鼻子湊近，用力擤了一下。我無法確定這是有點俗氣還是可愛。最後，我決定那是俗氣得可愛，就像電影院的墨西哥玉米片上那層黏糊糊的起司一樣——雖然賣相不佳，不過卻出奇地好吃。

他把他的這一面隱藏了起來，像個膽小鬼般地緩慢前進，而我懷疑，那是不是為了自我保護。現在，我死了，我才發現人們對待彼此有多麼地可怕，我們大部分的人內心裡都存在著一股憤世嫉俗，那讓我們看不見彼此最美好的部分。也許，這是我現在這種狀態最令我喜歡的地方之一：我比過去更能清楚地看待事情，在現在的我眼裡，一朵紙玫瑰看起來比過去更明亮、更美麗，那是我活著的時候所看不到的。

奧伯莉在協助克洛伊爬上階梯的時候看了班一眼，她的臉上帶著歉意，為她要求他幫忙做這些事而感到抱歉。班揚起一邊的嘴角，回給了她一個笑容，讓她知道沒有必要道歉，我可以感覺得到，為了讓他心愛的女人高興，他那顆紙玫瑰的心什麼都願意做，我再一次地發現，自己真的很喜歡他。

他們並沒有敲鑼打鼓地慶祝我父親和克洛伊出院回家，也沒有舉辦歡迎回家的派對，只有我家人和鮑伯在。沙發上鋪著床單和一顆枕頭，我父親在他們協助他靠近沙發時瞪著那些東西看，他不喜歡被那些東西提醒他自己是個病人。然後，他轉而看向正在一瘸一拐上樓的克洛伊，他的視線停留在她的頭髮上。她的頭髮已經開始長出來了，耀眼的紅棕色髮根在半吋之後突然變成了黑色，那象徵著時間的過去，也讓他想起了我。

「克洛伊。」他說。

她回過頭。

「我們到家了。堅持住，寶貝。」

她微微地點頭，動作小到幾乎看不見，而我也致上了最小的感謝。我不知道是否是因為我昨晚對他說的話，還是因為他原本就想這麼說，不過，克洛伊喜歡我父親，她會做他所說的事，至少今天會。

奧伯莉在一分鐘後回來了，當她走近樓梯底層時，她和班在其他人沒有看到的時候，彼此做了個鬼臉，無聲地問著對方，他們還需要待多久，才不會被視為沒心沒肺的人。班露出一絲支持的笑容，讓她知道他可以留下來。對於這個想法，奧伯莉差點就發出了呻吟。

我不能怪他們。整間房子感覺就像太平間。

當我父親打開電視看著洛杉磯天使隊的比賽時，他們就道別離開了。

幾分鐘之後，鮑伯帶著Subway的三明治回來了。他給了我父親一個，然後走到廚房，也給了我母親一個。她邀請他和她一起到屋外，她說，這樣，他們就可以享受春天的天氣，然而，她多半是為了逃避這份悲慘的氣氛，就像班和奧伯莉一樣。

我們家後院的中央有一棵檸檬樹。那是二十年前，我父母搬來這裡的時候種下的。那是我父親的提議。他想要提醒自己他們是如何一路走來的。那棵檸檬樹的四周曾經有一座花園，香草、番茄、胡蘿蔔和南瓜，都是一些我母親在煮飯時能派上用場的實用型作物。有時候，我會忘記她曾經種植花草和下廚做飯。除了工作，她已經很久都不再做其他的事了。

野草和疏於照料讓這座花園在幾年前開始逐漸荒廢，不過，我母親依然照顧著那棵檸檬樹。她會在每年春天修剪那棵樹，並且每個月都會在樹幹周圍施肥。即便現在，當她和鮑伯安靜地談話、吃著他們的三明治時，她也心不在焉地繞著那棵樹，一邊走，一邊摘下乾掉的果實，折斷一些小嫩枝。

我討厭他們在這裡聊天，而我父親卻獨自在屋裡。光是鮑伯的出現，就夠讓我討厭的了。他花了太多時間在這裡，太多時間和我母親獨處。我應該要很感激他是如此的支持，如果我不是這麼討厭他的話，也許我會感激他。然而，我是真的討厭他，因此，我希望他回他自己的家去。

他騙娜塔麗和凱倫說他去了別的地方，他告訴她們，他要去高爾夫球場或者健身房，然後，他把他的車停在海岸高速公路那間自助洗衣店的後面，再偷偷折回到我們家來安慰我母親。我不確定他之所以說謊，是因為他的動機並不純正，還是因為我母親和凱倫之間沒有說出口的怨懟。截至目前為止，他並沒有做什麼，只是以一個好朋友的身分出現，然而，他眼裡那股赤裸的忠誠卻透露出他的感覺不只是一個朋友。

我母親一邊照料著那棵樹，一邊告訴他關於她工作上的那些案子，而他也告訴她有關他病人的故事。他具有一種好笑的幽默感，總是能逗得她發笑，而我既討厭那樣，卻也喜歡那樣。除了和他在一起的時候之外，我母親已經不再笑了。他從來沒有談及那場意外、我或者奧茲，而我母親也小心翼翼地不提起凱倫。

當他們把三明治吃完的時候，鮑伯給了我母親一個依依不捨的擁抱，並且告訴她，如果有什麼需要的話，隨時可以打電話給他。

在他離開之後一會兒，我母親依然獨自留在露台上，她坐在那裡，茫然地看著前方。然後，她深深吸了一口氣，拾起午餐留下的垃圾，帶進屋裡，走到起居室去查看我父親的狀況。他目不轉睛地盯著電視，專注在一個閃爍不停的車子保險廣告上，假裝她不在那裡。

「你需要什麼嗎？」她問。

他沒有回答，反而把電視的聲音調高。

自從我父親在兩週前清醒之後，他所恢復的每一絲力氣，全都立即轉為了憤怒，而絕大多數的怒意都指向了我母親。我無法忍受看著這樣的局面。我父親，那個永遠的樂觀主義者，那個曾經登上無數山峰、征服海洋的人消失了，取而代之的是一個憤怒、失意的男人。

「我要到辦公室去幾個小時，處理一些工作上的事。」我母親說。

我父親什麼都沒有說。

48

我去看鮑伯，我很好奇他會編什麼謊言騙凱倫說他去了哪裡。他並沒有穿著高爾夫球裝或者去健身房的衣服。

「他們怎麼樣？」當他進門的時候，凱倫這麼問他，鮑伯居然對她說了實話，這讓我很震驚。凱倫是那種完美無瑕的人——她的屋子、她的衣服、她的車、她的女兒。她喜歡白色，無法容忍泥土、灰塵，或者磨損。她是特百惠[18]女王，也是櫥櫃整理王。這就是我為什麼那麼討厭她家的原因。她家就像那種室內沒有一樣東西是真的、植物是塑膠的、木頭地板是層壓板、每一樣物品都是剛從收縮膜裡拆開來的樣品屋。只有在我死了之後的現在，我才看到需要怎樣極端的執著，才能夠把房子維持成這樣，她的生活裡充滿了瀕臨瘋狂的強迫症。

鮑伯一進門就把鞋子脫掉，沒有理會她的問題，然後將鞋子放在外套櫥櫃裡的鞋架上。她跟著他走到廚房，手裡揉捏著一張抗菌消毒紙巾。「克洛伊怎麼樣？她覺得好點兒了嗎？」鮑伯從冰箱裡拿了一罐啤酒，拉開拉環，一口氣吞下了半罐。

「傑克呢？」凱倫繼續問道，也繼續在擰著那張濕紙巾。「他的腿怎麼樣了？」

鮑伯急速地轉身，讓她冷不防地往後退了一步。「你幹嘛不親自去看一眼？」他生悶氣地說。「他們不過和我們隔著兩棟房子。你走過去敲門，就可以問你想要問的那些該死的問題。安是你最好的朋友。走過去主動幫忙吧。」

凱倫手中的紙巾被撕破了，她低頭看著紙巾，似乎感到很驚訝。她盯著紙巾好一會兒，然後整齊地把紙巾折了四折。接著又拿起鮑伯的啤酒罐，擦去罐子留在桌上的水漬。「我在煮晚餐要吃的肋排，」她說。「你想要搭配馬鈴薯還是白飯？」

⑱ 特百惠（Tupperware）是全球知名的美國家居用品品牌，代表性產品是用來貯存食物的塑膠容器。

49

我母親並沒有像她說的那樣去工作。

人們說了多少謊言，他們又有多麼擅長說謊，這點真是令人驚訝。每一個人。向來都如此。他們說要這樣，但是做的事卻完全不是這樣。我母親對我父親說謊。我父親對克洛伊說謊。克洛伊對我母親說謊。一個完整的欺騙循環。

我母親在商場裡，毫無目的地逛著一間又一間的商店。她開始走到人潮擁擠的地方，在那裡，她可以假裝她很正常，在那裡，沒有人知道她生活裡的鬧劇。她逛了一個小時，然後在一張長椅上坐下來，一邊啜飲咖啡，一邊看著她身邊快樂的人們——帶著孩子的家庭、像她這樣的女人、像我和克洛伊那樣的青少年——所有人就那樣過著他們的生活，完全沒有意識到他們的生活可能在一瞬之間就被奪走。

在喝完咖啡之後，她又遊蕩了一會兒。她站在洛磯山巧克力工廠[19]外面，凝視著被巧克力覆蓋的棉花糖，我知道她正在想著奧茲。幾分鐘之後，她在韋澤椒鹽脆餅店[20]外面停下腳步，我知道，她想到了我。

她不時地看著她的手錶，知道她應該要回家了，但是每次卻又多給自己幾分鐘，直到她終於不得不回到她的生活。

⑲洛磯山巧克力工廠（Rocky Mountain Factory）是一家巧克力和糖果的製造商，產品包括各種焦糖、奶油太妃糖、薄荷糖和松露巧克力等。除了美國本土之外，在加拿大、韓國、巴拿馬、卡達、菲律賓等國都設有門市。

⑳韋澤椒鹽脆餅（Wetzel's Pretzels）是一家美國連鎖快餐店，主營椒鹽捲餅和熱狗。該連鎖店在美國、加拿大和中美洲擁有超過三百七十家門市，大部分設於購物中心、機場、體育場和主題公園內。

50

我父親應該要在沙發上的，但是他不在。

他沒有按照被告知的那樣使用輪椅。

他沒有聽從醫生要他休息的囑咐。

他在一輛計程車的後座，那條受傷的腿靠在座椅上，我完全不知道他要去哪裡，不過，不管他要去哪裡，我都有一種不好的感覺。

二十分鐘之後，我們已經來到了阿利索維耶霍，正在轉向一個被稱為奧杜邦[21]的區域，那裡的街道都是以鳥類來命名的。計程車轉到大藍鷺街上，然後在一幢有著棕色草坪的灰色雙拼式住宅前面停了下來。

計程車司機協助我父親下了車。「你確定你沒事嗎，老兄？」他問。

我父親看起來一點都不像沒事。他的呼吸沉重，他的身體在顫抖。過去兩週以來，他最多只能從醫院的病床上一跛一跛地走到洗手間。

「等我，」我父親無視於司機的憂慮。「我幾分鐘之後就回來。」

他試了試門把，當門把轉動的時候，他直接就進了門。

我的心在狂跳。不管他要做什麼，都絕非好事，我希望他能停下來。

「凡斯。」我父親大聲地吼叫，我的內心瞬間發冷。

糟糕。該死。這就是我為什麼不應該進入人們夢境的原因，我對自己大吼，極度後悔昨天晚上闖入了我父親的思緒。我知道和我父親說話不是個好主意，但是，我還是那麼做了。你以為死亡會讓我變得聰明一點、多一些智慧，並且更深謀遠慮，但是並沒有——我還是那個愚蠢的我，還是那個愛管閒事、做事不用腦子的我。而現在，因為我這個白痴，克洛伊帶著她藏起來的那些藥獨自一個人在家，而我應該在家休息的父親則闖入了凡斯的家，看起來就像一隻得了狂犬病的動物，準備要殺了那個傷害他女兒的男孩。

「凡斯，我知道你在家。給我滾出來。」

沒有回應。

我到凡斯所在的地方，希望我父親錯了，我希望凡斯不在家，也不在他家附近，然而，我發現他就在不到二十呎之外，就在他位於走廊盡頭的房間裡，蜷縮在他的床上，聽著我父親咆哮。

他的模樣讓我嚥了嚥口水，我無法把眼前這個稻草人和克洛伊深愛的那個男孩連結在一起，如果不是他那對獨特的灰色眼睛，我根本完全認不出他來。他修長的體型已經變得骨瘦如柴，他的臉頰凹陷，眼睛從藍色的洞裡鼓出。他身上那件格子四角褲和破舊的T恤沾滿污漬，鬆垮地掛在他瘦弱的身體上。他的黑髮已經不見了，取而代之的是囚犯般的光頭，只見一片薄薄的細毛覆

㉑ 奧杜邦（John James Audubon, 1785 - 1851）是美國畫家、博物學家和鳥類學家，他繪製的鳥類圖鑑被稱為美國國寶。

蓋在他的頭上。他的耳朵因為凍傷而受損，不僅畸形，而且滿是傷疤。

房間裡沒有課本或筆記簿，我懷疑他是否已經退學了。他從來都不是一個好學生，不過，在克洛伊的幫助下，他的成績還是過關了，基於他高超的網球技術，加州大學聖塔芭芭拉分校提供給了他一份運動獎學金。我想，那是否已經沒了。

他的書桌上有一個菸灰缸，就在十幾座網球獎盃前面，裡面裝滿了被壓扁的香菸，菸灰缸旁邊有一個打開的木盒，盒子裡裝著一小包薰衣草顏色的藥丸，每顆藥丸上都有著笑臉。搖頭丸。我知道這個，因為在我們一年級的時候，學校要求我們要參加「拒絕毒品」的演講——笑臉、手印，以及和平的符號，會被刻在漂亮的粉彩色錠劑上，那是一種會讓人逃離現實、讓人上癮的入門級毒品。

「好。那就讓我來找你。」我父親吼道。

凡斯的眼睛在他的臉上抽動，那不僅僅是因為恐懼。他的腦子已經被毒品弄得神智恍惚了。我知道他和克洛伊偶爾會吸大麻，但是，克洛伊絕對不會上癮的。

凡斯把他的膝蓋抱在胸口，我就是在此時看到的：除了食指和大拇指以外，其他手指的末端都不見了。這樣的畫面讓我嚥了一口口水，當我瞄向角落裡的網球袋時，我的喉嚨彷彿腫起來了。

房門猛然被打開，我父親衝了進來，腎上腺素驅使他往前走，帶給他幾分鐘之前所沒有的力氣。奧茲死後我所目睹的一切，沒有一件事比此刻更讓人悲傷——一個男人和一個男孩，兩人都愛著我姊姊，兩人都被那一天、被他們無法保護她的事實嚴重地摧毀。

我父親並沒有放慢速度。他衝到床邊，撐在他左邊那支拐杖上，然後用右邊那支拐杖揮向凡斯的太陽穴，把他打得翻過身，從床上滾了下來。凡斯跪倒在地，那支拐杖接著往回擊中他的肋骨。他喘不過氣來地癱倒在地板上，蜷縮成一團，彷彿胎兒一樣，並且用變形的手抱住了自己的頭。

我父親在看到凡斯的手指時眉頭緊鎖，那比克洛伊的情況糟多了——他的小指頭有一半都不見了，無名指的第一個指節以下被保留了下來，他的中指被切到和食指一樣長——一根短過一根的手指，讓他的手彷彿變成了一幅條形圖。

我父親的同情只維持了不到一秒鐘。那支拐杖再度被舉起來，然後往下砸在凡斯的背上。

住手，我尖叫著，但是，我父親才剛開始而已，他的憤怒讓他變得盲目，他把他的憤怒發洩在除了他自己以外，另一個他可以責怪的人身上。每一擊都讓凡斯發出了呻吟，然而，除了蓋住他的頭之外，他甚至連試都沒有試著要為自己反抗。鮮血從他的嘴唇流出，他的手臂和腿上也浮現了瘀傷。我很慶幸我父親還如此虛弱，他現在每一擊的力氣都只是他在健康時候的四分之一而已。

拐杖的力道隨著我父親力氣的消滅而變弱，直到他耗盡力氣，再也舉不起拐杖的時候，他停了下來。「你這個傲慢的小白痴。你把她帶離那裡，然後又丟下她。」他的呼吸急促，讓他的話幾乎聽不清楚。

凡斯還真的點頭表示認同，那只是讓我父親更加生氣，他匯集所有的力氣，將拐杖甩向凡斯的前臂，金屬撞裂骨頭的聲音瞬間響起。這一揮讓我父親站不穩，差點就摔倒在地，他笨拙地支撐在他的拐杖上，胸口不斷地在起伏。「你這個該死的混蛋。她差點就因為你死了。我女兒差點就死了。」鼻涕和眼淚從他的臉上流下。他沒有說出口的是，芬恩因為我死了。克洛伊因為我差點死了。奧茲因為我死了。

凡斯蜷縮得更厲害了，他沒有吭聲，而且很明智地不再點頭了。

如果我父親還有力氣的話，他會繼續打下去的，不過，他連自己都幾乎站不穩了。「去死吧，凡斯。去死吧。」

然後，宛如喝醉一般地，他頭暈目眩地踉蹌地走開。

就在即將抵達房間門口時，他瞥見了梳妝台上的那些藥，他回頭看著身後那個已經被毀了、正在啜泣的男孩。我父親的臉因為不屑而扭曲，他把那些藥掃到地上，然後繼續走出了房門。我看著他離去，暗自懷疑這種殘忍的報復行為是否有幫助，是否能沖淡他的憤怒，或者，這只是朝向更大毀滅的第一步而已。我感到一陣寒意在我的脊椎顫動，答案就刻在我父親臉上那個醜陋的表情裡。

51

我母親走進空蕩蕩的屋裡，過了一秒鐘之後，她才記起房子裡不應該空無一人。

「傑克？」她叫喚著。

他的輪椅停在沙發旁邊，他的拐杖不見了。

賓果跟著她走進廚房，接著又從對開門走到後院。她加快腳步地爬上樓梯，先是檢查她的臥室，然後再走進奧茲的房間。她在克洛伊的房門口停下腳步，深深吸了一口氣，然後踏入房間。

原本面對窗子的克洛伊轉過頭來，什麼也沒說。

「你爸爸呢？」我母親說。

克洛伊把頭轉開。

「可惡，克洛伊。你爸爸在哪裡？」

克洛伊突然回頭，眼神既冷漠又陰沉。

「回答我。」

克洛伊帶著恨意地瞇起眼睛，我母親也瞪著她，雙方尖銳的眼神在空氣中猛烈撞擊，差點發出了擦撞的聲音。然後，克洛伊在意外發生以後首度對我母親開了口。「我他媽的怎麼會知道？」

這個回答震驚了我母親，我可以看得出來她無法決定應該要擁抱克洛伊，還是對她大吼。最終，她選擇了後者，因為這是克洛伊剛才之所以有所反應的原因。「那就從床上起來，幫忙我去找他。」她咆哮地說。

克洛伊迅速地眨眼，彷彿我母親剛剛要求她捐出她的右腎，而不是要她幫忙找我父親。

「起來，」我母親再度說道。「這事很嚴重。你父親不見了。」

出人意料地，克洛伊真的照做了。她微微搖晃地從床上坐起來，血液突然回流讓她感到些許的暈眩。

我母親假裝沒有注意到。「你到海邊去找他。我要開車在附近繞一圈。」

克洛伊的眼睛眨得彷彿警示燈一樣，不過，她也持續地做出反應。在我母親走出房間的時候，她也從床邊抓了一件帽T套上。

當克洛伊拖著腳步經過梳妝台的時候，鏡子裡的自己讓她嚇了一跳。她的頭髮顯得很怪異，一吋是紅棕色的，一吋則是黑色的，彷彿髮尾被浸到了墨汁裡一樣。她的皮膚宛如鬼魅般的蒼白，藍色的黑眼圈圍繞在凹陷的眼睛四周，前額上的傷疤已經脫落，變成了粉紅色。她瘦了很多，臉上的顴骨因此而明顯地凸出來。她歪著頭，對著鏡中的自己吐出舌頭，試了幾個荒謬的表情，然後才繼續走出房間。

等她走到樓梯的時候，我母親已經衝出了家門。一開始，我覺得我母親太過分了。畢竟，克洛伊還很虛弱，她的腳趾還沒有復原，她走路的時候，腳甚至還在痛，然而，我突然發現到這是唯一有效的辦法。在沒有任何觀眾之下，克洛伊對此完全不在乎。事實上，她幾乎不太在意這些疼痛，我看著她，甚至懷疑她的腳趾是否還會痛，或者，那只是她為了繼續囤積她的藥所做的表演。

52

茉兒一定是從她家看到了克洛伊踉蹌地走下通往沙灘的斜坡，因為她正在跑向克洛伊。卡敏斯基家可以俯瞰海洋，而茉兒公主的閨房正好擁有一片很棒的視野。

從意外發生的那個晚上起，茉兒就沒有再看到過我姊姊，當她在如此近距離之下首度看到克洛伊的時候，她突然止住了腳步——那頭奇怪的頭髮、孱弱的身體、套著拖鞋的腳還裹著紗布。茉兒收起震驚的神色，快步趕上，由於克洛伊走得十分小心，不確定她那三根腳趾頭的腳在蓋滿沙子的水泥地上是否還有足夠的抓地力，因此，要趕上她並不困難。

「三葉草。」茉兒叫了一聲，那是她還在牙牙學步時就幫克洛伊取的綽號。

克洛伊轉身，她的臉蒙上一層堅毅的面具。當她看到叫她的人是茉兒時，她的臉上掠過了一絲類似安慰的表情。茉兒大概是全世界最容易相處的人。

克洛伊審視著茉兒的傷勢，把她從頭到腳仔細地看了一遍。茉兒幫了她一把。她伸出自己的手，露出她的手掌和手背，然後又踢出她赤裸的腳。她的手正在脫皮的階段，一塊塊蠟黃的死皮和新生的粉紅色皮膚交錯在一起。她的腳就更醜陋了；雖然腳趾頭都還在，不過卻佈滿棕色和朱紅色的斑塊。克洛伊也展示了自己的傷勢，當茉兒看到跟著凡斯一起離開露營車的決定讓克洛伊付出了多少代價時，她不禁皺眉地點點頭。

「真噁心。」茉兒直白的用詞讓克洛伊臉上的憤恨都消除了，這是從那個可怕的日子以來，克洛伊的唇角第一次露出一點點的笑意。

「你在這裡幹嘛？」茉兒改變話題地問。

「我父親擅自離家，」克洛伊說。「我母親認為他可能會到這裡來。」

茉兒緊蹙著眉頭。「他不是得坐輪椅嗎？」

「應該是。」

茉兒沒有多問，她不想打破克洛伊此刻的專注，因為她們現在已經來到了沙灘上，那讓我姊姊踏出的每一步突然都不穩定了起來，也讓我對腳趾頭有了新的領悟。我從來都不知道腳趾在身體的平衡上扮演著如此重要的角色。

當她們走遠到足以看見岩石之外無邊無際的大海時，她們停下了腳步。克洛伊深深吸了一口充滿鹹味的空氣，讓我忍不住發出了嫉妒的呻吟。

我很愛大海，我愛海洋的一切——海水、浪花、沙灘、海風、永不間斷的潮起潮落——不過，我最愛的是味道，那股鹹水的氣味，那是我活著的時候，幾乎每一天都會吸入的味道，一股讓我湧起數百萬個回憶的味道，那些回憶裡有熱狗、烤棉花糖、巧克力夾心餅、排球、衝浪、海豚、撿貝殼、堆沙堡，還有把我弟弟埋在沙子裡。

克洛伊的下唇在顫抖，茉兒用雙臂環抱著自己。她們絕無可能站在那裡而不想起我。這裡是我的遊樂場。

「我想念她。」茉兒說。

克洛伊閉上眼睛，點點頭。

「那就好像有一個大洞在她離開之後出現了。那是一股無與倫比的空虛。」

克洛伊捏了捏自己的鼻子，我知道她正在失控的邊緣。自從我姊姊獲救之後，她一直都沒有哭過，而我不知道她此刻瀕臨在哭泣的邊緣究竟是不是一件好事。

茉兒沒有留意到。她的眼睛依然停留在海面上，她繼續說道：「那個大洞彷彿無時無刻都在我身邊，它吸走了所有的光線和聲音，讓一切都變得不再那麼明亮多彩……不再有趣……」她發出一聲嘆息，低下頭，隨即又重新抬起頭看著海水。「少了點，我不知道，一切都少了點什麼。」

克洛伊的眼淚沿著臉頰流了下來，她捏緊鼻子，試著要忍住淚水。

「當我想起她的時候，」茉兒說。「就像現在，我試著要快樂起來，因為，我知道那是她想要看到的，我知道她正在某個很美好的地方，然而，最難熬的是其他的時候，當我沒有想起她的時候，因為那才是我最想念她的時候，在那些時候，我覺得好孤單，彷彿漂浮在這片浩瀚的大海中，或者飄遊在外太空裡，那就好像地心引力遺棄了我，或者就像我的空氣就要耗盡了。」

克洛伊吸了吸鼻子，這讓茉兒突然看向她。「對不起，三葉草。」當她發現克洛伊在哭泣時，她很快地說道。

克洛伊搖搖頭。「不，沒事的。」她擦乾眼淚，深深吸了一口氣。「我也想念她。一直都很想她。」

「我是說，我明白，」茉兒的眼眶裡充滿了淚水。「人會死。我也明白我自己依然在這裡，生活還在繼續，而最終，那個洞會越來越小。至少，每個人都不停地對我這麼說。」

「你難道不希望所有人都閉嘴嗎？」克洛伊說。

茉兒點點頭，她抬起頭，幾乎帶著笑意地重新凝視海洋。「沒錯。因為我並非不懂他們在說什麼。我明白。但是現在，那個洞，它真的真的很大，我真的真的很孤單，也真的真的很想念她。」

有好一會兒的時間，她們安靜地站著，兩人都眺望著大海，忍住自己的情緒，看著她們如此地悲傷，我覺得好難過。我不想要當個吸走她們快樂、讓她們哭泣的黑洞，我希望她們可以看見豐盛而非失落。我已經厭倦了被人想念，也厭倦了人們每次想到我時，都顯得如此悲慘。當你們想到我時，不要只是試著感到快樂——要真心覺得快樂。凝視著大海，並且微笑。呼吸著大海的氣息，並且歡慶。記得我。記住我每一次傷心都不會超過一天，幾乎連一小時都不到。記住我們共同擁有的那些美好的時光，記住我是怎樣一個惹人發笑的傻瓜。記住我害怕任何超過四隻腳的東西，但是對於冒險卻毫無所懼。記住。把我放在你們的心裡，就像一道光一樣，照亮你們的世界，也讓一切變得更美好。我不想當一股失落、一個黑洞、一道陰影。記住我！

「你知道我在想什麼嗎？」克洛伊說。「當我染頭髮、又把頭髮剪短時，沒有一個人對此發表意見——我家人沒有、我的老師、我的朋友，都沒有。每個人只是假裝我一直都留著像男孩子般的黑色短髮。只有芬恩不是這樣。芬恩直接對我說：『哇，好像毛毛喔。』你知道的，飛天小女警裡面的毛毛[22]。她沒有說謊，也沒有假裝她喜歡那個髮型，但是，她也沒有假裝沒有這回事。重點是，她不在乎我把頭髮弄成那樣。我的頭髮是黑色、綠色還是紫色都不重要——對她而言，我還是一直以來的那個我。我認識的人裡面，沒有人像她那樣。」

「她討厭你的頭髮。」茱兒吸著鼻子說。

克洛伊露出淺笑，而我也為茱兒歡呼。在十分鐘之內，她所做到的，就比一大串心理學家和醫生們在過去幾週內所能做到的還要多。而克洛伊對我唯一的珍貴記憶，居然是我自己都不記得的事，這讓我覺得好笑。我們竟然沒有意識到自己曾經做過一些奇特又美好的事。

「我在荒野中的第二個晚上，」克洛伊聲音緊繃地盯著銀色的地平線。「我想要死。」冰天雪地的記憶讓她顫抖，茱兒也抱住了自己。「如果我可以停止自己的心跳，我會那麼做的。人們以為被燒死是最可怕的死法，但是，他們錯了。寒意帶來的灼燒比火焰更可怕，而且那樣的過程會維持得更久，你的每一個部分都逐漸凍僵，一次一個細胞，痛苦到你的身心都無法承受。」

茱兒的臉色隨著自己的記憶泛白，不過，克洛伊並沒有察覺，她完全迷失在自己的告白裡，而那是她一直拒絕回答其他人的問題。

「你會想做任何事來停止心跳，」她說。「而你也了解到自己是怎樣的一個懦夫，你的生命對你而言意義甚微。你只是想要結束它。我好羨慕芬恩——她不需要做決定，決定已經被做好了，她的生命就那樣結束了。」

茱兒僵凝在原地，我知道她聽到了，克洛伊用的是現在式。茱兒自己已經承受了那麼許多，而今她還要背負著克洛伊的秘密，這樣的重擔確實並不公平，然而，我很高興，並且祈禱她不會無視於克洛伊的感受。

克洛伊挺起背脊，重拾了她的注意力。「芬恩在那裡，」她說。「第二個晚上，她和我在一起。我知道這聽起來很瘋狂，但是，她真的在那裡。她來找我，然後坐在我旁邊。」

克洛伊看著茱兒，尋求著批判，不過，她得到的卻是一份同情。

「她和我說話，」克洛伊說。「內容很模糊，我不記得她說了什麼，不過，那是她沒錯，她還是那個芬恩，說話還是那麼快速，一個話題還沒說完就轉移到下一個話題。」

我聞言大笑，因為我真的就是那樣。

「你看到她了？」茱兒的聲音裡帶著一絲羨慕。

「沒有，不過，她偶爾還會來看我。」

㉒《飛天小女警》（The Powerpuff Girls）是美國時代華納公司旗下的卡通頻道於1998年推出的動畫影集。三名擁有超能力的小女警花花（Blossom）、泡泡（Bubbles）、毛毛（Buttercup）是小村鎮的保護者。舉凡阻止銀行搶案、火場救援、阻止怪獸破壞城市等，都是她們的工作。

「她有和你說話嗎？」

「沒有。」

「那你怎麼會知道？」

「我就是知道。有時候，她會和我一起待在我們的房間裡。」

我踮著趾尖在旋轉，彷彿在跳芭蕾舞一樣，並且高興地歡呼。克洛伊知道我還在這裡。

就在茱兒即將開口之際，一道聲音從背後響起，打斷了她們。

「克洛伊。」

茱兒和克洛伊雙雙回頭，只見奧伯莉正在走下斜坡。

「他們找到他了。爸爸回到家了。」奧伯莉大喊地說。「媽媽叫我來這裡帶你回去。嘿，茱兒。」

「嘿，奧伯莉。」茱兒的臉瞬間戴上面具，她又是那個完美、自我調適良好的青少年了，也是奧伯莉預期會看到的她，而克洛伊則變回了那個受傷、失調、突然又幾乎無法走路的青少年，也是奧伯莉以為的那樣。

茱兒對克洛伊的表現完全沒有多說什麼。她只是冷靜地和她們一起離開，並且在橫越沙灘時扶著克洛伊的手臂，給她支持，而每踏出一步，克洛伊也依然要皺一次眉頭。

「我去把車開過來。」奧伯莉說。

當她走遠時，克洛伊轉身面對海洋，然後對茉兒說，「大海會想念她的。」

我笑了，同時也輕輕地哭了，因為她是對的。

53

我回到家，剛好趕上正在火爆進行中的爭吵。

「可惡，傑克，你是企圖要讓自己喪命嗎？」

「是啊，我就是企圖要那麼做，」我父親在沙發上咆哮，他面色發白、全身汗濕地躺在那裡，那條傷腿支撐在一顆枕頭上。

「你到底去了哪裡？」

「和你無關。」

「和我有關。奧伯莉在找你。克洛伊也在找你。我還打了電話給鮑伯。」

「是嗎？你打給鮑伯？」他不屑地說。「真是意想不到。最近，老鮑伯倒是變成了你的好朋友。」

「那是什麼意思？」

「你很清楚那是什麼意思。問題是，你最好的朋友凱倫，她知道他向來都是怎樣的一個好朋友嗎，或者你並沒有告訴她說你打給了鮑伯，然後，他就急著跑來了？」

我母親的鼻孔擴張，我發誓，如果可能的話，蒸氣也會從她的耳朵裡噴出來。「我和鮑伯之間什麼也沒有，還有，順便告訴你，鮑伯一直都很棒。他實際上還主導了搜索奧茲的行動——」

「出去，」我父親怒吼地說。這次的爆發讓他咳嗽到幾乎喘不過氣來。他一邊咳嗽，一邊怒斥道：「滾出去。你居然敢站在那裡告訴我說，鮑伯在尋找我兒子上幫了多大的忙。奧茲死了。你丟下他，而鮑伯也沒有看著他。」

我母親往後退了一步。

「現在就出去。」我父親試著要從沙發上起身，但他已經沒有力氣了，結果只是導致他咳得更厲害。

我母親逃進了廚房，她抵靠在流理台上，佝僂著肩膀、脖子和身體，我從來沒有見過她這樣，我的父親和母親比我記憶中的還要蒼老、還要渺小。

54

奧伯莉留下來吃晚餐，這真是天賜之福。當她在的時候，我家人就會表現出他們最好的一面，我父母的互動就像他們在意外發生之前那樣，宛如一對婚姻生活充滿挑戰卻卓越非凡的模範夫妻。我父親稱呼我母親為親愛的，而我母親則遞給他啤酒，然後取笑地說她是他的僕人。如此的裝模作樣都是為了奧伯莉，然而，如果這意味著今天比昨天好，那麼，就算是假裝，我也願意接受。

早餐的時候，我母親把檸檬瑞克塔起司鬆餅端到起居室的咖啡桌上，我父親則假裝心情很好。他打趣地和奧伯莉聊著班的母親堅持要請來幫他們證婚的那名老牧師。

「別擔心，」他說。「我會CPR，如果他在婚禮的儀式中倒下去，而我也無法讓他甦醒過來的話，我會親自幫你們證婚。我有執照的。」

這是真的。在我父親和我母親結婚之前，他曾經是一艘私人遊艇的船長，而他的老闆要求他去考證照，這樣，我父親就可以幫他主持他的第四次婚禮。

「不會發生那種事的。」奧伯莉說。

「有可能啊。我會表現得很棒的。親愛的各位，我們今天聚集在這裡，參加這位美妙、可愛、了不起的女子和這位不夠優秀的男子……」

奧伯莉在他的手臂上重重捶了一拳。

「你打得像個小女孩一樣，」我父親說。「克洛伊，你可以教教你姊姊怎麼出拳嗎？」

克洛伊勉強地對他冷笑了一下。

她真的下樓來吃早餐了。主要是因為我母親拒絕再把三餐送到樓上給她，也不允許其他人這麼做，這就迫使克洛伊必須要下床。

「我很喜歡這些鬆餅，」奧伯莉說。「我發誓，這是我不住在這裡之後最讓我想念的。我無意冒犯，各位，你們都很棒，不過，說真的，沒有媽媽做的菜是獨自生活最大的難處。」

我母親的臉頰泛紅。「也許你會想要帶一些檸檬回去，」她說。「那棵檸檬樹結了好多果實。」她一邊說，一邊看著我父親，那棵結實纍纍的樹曾經為他們共同的生活、他們的歷史和坦誠相待的婚姻拉開序曲。她的目光所得到的回應是他愉悅的神情，只不過，那抹神情卻宛如石頭一般僵硬。

奧伯莉完全沒有留意到。「那就太棒了。還有，你能給我這些鬆餅的食譜嗎？班一定會很喜歡的。」

儘管發生了這麼多事，奧伯莉依然不可思議地沒有改變。她就像一個被丟入末日之後的時空旅行者，她知道發生了這場悲劇，但是卻也無視於這場悲劇的存在，她並未改變，儘管她身邊的人都突變成了奇怪的新物種、變成了瀕臨毀滅的異形，不過，她並沒有因此而受到影響。

而最了不起的是，她的視而不見彷彿一個象徵著平凡的磁極，把一切都朝著常態拉回去。她聊著她的婚禮、鮮花和邀請函，而我母親、我父親和克洛伊也緊抓著這些事，並且比過去更積極地參與，慶幸或者絕望地想要轉移注意力，不再聚焦於過去二十六天以來的悲慘。

在某種程度上，我認為奧伯莉對這種情況的了解，遠比她所表現出來的多，她誇大了她的歡樂。沒有人知道，不過，就在那場意外剛發生的時候，她和班就討論過要把婚禮延遲。在發生了這麼重大的悲劇之後舉辦歡慶的婚禮，感覺似乎不應該，奧伯莉對此感到心煩意亂。她和她未來的婆婆談及此事，她婆婆也和牧師聊過，但是，最終讓她決定按照原定計畫舉辦婚禮的人是凱倫。

在我父親和克洛伊被轉院回到橘郡的那天，一只包裹被送到了奧伯莉的公寓。那張卡片上寫著：你將會是最美麗的新娘，是黑暗時刻裡的一束亮光。很遺憾，我們不能參加你的婚禮。愛你的，凱倫阿姨、鮑伯叔叔和娜塔麗。

那個蒂芬妮藍的盒子裡裝了一對耀眼的珍珠鑽石吊墜耳環：那正是我們出發上山前一天，我母親和凱倫阿姨在那間婚紗店裡雙雙贊同的那種耳環。奧伯莉蓋上那只盒子，把耳環捧在手裡很長一段時間，然後，把耳環和那張卡片放在她梳妝台的第一個抽屜裡，再打電話告訴我母親，說她找到了搭配婚紗的完美耳環。我母親在問及是什麼耳環的時候，強迫自己讓聲音聽起來很輕快。而奧伯莉在描述的時候，也強迫自己表現得很有精神。

在那之後，不再有延遲婚禮的討論，而奧伯莉每次和我家人在一起時，也變得充滿活力，她下定決心要成為我家人需要的「那束亮光」，儘管很多時候她的感覺都並非如此。

「班和我對於婚宴的歌單完全沒有概念，」她正在說。「我們兩個對音樂都一竅不通。我發誓，我們的賓客一定會抱怨的。」

「我可以幫忙。」克洛伊的話讓我父母都驚訝地轉過頭，也讓奧伯莉的眼睛都鼓了出來。克洛伊翻了翻白眼。「別擔心，老姊；我知道你不喜歡垃圾搖滾。我懂，你偏好愛黛兒和魔力紅——還有老套的泰勒絲浪漫歌曲。」

我母親坐在桌子對面，表情明顯地在祈求奧伯莉答應。

奧伯莉帶著勇敢的笑容和她極盡所能假裝出來的熱情說：「太好了。」

我在她的背上用力拍了一下，然後做了一個吉格舞的動作。太棒了，奧伯莉。

從奧伯莉宣布她訂婚的那一刻開始，我對她的婚禮就感到很厭煩，不過，我現在愛死了。讓我們來聊聊緞帶、蕾絲、吊襪帶和伴娘的事吧。我母親臉上掛著微笑，我父親則開玩笑說他想要幫忙克洛伊找音樂，並且建議不妨混搭上一點麥可・傑克森和瑪丹娜，這讓克洛伊又翻了白眼，而奧伯莉也舉起手指，宛如在用十字架驅魔一樣。我看著他們，他們看起來幾乎就像一個正常、快樂的家庭。

55

奧伯莉一離開，屋子裡彷彿就像洩了氣一樣，每個人都因為假裝了一整天的快樂而感到疲憊，因此全都鬆了一口氣。克洛伊消失在了她的房間裡。我母親在洗碗。我父親則在看電視。

當我母親的手機響起時，她走到後院，坐在那棵檸檬樹底下接起電話。「嘿，」她輕聲地說。「好……是的，他沒事……我不知道他去了哪裡。他不肯告訴我……」她笑著說，「我不認為如此。他連起來上廁所都很勉強。」

我聽了好尷尬。

她聽著對方講話，然後又笑了，那是一個害羞的輕笑。「謝謝你打電話來關心。凱倫和娜塔麗都還好嗎？……好……好的……是啊，我明天再打給你……下班後？……好啊，那樣很好……我可以喝一杯。」她再度笑了笑。「你說得沒錯——我可以來上好幾杯。」

她掛斷電話，然後深深吸了一口氣，回到了屋裡。

「是鮑伯嗎？」我父親問道。我母親穿過露台的門，嚇了一跳地發現他正彆扭地靠在一張流理台的凳子上，一條腿彷彿柱子般地伸出來。

「他只是打來關心一下。」她帶著戒心地說。

「我想也是。好一個鮑伯，」他不屑地說。「你們兩個又上床了？」

我和我母親同時都往後倒退了一步，她的臉隨即因為憤怒而漲紅。不過，這個反應來得有點慢，這樣的指控也沒有受到否認。「你竟然敢這麼說？」

「我竟然敢怎麼說？指控你我所知道的事，說你曾經和他上床，還是質問你我所不確定的事，問你是不是再度和他上床了？」我父親回擊道。

我母親僵硬地站在原地。

我父親瞪著她。

「你知道了？」最後，她終於垂下目光，小聲地說。

「我當然知道。」我父親厲聲地說，不過，我感覺到那份怒意在消失，嚴重受傷的感覺代之而起，而我則為他感到怒火中燒，對她、也為她感到憤怒。

我母親凝視著他們之間的磁磚。「但是你留下來了。」她咕噥地說。

「我能去哪裡？」他說。他自承他當初之所以沒有離開，唯一的原因是他沒有選擇，這樣的說法比一把刀刺進了心臟還要痛，我感覺到我母親長長地吐了一口氣。她踉蹌地走到桌子旁邊，跌坐在一張椅子上，她的手肘撐在膝蓋上，她的臉埋在掌心裡，而我父親則轉過身背對著她。他的眼神在窗外那棵檸檬樹上停留了一秒鐘，然後才繼續一跛一跛地走回了起居室，遠遠地離開了她。

我知道他們並不快樂，但是，我並不知道他們的痛苦有多深。

56

一早，我就自我虐待地和茉兒一起到學校。死了最痛苦的一件事，就是看著這個世界在沒有我的情況下繼續運轉。意外發生至今已經四週了。

我的足球隊正在打延長賽。我既為她們感到興奮，也為自己感到難過。大部分和我同年級的孩子都拿到他們的駕照了，而且都有了新車。舞會在上星期舉辦了，現在，每個人都在談論這件事。

茉兒現在和那些戲劇社的孩子混在一起了，這種發展讓我看得怵目驚心。我們很討厭……曾經很討厭這個社團。他們總是太戲劇化。我想，這就是她選擇和他們在一起的原因。他們是唯一一個只沉溺在自己事務的團體，所以，他們不會關注她的事。至少，大部分的時候是這樣。今天例外。

「嘿，茉兒，你要不要告訴我們在那場意外中和你在一起的那個帥哥？」當茉兒加入她們的時候，那個團體的頭頭阿妮塔問她。「娜塔麗說他很性感，還說他根本就像個英雄，當她被芬恩的屍體嚇壞了的時候，他把她的注意力拉了回來。」

最近，娜塔麗說似乎變成了很多對話的開場白。那場意外的新鮮感已經消失了，娜塔麗新建立起來的歡迎度也一樣，她討人厭的性格讓她的地位很快地從社交層級裡盤旋而下。因此，為了盡可能維持自己受歡迎的程度，娜塔麗開始胡扯很多那天的事情，並且越來越偏離事情的真相。

「不好意思。」茉兒說著站起身，我看著她越過操場，走向運動員聚集的那張桌子，娜塔麗和她的新男友萊恩就坐在那張桌子的尾端，萊恩是個超級混蛋，他因為缺乏運動精神的行為而被踢出足球比賽的次數，遠比他從頭到尾踢完整場的次數還要多，這也正是他聲名大噪的原因。

「氣色不錯嘛，茉兒。」萊恩瞇著眼睛打量著茉兒。

茉兒沒有搭理他。「娜塔麗，我能和你談一下嗎？」

「我正在吃東西。」娜塔麗一邊說，一邊撥弄著她盤子裡的沙拉。

萊恩用屁股推擠了她一下，讓她從長椅上一屁股跌坐到水泥地上。「茉兒要和你說話，寶貝，」他笑著說。「別忘了討論一下你答應過我的三P。」

娜塔麗自己從地上爬起來，假裝沒有遭到羞辱。

「你要幹嘛？」當她和茉兒走到沒有人看得到的角落時，她生悶氣地問。

「你為什麼要和那個傢伙交往？」茉兒說。

娜塔麗鼻孔擴張地重複說：「你要幹嘛？」

茉兒深深吸了一口氣，然後出奇冷靜地說：「我要你不再談論那場意外的事。」

「我想說什麼就說什麼。」

茉兒看著她，沒有說什麼，她的眉頭深鎖，彷彿企圖要弄清楚什麼一樣。

「你要說的就是這個？」娜塔麗不耐煩地說。

表面上看起來，娜塔麗似乎是最沒有受到那場意外影響的人，她在意外發生期間所保持的冷漠似乎保護了她，讓她免於受到任何持久的影響。只有我看到了她的變化，她常態性的緊張已經瀕臨到神經質的邊緣——當她回到家時，她會在上樓之前檢查門鎖，而且至少會檢查六次，她會多走三條街才過馬路，就為了那條街上才有紅綠燈，她會把食物囤積在她的背包裡、她的櫃子裡，還有她床邊的床頭櫃裡。她一直都沒有得到她父母承諾要送給她的那輛MINI Cooper，因為她找了一大堆理由不去考駕照。

最驚人的是，她對我的死亡念念不忘。她衣櫥裡有一個鞋盒，裡面滿滿的全都是關於那場意外的剪報，以及各種關於死於車禍、如何避免受傷的資訊。除了那些病態的文章之外，還有我們在上山途中曾經玩過吹牛遊戲的那盒紙牌，以及這麼多年來，她和我的幾張合照。她經常看著那些照片，看著她注視著那些照片讓我心碎。她在每一張照片裡幾乎都笑得很熱切，而站在旁邊的我卻壓抑著想要做鬼臉的衝動，那讓我看得很難過，我竟然如此地不友善，我現在才了解到，她是真的想要當我的朋友。

最後，茱兒說：「我不懂。你為什麼老是提起那場意外？那是一個可怕的經驗。你難道不想忘掉嗎？」

娜塔麗歪著頭，彷彿她不確定茱兒在問什麼。

「還有，你談論那場意外的方式，」茱兒繼續說道。「你更改事實的方式。彷彿你的版本和真實發生的狀況是完全不同的兩件事。」

娜塔麗的臉色依舊困惑，我發現，在她的腦子裡，真相可能真的被改變了。我想起她是如何研究關於那場意外的剪報，一遍又一遍地閱讀那些報導，彷佛企圖要理解那些報導，或者從中得到一些智慧。然後，我想起她在那場意外中的樣子，當她的父母在照顧她時，她臉上那股茫然的神情，我這才發現，她真的有可能根本不記得那場意外，而現在，她正努力地要把事情拼湊起來。

「你所記得的真的是那樣嗎？」茉兒說。她的語氣裡沒有憤怒，她的問題聽起來很真誠，彷佛她真的想要知道。

娜塔麗低頭看著她們之間的人行道，她一邊緩緩地搖頭，一邊聳了聳肩。「事實上，我不太記得了，」她說。「我的意思是，我記得。我知道有這件事發生，我也知道當時我在那裡，但是一切都很模糊，彷佛那是很久以前發生在別人身上的事情。你也是這種感覺嗎？」

茉兒渾身僵硬，我看到她透過鼻子緩緩地呼出了一口氣，過了很久才回答。當她開口的時候，她說得很慢、很謹慎，顯示出她要很努力才能說出口。「不，」她說。「對我而言剛好相反，那份記憶真實到彷佛我不只經歷過，而且清楚到就像昨天才發生的，或者就像它隨時可能會再發生。」娜塔麗瞪大了眼睛。

「所有的細節都歷歷在目，以至於大部分的時候，我都無法擺脫它。」

「喔。」娜塔麗說。

又是一段很長的沉默，只見娜塔麗坐立不安，而茉兒卻動也不動。

「你可以告訴我一件事嗎？」茉兒說。

娜塔麗點點頭，不再急著回到她的座位。

「你爸爸怎麼會拿到奧茲的手套？」

娜塔麗聳聳肩。

「你不知道？」

「你知道當時和我們在一起的那個男孩發生了什麼事嗎？」娜塔麗沒有回答，反而問了一個問題。

「我不知道。我猜，他回到他自己的生活了。」

「他很帥，」娜塔麗說。「你當時不覺得他很帥嗎？」

茉兒淡淡地笑了笑。這就是娜塔麗，一個膚淺的女孩，寧可談論帥哥，也不願意談及幾乎在冰天雪地裡死掉的事情，一個會在黑暗中面對這件事、在沒有人看得見她的臥室衣櫃裡，一遍又一遍地思考這個故事，直到她終於明白了，而原本的故事也被她改成了一個她可以理解的版本。

「他人也很好。你不覺得他人很好嗎？當我們從外面要回到車子裡的時候，他把我抬到露營車頂上，你知道當時他對我說了什麼嗎？他告訴我，一切都會沒事的。他錯了，而我也知道他錯了，但是，他那樣說真的很貼心。」

「他錯了？」茉兒說。

「嗯，不是嗎？一切都並非沒事。我是說，也許對他來說是的，但是，對我們其他人來說並非如此。芬恩和奧茲死了。克洛伊現在變得很奇怪，而且少了好幾根腳趾頭。凡斯退學了。我父母的情況很糟糕。而你，怎麼說，甚至不再是你了。」

茉兒笑了，她高八度又輕快的聲音讓我泛起微笑。「我不是嗎？」

「不是。看看你自己吧。」

茉兒低頭看著自己。她穿著一雙Converse球鞋、牛仔褲和一件圓領運動衫，一點都不時尚。她再度笑了，娜塔麗也跟著她一起咯咯笑了起來。

「我想你說的有道理。」茉兒說。

「娜塔麗，我們走吧。」萊恩在建築物的角落大聲喊道。「除非你是在安排三P的事，如果是的話，你慢慢來就好。」

茉兒翻了個白眼，揚起她的中指。他把臀部往前頂了幾下來回應她，隨即小跑步地離開了。

「他是個混蛋。」茉兒說。

娜塔麗不語，只是用腳畫著地面。

「我想，我們應該去上課了。」茉兒說。

娜塔麗沒有動。「你不會說出去吧？」她說。

「說什麼？」

「奧茲為什麼把手套給我爸爸？」

娜塔麗決定要坦白，這讓我有點驚訝，不過卻也並不驚訝。人們對茉兒的信任真的很不可思議。那和她的眼睛有很大的關係，那一片藍色的水潭看起來是如此純真，它們似乎讓人無法說謊——至少，人們是這麼想的。

「餅乾，」娜塔麗說。「我父親用兩包餅乾和奧茲換他的手套。」

茉兒右臉上的笑渦扭曲了，不過，除此之外，她並沒有做出任何反應。她的眼睛依舊定定地和娜塔麗四目相對，她那玫瑰花苞般的嘴唇，也依舊保持著理解的笑容。

「有一天晚上，他在喝醉的時候告訴了我，」娜塔麗繼續說道，「他可能甚至不知道自己告訴了我。他當時已經喝到爛醉如泥了。他就是有本事把自己弄得像個廢人。」語畢，她也許意識到自己已經違背了忠誠，因此很快地補上一句：「你不會說出去吧？」

茉兒天真地眨著她那雙藍色的眼睛，然後露出她最迷人的笑容。「我會守口如瓶的。」

57

我母親在上班，那就意味著我父親和克洛伊獨自在家。如果我還有指甲的話，它們一定會被啃爛了。我不知道即將會發生什麼事，我只知道他們兩個都在自我毀滅的邊緣，而這是他們第一次有機會付諸行動。

居家護理師在九點鐘的時候到了。她叫做麗莎。她有一頭金髮，性格活潑，還有一雙誇張的藍眼睛和胸部，我很高興我們的護士是她，而非一些老太婆。每次她走進那扇門，都宛如一陣清新的空氣流入室內。

她先幫克洛伊做檢查。克洛伊坐在她的床上，她的腿上攤著一本筆記簿，耳朵裡塞著耳機。她正在為奧伯莉婚宴的音樂做筆記，她讓自己完全投入了這個差事。

「還很疼痛嗎？」麗莎在檢查克洛伊的腳趾頭時問道。

「我的氫可酮幾乎快吃光了。」克洛伊回答。

她的謊話讓我困難地嚥下一口口水。醫院送她回家的時候，給了她八顆止痛藥，而她連一顆都還沒吃過。

「我會再去拿，週三的時候帶過來，」麗莎毫不懷疑地說。「腳趾頭看起來不錯。你還需要其他東西嗎？」

克洛伊搖搖頭，麗莎對她豎起大拇指，然後小跑步離開房間，下樓去看我父親。

「早。」我父親快活地說。

當麗莎在樓上的時候，我父親換了襯衫、刮了鬍子，也梳了頭髮。

「早，傑克。你看起來好多了。要先洗澡還是最後再洗？」

「先洗。你去把衣服脫掉，我先去放水。」他開始起身。

她頑皮地把他推回沙發上坐下。「很好笑。說得好像我以前沒有聽過這個笑話一樣。」說著，她從她的袋子裡掏出一個量血壓的袖帶。

「可是，你有聽過像我這麼帥的人說過嗎？」我父親露齒笑道。

他在調情，而我不得不笑出來。這真是太糟糕了，不過卻也超級好笑。也許，讓一個年輕漂亮的女人照顧他，讓他覺得自己失去了男子氣概，因此就說這種話來彌補，也或許是為了報復我母親，或者只是單純想為他無聊的休養時光增添一點色彩，不過，這很好笑，他撐著那條傷腿躺在沙發上，彷彿蘭斯洛特爵士[23]般地展示著他的魅力。

麗莎原本嬉笑的眉頭緊蹙在了一起，她專注地看著自己手中的血壓計。

「你知道那並不公平。」我父親說。

「什麼不公平？」她漫不經心地說。

「在你把一個男人的血壓弄高之後幫他量血壓。」

她對這個俗氣的說法做了個鬼臉，不過還是臉紅了，而我真的認為她可能信以為真。

你是在開玩笑吧。我父親的年紀是你的兩倍。

「你就像一頭公牛一樣強壯，傑克。」她在解開袖帶時，手指在袖帶上停留的時間比平時要長了一點點。

「所以，我可以進行任何活動了嗎？」他的眉毛上下挑動了兩次，讓我看得都覺得難為情。逗趣的感覺很快地就轉變成了噁心。

她發出咯咯的笑聲。「那個支架也許會有點礙事。」

我在他可以回答之前離開了。將我父親視為一個男人而非父親的角色，這種感覺很怪誕，而我也不喜歡這種感覺。

㉓蘭斯洛特爵士（Sir Lancelot）是中世紀亞瑟王的圓桌騎士之一，溫文爾雅、勇敢又樂於助人，他被描述為亞瑟王最信任的第一騎士，也經常出現在許多法國文學作品中。

58

飢餓讓克洛伊在中午之前就下了床。

當她拿著一份花生醬加果醬的三明治以及一罐可樂走出廚房時，我父親立刻把電視關掉。

「克洛伊，」我父親說。「你可以陪我坐一下嗎？」

她改變方向，在他對面那張雙人椅上坐下來，然後將午餐放在自己的腿上。我父親讓自己撐起身體，這樣一來，他就比較像是坐在沙發上，而非躺著。他注視著克洛伊，隨即又將目光移開，落在他們之間的那張桌子上，就像他過去在決定事情或者釐清事情時那樣。

「我知道你不想談這件事。」他終於開口說道。

克洛伊的三明治咀嚼到一半停了下來。她早已明白地表示過她不想談這件事。

「我只是……我不需要知道你在雪地裡發生了什麼事，不過……」他停下來，不確定要如何往下說。

「你想要知道我當時為什麼離開。」她幫他說出了他想說的話。

他依然沒有注視她。他沒有辦法看著她，她的決定所造成的傷害宛如一顆一千瓦的燈泡在他們之間燃燒。

克洛伊凝視著自己大腿上的那只盤子，低頭發出一聲嘆息。「我不能讓他獨自離開。我知道你是對的，但是，我也知道，凡斯認為他自己是對的，那就意味著無論如何他都要走，而我不能讓他獨自一個人走。那就好比如果你沒有受傷的話，即便我錯了，你也會和我一起走。你不會讓我獨自一個人走入風雪裡。」克洛伊的眼神滑向壁爐架上我父母的那張結婚照，她的目光停留在我母親年輕的臉龐上，受傷的感覺輻射而出，她之所以那麼憤怒的原因瞬間明朗化了。她認為我母親不夠愛她，所以當時沒有和她一起離開。

「我曾經愛……我愛他。」克洛伊說。

克洛伊依然愛著凡斯的事實讓我父親的臉抽動了一下，特別是在他已經於週六親眼目睹過凡斯的狀況之後。

克洛伊並沒有看到他微變的神色。她的下巴低垂到胸口，淚水也跟著掉落在臉頰上。「結果，他拋棄了我。」啜泣讓她渾身都在猛烈地抖動。

「沒錯，」我父親尖刻地說。「他拋棄了你。」

克洛伊抬起頭，帶著淚光眨了眨眼。「不是在雪地裡。在雪地裡的時候，他離開我是因為他不得不那麼做。」

「但是，你剛才說他拋棄了你。」

「事後，」她哭著說。「事後，他拋棄了我。他不接我的電話。他也一直沒有來看我……」

「寶貝，」我父親說。「他正在經歷他自己的——」

「他自己的什麼？」她尖叫道。「當時，我和他一起離開了。我跟著他。我拋下了你、媽媽和奧茲，而今，他只是一腳把我踢開，彷彿我並不存在一樣，彷彿我什麼也不是，彷彿我對他一點意義都沒有。」

「克洛伊——」

「不，」她站起身來衝向樓梯。就在她爬上樓梯之前，她倏地轉身。「這個，」說著，她舉起小指只剩下一半的那隻手。「算不得什麼。我會為了我所愛的人放棄十根手指和全部的腳趾。問題在於，你是那麼地愛一個人，結果卻發現對方根本沒有同樣地愛你。」

她跌跌撞撞地往前走，徒留我父親一臉失落地看著她的背影，這已經不是第一次了，每當面對女兒們的問題時，他總是如此。

59

男人無法處理他們情感中的憤怒。至少，像我父親這樣的男人做不到。無聊和情緒導致煩躁和沮喪，如果再加上罣固酮的話，就很容易燃燒起來，並且引發非理性的行為、世界大戰和大規模的毀滅。

「起來。」我父親從地板上拾起一件運動衫，扔向躺在床上的凡斯，兩天前，當我父親闖入他的房間時，他的姿勢幾乎就和現在一模一樣。唯一的差別只在於凡斯的臉頰多了幾道被我父親的拐杖打出來的瘀青，唇邊也還沾著已經乾掉的血跡。

「現在就起來。」我父親說。

凡斯滾向側面，用他的枕頭蓋住自己的頭。

「不管是用費力的方法還是簡單的方法，你都得跟我走。」我父親說。在我母親烹煮的食物滋養下，再加上某個全新目標的驅動，我父親的體力正在奇蹟般地恢復。

「殺了我吧，不然就不要來煩我。」凡斯咕噥地說。

「讓我選的話，我一定會殺了你，但是，我不能那麼做，所以，給我他媽的起來。」

當凡斯依然沒有動時，我父親蹣跚地走向走廊盡頭的浴室，把垃圾桶裡的東西全都倒在地板上，然後盛滿冷水，再一跛一跛地走回來，扯開凡斯頭上的那顆枕頭，一把將冷水倒在他的頭上。

「可惡，」凡斯從床的另一頭滾下來。「你有什麼鬼毛病啊？我說過，不要他媽的來煩我。」

「我做不到。現在，我們走吧。你來開車。」

「去你的。」

「去你的。」

凡斯衝向我父親，他的動作是如此地笨拙，儼然像是一個沒有受過打架訓練的孩子。我父親曾經是個拳擊手，因此，即便是撐著拐杖，凡斯也毫無戰勝的機會。凡斯直接衝向我父親伸出來的拐杖，一把撞上了拐杖的橡膠底部，然後摔倒在地，大口地喘息。

「可惡。離我他媽的遠一點。」

「你需要和克洛伊談一談。」我父親說。

什麼？我的驚訝完全不下於凡斯，只見凡斯的眼睛從他那張削瘦的臉上鼓了出來。

「我不能。」他結結巴巴地說，他所有的狠勁消失得無影無蹤，讓他瞬間變成了一個被嚇壞了的小孩，當他用那隻變形的手拭去鼻涕時，他的下巴無法抑制地在顫抖。

「你必須和她談談，」我父親裝出一副不為所動的模樣。「所以，走吧。」

「她不想見我，」凡斯呻吟地說。「而我也不能見她。我不能。」

我父親的怒火又回來了，他的拐杖重重地落在凡斯的肩膀上。「你膽敢對我說你能做什麼、不能做什麼。克洛伊需要見你，所以，給我他媽的站起來。立刻馬上起來。」他舉起拐杖，再次朝凡斯的小腿揮去。

凡斯在嗚咽聲中滾到我父親碰不到的範圍，搖搖晃晃地站了起來。站起來的凡斯比躺在床上的凡斯還要可悲——瘀青、傷痕累累、神智恍惚、頹廢，從頭到腳都濕透了。

「該死，你渾身發臭，」我父親說。「先去洗澡。我不希望你把克洛伊臭死。」

當凡斯拖著腳步走向門口時，他的目光瞥向裝著毒品的那個木盒。我父親也看到了，於是，他走向前，擋在凡斯和那些毒品之間。

凡斯發出一聲放棄的嘆息，也許還夾雜了一絲微弱的希望，他經過我父親身邊，走進浴室去洗澡。我父親癱坐在床上，痛苦地抬起他受傷的腳，暫時放下他的防禦，同時也好好地喘一口氣。

我不敢置信地看著他。他瘋了嗎？克洛伊不能看到現在這個模樣的凡斯。不用等到週三麗莎帶給她最後的致命劑量，光是看到凡斯就足以摧毀她了。她熬不過今晚的。唯一能讓她不按照她計畫走的，就是和凡斯重修舊好的幻想，天真、樂觀地幻想著一切還可以回到過去。這是她目前所抓住的浮木，然而，如果她見到了現在的凡斯，那麼，一切的希望都將落空。

這不是個好主意，老爸，這不是好主意。

60

我回到克洛伊身邊，等待著凡斯和我父親回來，心中暗自祈禱她會小睡一會兒，這樣，我就可以叫她離開，或者至少讓她對即將發生的事情有心理準備。

她在浴室裡，我很詫異地發現她已經洗過澡，頭髮也剛剪過——黑色的部分已經不見了，她的頭上現在蓋滿了紅棕色的絨毛。她把腿踩在馬桶上，正在剃著腿毛。放在洗手台上的iPod正在大聲播放怪人合唱團[24]的〈Lovesong〉，她也跟著音樂在輕聲哼唱。

我很驚訝。彷彿有人把快樂的瓊漿玉液灌注到她體內，讓她變回了我那個有點自戀、無憂無慮的姊姊。

當她刮完腿毛的時候，她打開洗手槽上方的梳妝櫃，瀏覽著我們收藏的一堆指甲油，直到她發現貼有「叛逆寶石紅」標籤的那瓶為止，而我的胃也因為事情變得明朗而開始發冷。那是我們和我母親為了買開學穿的衣服而上街採購時，克洛伊當時買下的一款顏色。

我母親拿起那瓶指甲油說：「那是妓女和小丑塗抹的顏色。」

那就是克洛伊買下那瓶指甲油的原因，也是她現在之所以選擇它的原因。

我看著她小心翼翼地把指甲油塗抹在她變形的腳趾上，那依然腫脹、脫皮、指甲都破裂泛黃的七根腳趾頭。指甲油的那種紅色很嚇人，彷彿是從破爛的傷口裡溢出來的鮮血一樣。

我已經不再擔心凡斯的造訪將會讓她瀕臨崩潰。克洛伊已經在崩潰邊緣了。在我陪著她度過風雪的那個夜裡，她就已經走到了另一頭，而且從此沒有再回來過。她的內心發生了永遠無法逆轉的變化，這種改變並非來自於絕望，而是來自一股更加不可動搖的力量，因為她面對不了那天晚上她無法控制自己的事實。當時，她希望自己的心臟停止跳動，她乞求死亡的降臨，然而，她的脈搏卻持續地在跳動。現在，她有能力決定自己的命運，而那正是她想要做的。

她的狀況真的糟糕到了極點，但是卻沒有人知道。他們以為她是因為失去手指和腳趾才變成這樣。而我以為是因為凡斯。但是，我們都錯了。

我掃視著她的房間，想要知道她為什麼選擇了這個時候。除了為什麼不是這個時候之外，我找不到任何的答案。也許只是單純因為我父母都不在，現在只有她一個人在家。也許這是她一直在等待的一刻。

她塗完透明的護甲油，欣賞著她病態的創作，然後將她的iPod轉到金屬製品[25]的〈Fade to Black〉，一邊化妝，一邊隨著音樂起舞。她不疾不徐地化著妝，而我則很納悶我父親和凡斯為什

㉔ 怪人合唱團（The Cure）是一支一九七六年成立於英國的搖滾樂團，在一九九〇年代初，怪人合唱團已經成為全球最受歡迎的另類搖滾樂團。

㉕ 金屬製品（Metallica）是美國殿堂級的重金屬樂團，一九八一年成立於美國加州。快節奏的音樂和侵略性的演奏分格，讓該團成為美國敲擊金屬樂的先驅。

麼花了這麼久的時間都還沒到家，現在，我反而希望他們趕快到。她化好妝——眼睛上描著深黑色的眼線，並且塗了煙灰色的眼影，厚厚的粉底彷彿鬼魅一樣，嘴唇則上了酒紅色的唇膏——她舞動到我們的衣櫥前面，挑選了一件及膝的白緞洋裝，那原本是奧伯莉的衣服。是為了奧伯莉十六歲的元媛舞會[26]所購買的。不過，在舞會結束後一個月，奧伯莉就再也穿不下了，洋裝於是歸了克洛伊所有。

克洛伊穿起來有點寬鬆，不過這樣反而好看，讓她顯得纖弱而優雅，象牙白的緞子在她的手臂上飄動，垂墜在她單薄的臀部上。

在她拉上拉鍊的同時，門鈴響了。起初，她並未理會，不過，當門鈴再度響起時，她很快地從衣櫥前轉身，匆忙地走下樓，她的動作出人意料地敏捷，完全不受少了幾根腳趾所影響。

「茉兒。」她打開門的時候說道。

茉兒見到我姊姊異乎尋常的裝扮時，她的眼睛閃爍了一下：白色的洋裝、酒紅色的嘴唇、死屍般的底妝，以及紅寶石顏色的腳趾頭。

「嗨，三葉草。」茉兒打著招呼，臉上並未透露出什麼情緒。

「怎麼了？」克洛伊問。

「我需要你幫忙。」

克洛伊的嘴角歪向一側。「我現在有點忙。」她不帶諷刺地說。

「這件事不能等。」她聲音中的一絲顫抖透露出她發現自己可能來得正是時候。「拜託你，三葉草，你是唯一可以幫上忙的人。你得跟我來。」

過了將近一秒鐘，克洛伊才聳聳肩，而那一秒感覺就像一個小時一樣，茉兒見狀，一把將她拉出了大門。

克洛伊沒有穿鞋，不過，她們並沒有要走多遠，只是要到半條街之外的茉兒家後院而已。他們穿過卡敏斯基家修整得十分整齊的厚草坪，來到沙灘上方的露天平台。角落裡有一座按摩浴缸。才走到一半，克洛伊就停下腳步，側著頭在傾聽著什麼。我也聽到了。高八度的刺耳叫聲讓我的心臟都要跳了出來。

茉兒走在前面，她掀開蓋住浴缸的帆布一角，露出了一只鞋盒，只見盒子裡裝了四隻沒比沙鼠大多少的小貓。那窩幼貓蜷縮成一團，哭著絆倒在彼此身上，既絕望又盲目。

克洛伊並未走近。她的腳趾縮在草地上，緊緊地抓住地面。她的距離太遠，還看不到那些貓咪，不過，牠們微弱的尖叫聲震耳欲聾，那是一種折磨人的聲音，彷彿指甲抓過黑板一般地恐怖——上帝保護幼小的方法，就是讓牠們擁有一種絕望而獨特

㉖元媛舞會（debutante ball）又稱為出場舞會，是一種正式舞會，目的包括在社交季節中介紹初次踏足社交界的上流社會女性，通常在春夏季舉行。參加的男性著裝守則是白領結和禮服，女性則是純白的長舞裙。

的分貝，讓人無法忽視。

茉兒把那只盒子搬到草地上，放在克洛伊的腳邊，克洛伊不由得低頭往下看。

「喔，」她說著蹲了下來。「看看牠們。可憐的小東西。」

茉兒抬起頭，對著星空無聲地說了一句，謝謝你。

「牠們的媽媽在哪兒？」克洛伊用她的食指輕輕撫摸著一隻灰色貓咪的背，只見牠在不停喵喵叫的同時，還盲目地攀爬在牠兄弟姊妹的身上。

「我不知道，」茉兒說。「我是在樓梯附近發現牠們的。」

她在說謊，不過，只有我知道，因為我太了解茉兒了。當茉兒說謊的時候，她就會用力地強調她話中的某幾個字。*我*不知道。我是在*樓梯*附近發現牠們的。

克洛伊拾起那隻灰色的貓咪。牠比她的手掌還要小。在牠不停的哭泣之下，她說：「噓，」然後轉而對茉兒說：「牠餓了？」

「你覺得牠餓了嗎？」茉兒天真地問，她依然在說謊。

「你有牛奶嗎？」

茉兒點點頭。

「還有滴管？」

茉兒小跑步地奔向她家。

「你需要把牛奶弄溫。」克洛伊在茉兒開門的時候交代她。「不要熱的，溫的就好，就像體溫一樣。」

卡敏斯基太太正在廚房裡等待。她坐在桌邊，面前有一杯茶和一本書。「成功了嗎？」她說。

「我想是吧，」茉兒說。「她現在就和牠們在外面。」

當牛奶在微波爐裡加溫的時候，茉兒走向桌子，在她母親的頭上輕輕一吻。「謝謝。」

卡敏斯基太太拍拍茉兒的頭。「任何可以幫上忙的事，我都願意做。我很遺憾聽到她過得很辛苦。很抱歉拖了這麼久。要找到新生的小貓並不容易。大部分的繁殖場都會讓體型這麼小的幼貓安樂死。我得要開車到歐中賽德才能找到。」

微波爐發出了嗶嗶聲。「希望你跑這一趟是值得的。」茉兒說著，拿起那碗牛奶和滴管，朝著後院走去。

茉兒很聰明，既聰明又漂亮，我很幸運擁有她作為我最好的朋友。她最大的天賦就是了解人，一種能夠看透一個人真正問題所在的驚人能力，就像一隻獵犬一樣。當這個世界的其他人看著克洛伊時，他們都只看到了他們自己想要看到的部分，但是，茉兒卻看到了真相，而最重要的是，她做出了最完美的計畫來拯救克洛伊。

茉兒看著克洛伊用滴管把牛奶餵進那隻灰貓的嘴裡。「噓，你沒事的。噓，好了。乖孩子。」克洛伊陷入了愛河。

當她餵食完那隻灰貓時，她把一隻最弱小的虎斑貓抱出盒子，牠雖然只有牠灰貓弟弟的一半大小，不過卻擁有獅子般的咆哮聲。

「芬恩，」她說。「我要幫你取名為芬恩。」

61

當克洛伊抱起第三隻小貓餵食的時候，我跑去找了我父親，看看他和凡斯為什麼一直還沒到家。已經過了好幾個小時，從奧杜朋開車過來也不過需要二十分鐘而已。

這是在開玩笑嗎？

我沒有出現在凡斯家，也不在通往我家的路上。我們甚至不在橘郡。我們在凡斯的四輪驅動車裡，距離我祖父的小木屋只有一哩之遙。凡斯正在開車，我父親則在他後面的座位上打呼。

卡車行經那場意外發生的彎道時，我打了個寒顫。凡斯並沒有注意到，在經過那道新設置的護欄，或者我們翻落的那個山坡時，他甚至連看都沒有多看一眼。也許是因為翻車的時候，他人在後座，並沒有看到那頭鹿，也沒有透過擋風玻璃看出去。說來很奇怪，每個人的觀點都不一樣，而我們總共有十一個不同的觀點。

新的護欄比以前更堅固，整片護欄都是金屬製成的，沒有任何會隨著時間而腐爛的木頭結構。如果米勒家的車子是在今天遇上一頭鹿的話，那麼，我們全都會得救。不過，再也沒有米勒家的車、再也沒有我或奧茲，或者任何存在於米勒家和高德家的友誼了。茉兒再也不會被託付給我們、和我們一起去滑雪了，而凱爾也許永遠也不會再抄近路了。今天，路面上沒有積雪，空氣裡也沒有飄雪，天空一片湛藍，陽光也無比閃耀。

「米勒先生。」在他們轉過最後一個彎道，看見那棟小木屋出現在眼前時，凡斯開口喊道。

我父親發出了幾道呼嚕聲。

「你真的覺得這是個好主意嗎？」

凡斯看起來不像原本那麼糟了。沖澡、刮鬍子，再加上一件乾淨的衣服，大大改善了他看起來的模樣。唯一看起來比較糟糕的是他皮膚上微微的黃疸，以及在方向盤上不停發抖的那雙變形的手。

我父親揉揉眼睛，坐起身，無視於凡斯的問題。

「她的車呢？」凡斯一邊把車開進車道，一邊問。

「安送她來之後就回家了。」我父親騙他。

凡斯點點頭，困難地嚥下一口口水，然後勇敢地從他的卡車上下來。「她知道我要來嗎？」

他在幫忙我父親從後座下車時問道。

我父親點點頭，凡斯開始走向小木屋的大門。

「等一下。」我父親阻止了他。「把鑰匙給我；我把我的藥留在車裡了。」

凡斯把他的車鑰匙交給我父親，然後繼續往前走，我父親喀噠地打開車鎖，假裝從後座拿了什麼東西，然後再度將車門鎖上，把鑰匙塞在他的口袋裡。

「她在哪裡？」當他們走進空蕩蕩的小木屋時，凡斯問道。

「歡迎來到你的新家。」我父親回答他。

小木屋還停留在我們那天晚上出發去灰熊莊園時的樣子。我們的滑雪板和那個冷藏箱還在入口處，那些裝滿食物的雜貨袋也還在流理台上。

凡斯看著他，他的眉頭因為困惑而深鎖。「克洛伊不在這裡？」

「我要去睡覺了。」我父親說。「廚房裡應該有些穀麥片。沒有牛奶，不過，你可以活下去的。」

「搞什麼？你告訴我說……」

我父親轉過身，他的臉上只有倦意。「我告訴過你，克洛伊需要見你。她確實需要看到你，但是，她不能看到你現在這副模樣。克洛伊很容易同情別人，所以，在我能讓她看到你之前，我需要讓你變回以前那個傲慢的無賴，這樣，克洛伊就能了解到你是怎樣的一個混蛋，並且可以和你一刀兩斷。」

凡斯對著我父親冷笑，瞬間流露出過去的那個他，雖然只是驚鴻一瞥。

「就是這副模樣，」我父親說。「歡迎來到你的新家。」

我以為凡斯會進一步抗議，然而，他卻衝向廚房，差點沒來得及吐在水槽裡。

那個「拒絕毒品」的宣傳片所描述的戒斷反應完全正確。凡斯的臉色忽白忽綠，他渾身顫抖地吐出了他的午餐——這正是拒絕毒品的典型範例。

「你自己把那裡清乾淨，還有，別忘了喝點水。」我父親說。「嘔吐會引起脫水，而且，在這個緯度，脫水會導致很嚴重的頭痛。」

「去你的。把我的鑰匙還我。我要走了。」

我父親聞言大笑。

「這是綁架。」凡斯顯然不想再和我父親打架。

「是你開的車。」

「因為你告訴我說，克洛伊會在這裡。你說謊。」

「喝點水吧。」

「去你的。」

「隨便你吧。」我父親轉過身，一瘸一跛地走向臥室。

「你不能把我留在這裡。」

「那就滾吧。」我父親的語氣裡帶著一絲冷酷，他是在刺激凡斯反抗他，一如凡斯在意外發生那天晚上所做的那樣。今晚不像一個月前那麼冷，不過，外面的寒意依然很重，而凡斯身上只穿了一件T恤和牛仔褲。

臥室的門在我父親身後關上了。

「去你的。」凡斯咆哮地說完，再度彎身在水槽上嘔吐，他的身體不斷地在顫抖。

他的目光滑向大門，又一條十字路口出現在他的面前，不過，這回，他不再那麼天真了，他很清楚踏出一步需要付出多少代價。

62

我決定去看看我母親的狀況，看她對於我父親不在家有什麼想法，結果發現她根本沒有把這件事放在心上。我母親和鮑伯坐在「下流鳥」這家酒吧的最裡面。這間酒吧真正的名字是磯鷸，不過，它的髒亂和惡名昭彰的頹廢音樂，讓它二十年來都以綽號而為人所知。

「……我發誓，對天發誓，」鮑伯說。「那個女人完全失去了意識，可是，當我開始鑽的時候，她的手突然伸出來抓住我不放。我能怎麼辦？我的鑽孔機在她的嘴巴裡，而她又抓住了我最重要的寶貝。」

我母親大笑，又啜飲了一口她的酒。

她喝醉了，他也是。我可以從他們在說笑時，不停地在凳子上搖晃的模樣看出來。

鮑伯喝酒。喝得很多。我在死了之後的現在看到了這個事實。當他工作的時候，他很清醒；至於其他的時間，他都在喝醉的狀態。在他從辦公室回家的途中，他會駐足去喝杯威士忌。在他踏進他家的那一刻，他會牛飲掉兩罐啤酒。而在晚餐的時候，他會和凱倫一起喝。然後，在睡覺前，他會再喝下半杯金黃色的酒液。

這種狀況在這段日子以來一定更嚴重了，因為凱倫經常提起這件事。「親愛的，你不覺得你已經喝得夠多了嗎？」昨晚，當他倒第三杯酒的時候，她這麼說了。而他回應她的方式是用兩口飲盡那杯酒，然後再倒了一杯。

凱倫口中說出的每一個字似乎都是一種刺激，彷彿她的每一句話都讓他的大腦發癢。在此同時，我母親似乎具有相反的效果，她的陪伴就像一種撫慰人心的靈丹妙藥，讓他變得更睿智、更迷人、更熱情，也更快樂。

「你得走了嗎？」他問。

我母親搖搖頭。「傑克走了。他到小木屋去住了。」

鮑伯沒有說他很遺憾；那樣就太不誠實了。他只是嚥下他剩餘的酒，搖搖晃晃地站起來，說道：「我們離開這裡吧。」

我乞求我母親拒絕，不過，那樣就太苛求她了。她毫不猶豫地站起身，鮑伯一把拉住她的手，將她從酒吧拉向了對街的飯店。

63

我決定花點時間在凱倫身上，我很好奇她要如何處理鮑伯下班到現在這麼晚了還沒回家的事實。

凱倫並沒有坐著乾等。凱倫從來都沒有閒著。從山上回來以後，她一直都沒有停下來過。她透過瘋狂的忙碌和逃避來躲開一些想法，靠著一堆活動和義務來讓自己沒有時間回想。如果電視新聞出現下雪的消息，她就轉台。如果高速公路上發生車禍，她就立刻駛下交流道，轉而從小路開回家。她的適應機制似乎建立在這樣的理論上：過去的事只能在你允許的情況下對你造成傷害，只有在你停下來好好思考過去的時候，它才能傷害到你。最好不要老是去想過去的事情，如果能完全不想就更好了，假裝什麼事也沒有發生，否認有任何事情出現了改變，然後就活在這樣的否認之中。

這種方式在白天的時候還行得通，凱倫可以從她的PTA會議忙到女性庇護所的事情，再讓自己奔波於雜貨店和健身房之間。然而，到了凌晨一點鐘，當她還醒著、但全世界都在睡覺，而她丈夫也不在家，更沒有這些足以令她分神的事物存在時，她就開始執著地打掃，假裝沒有發現鮑伯不在家，表現得好像他只是晚了一點回家，彷彿時間並非已經進入凌晨、進入了另一天的開始。

也許，她說服自己相信他正在和其他同業的牙醫喝酒，或者他在辦公室睡著了。我不知道。我只知道，她的心裡拒絕認清真相。她把家裡所有的物品都擦到發亮、清除灰塵、整理一切。她重新補妝，然後又吸塵。她把桌上的帳單分類。她整理她電子郵箱裡的信件。然後，她又把所有的物品都擦了一遍，又重新除塵和整理。

只有我知道她的生活有多麼悲慘，她變得多麼孤單和寂寞，她的婚姻已經殘缺到了什麼地步，只要她一走進一間房間，鮑伯就立刻走出那間房。在公開的場合裡，他們表現得很和睦。演技精湛的鮑伯會摟著凱倫的肩膀，對任何正在傾聽的人笑談他們家勇敢的故事，而凱倫則禮貌地陪笑，除了我，沒有人注意到她眼中的愁苦，沒有人知道她為了配合這樣的演出而付出了什麼代價。

現在，她的胃經常困擾著她，每當鮑伯談起那天的事情時，總會讓她的不適加劇。有時候，在她無法承擔之際，她就得離開現場到洗手間去，然後將自己反鎖在一間廁所裡，吞下抗胃酸的藥片，希望這樣的不舒服能趕快過去。在正常的情況下，她會把這種事情告訴我母親，但是現在，我母親已經不再是她的朋友了。

大約到了凌晨三點的時候，我開始為她感到難過。

在那場意外發生之前，我一直都深愛著凱倫。她就像真的阿姨，我最親的阿姨，如果我惹上什麼麻煩的話，我一定第一個打電話給她，因為我知道，她會為我做任何事，如果我有什麼好消息的話，她則是我最後分享的那個人，因為我知道，她會想要知道所有的細節，所以，如果我不把她放在最後的話，那我就永遠也沒有時間打電話給別人了。

現在，在那場意外之後，我開始恨她。

主要是因為我感覺遭到了背叛。在我這一輩子裡，凱倫都將自己塑造成一個好人，一個捍衛者，自告奮勇去義賣糕餅的首名志工、領導為非洲小孩籌鞋，或者幫窮人募集食物的活動。熱心正直並且虔誠到幾近於聖人的程度——我相信她就是這樣的一個人。

她應該是一個好人、應該要做好事、無私、關心他人，但是她沒有做到。當情況變得艱鉅時，她只關心娜塔麗和她自己。那就好像把布簾拉開之後，卻發現強大的奧茲變成了一個繫著各種棍棒和繩子的老頭，而不具有任何的魔力。她完全沒有權利自詡為一個好人，因為她並非好人。

然而，我的想法也在動搖，因為，儘管我恨她，但是，在意外發生之前，我們所共享的那十六年的歲月依然存在，加上所有我喜歡她的特質，我發現自己依然在乎她，並且為她感到難過。她是如此孤單和悲慘，而凱倫並非一個為孤獨和悲傷而生的女人。她是一個由笑聲和擁抱組成的女人——豐滿、柔軟、沒有大腦又好玩、充滿了愛和善良……是的，善良。直到那一天，她一直都很善良，發現到她並不善良的事實著實讓人感到難過。

這點讓我很掙扎。只有在犧牲個人的時候，善良才算真正的善良嗎？任何人在富有的時候都可以很大方；任何人在他們擁有許多的時候都可以無私。我母親並不以深具同情心而聞名——有些人甚至會說她是個無情的女人——然而，她用自己赤裸的雙手把露營車的窗戶封了起來。她從她死去的女兒身上脫下衣服，卻沒有把其中任何一件用來為自己保暖。她勇敢地離開了她的兒子和丈夫，爬出露營車去求救。而在這整個過程中，凱倫只是和娜塔麗坐在露營車的後面。

我可以責怪凱倫的怯懦嗎？可以責怪她因為害怕而變得自私嗎？我們與生俱來就堅強嗎？如果是的話，那麼，我們應該要譴責那些不夠堅強的人嗎？

我看著她慢吞吞地走進廚房，把爐子上的旋鈕扯下來，這樣，她就可以在水槽裡清洗，我決定我不要為她感到難過。害怕不是理由。我母親也害怕。凱爾也是。茉兒更是嚇壞了。因為凱倫，奧茲死了。

她把那些旋鈕裝回爐子上，在此同時，大門打開，鮑伯走了進來。

她匆忙地迎上前去。「在辦公室待到這麼晚？」她說。

他看起來像個死人，他的頭髮凌亂、衣衫發皺，他的臉也許因為還在醉酒而泛紅。他抬起頭看著她，只見她的橡膠手套裡還抓著一只爐子的旋鈕，他發出一聲嘆息地對這個謊言點點頭，隨即踉蹌地爬上樓梯，走向他們的臥室。

凱倫站在原地，她的強迫性行為暫時停止了下來，她只是愣愣地看著他走開，現實出其不意地打擊了她，她因此跌坐在椅子上，連手中的旋鈕都掉在了地上。因為，無論你讓自己變得多麼忙碌，不管你如何拒絕談論過去或面對過去，不管你因為氣象預報會下雪而轉台了多少次，總有一些時候會出現時間上的空窗，讓過去彷彿潮水般地湧入現在，而它的力道之大，會讓你肺部的空氣全被掏空，並且讓你驚慌失措。

她崩潰地倒在地板上，在啜泣聲中把自己蜷縮成了一團。

64

我母親像個小偷般地躡手躡腳走進屋裡。在其他任何一個夜裡，這招也許都管用，不過，今晚，她一踏進門就被逮個正著。

「媽。」克洛伊在沙發上叫了她一聲。

「克洛伊？」我母親的語氣裡散發著幾許罪惡感，雖然並沒有這個必要。克洛伊是最不可能抨擊她的人。她自己都藏了滿肚子的秘密。

克洛伊依然穿著稍早那套荒謬的服裝。她的裙子因為蹲在草地上而沾上了泥土，眼妝也都糊掉了。

我母親佯裝沒有注意到這些古怪之處。「你抱著什麼東西？」她說著往前靠近。「喔，我的天哪，牠們好小。」

那四隻小貓正睡在克洛伊的大腿上。芬恩對突如其來的打擾喵喵叫了幾聲，還打了個呵欠，然後又緊緊地靠在牠弟弟和另外兩個姊妹的身邊，重新入眠。

躺在克洛伊腳邊的賓果朝著聲音的來源抬起頭，隨即又趴回到地板上。

克洛伊點點頭。「貓媽媽拋棄牠們了。」

我母親坐到克洛伊旁邊，撫摸著那隻灰貓的背。「她可能無法照顧得了牠們。你打算把牠們送到收容所嗎？」

「我不能那麼做。茉兒發現了牠們，然後打電話到收容所去，他們告訴她，在這些貓咪可以自己喝奶之前，收容所是不會收容牠們的。」

「茉兒不能照顧牠們嗎？」

「她爸爸，好像，過敏很嚴重。」

我看到我母親的眼裡出現一絲笑意，她明白、也感激茉兒的聰明之舉。我母親也許不了解克洛伊現在正處於什麼樣的險境之中，不過，她知道克洛伊過得很辛苦。

「所以，你要養牠們嗎？」

「我必須這麼做。」

我母親同意地點點頭。「讓我來看著牠們一會兒，這樣，你才能休息？」

克洛伊打著呵欠地點點頭，然後小心翼翼地把那群貓咪轉放到我母親的腿上。每一隻貓咪都醒了，並且開始哭鬧，譜成了一首微弱的尖叫交響曲。

「牠們餓了。」克洛伊說。

我母親翻了個白眼。「這還用你說嗎。我養大了四個孩子。我知道嬰兒餓了的時候是什麼樣子。去睡吧。我來處理。」

克洛伊露出一抹無精打采卻又憂慮的笑容，跌跌撞撞地走向樓梯。

「克洛伊，」我母親的叫聲讓她止住了腳步。「你的頭髮很好看。」

「謝謝。」克洛伊半昏睡地回答。

芬恩喵得更大聲了，這讓克洛伊的眉頭因為擔心而糾結了起來。

「你知道嗎，我在想，」我母親說。「我老闆給了我太平洋交響樂團週六演出的門票。也許我們可以一起去？」她的聲音裡充滿希望，讓我聽得不禁心跳加速。

「你需要我去拿牛奶嗎？」克洛伊說，她的聲音因為擔心小貓們越來越不安而緊繃。

「不用了，我自己來。」我母親說著把貓咪放進鞋盒裡，現在，所有的貓咪都在尖叫了。

「你覺得怎麼樣？」

「喔，好吧。」克洛伊漫不經心地回答，她的注意力完全集中在我母親慢吞吞的動作上，而非她所說的話，她只希望我母親能加快腳步。

我母親高興了起來，她帶著笑容把充滿喵叫聲的鞋盒抱進廚房。克洛伊這才鬆了一口氣地爬上樓梯。

我留在我母親身邊，看著她用滴管餵食每一隻貓咪，不停地安慰並且輕拍著那幾隻小東西，在此同時，淚水也沿著她的臉頰流了下來。我原諒了她今晚所做的事，也希望她可以原諒她自己。她和其他人一樣，也在蹣跚前進，一步一步地往前走，也許並非永遠都走在正確的方向上，但卻一直都在往前行。

我必須提醒自己，她不知道鮑伯做了什麼事，也不知道我父親和凡斯正在忙什麼。她只知道，我父親因為她沒有保護奧茲而憎恨她，她只知道我父親已經離開了她，而鮑伯卻愛著她，並且隨時都在她身邊——這是一種失真的凡人觀點。

在她結束餵食之後，她回到沙發上，把那些貓咪放在她旁邊，用她的手臂將牠們圍起來以保護牠們，然後閉上了雙眼。芬恩是個性最強烈的一隻。牠也許是個頭最小的，但是，那並不能阻止牠做牠想要做的事。牠擠開布魯特斯（那是我幫那隻灰貓取的名字），好讓自己可以佔得最靠近我母親心臟的位置。

65

「起來，」我父親一邊說，一遍撞著凡斯的腳，凡斯此刻正躺在沙發上呼呼大睡。凡斯發出呻吟，試著要把自己的腳抽回來，然而，我父親再度將他的腳撞開，這回，他用足了力氣，讓凡斯從沙發上摔到了地板上。「立刻馬上。」

「可惡。走開。」

「我們不能浪費時間。」我父親說。

凡斯瞇著那雙腫脹的眼睛看向漆黑一片的窗戶。

「你有十分鐘的時間。早餐在桌上。」語畢，我父親拄著拐杖就跳走了。茶几上擺著一根穀麥片和一杯自來水——囚犯的配給。

凡斯把身體捲成一團，閉上了眼睛。

整整十分鐘之後，我父親回來了，他再度用拐杖敲了敲凡斯的腳掌。「我們走吧。」

「去哪裡？現在是他媽的半夜。」

「事實上，現在是早上六點。」我父親更用力地敲著凡斯的腳，直到凡斯沒有選擇，只能坐起身來，或者繼續讓他的腳挨打。「是時候去找奧茲了。」

凡斯歪著頭，擔心我父親得了失心瘋，就連我自己也這麼懷疑。

「屍體沒有被找到，」我父親繼續說道。「所以，我們得要找到它。現在——走吧。」

凡斯搖搖頭，這個荒謬的想法真是瘋狂到無法理解。奧茲的屍體已經消失在一個月前差點讓他們兩人都喪命的凍原裡了。凡斯絕無可能志願加入一支只有他們兩個人組成的隊伍——一個四肢不全、少了幾根手指又缺乏理智的隊伍——去搜尋我弟弟正在腐爛的屍體。

我父親從鼻子裡發出一聲嘆息。「這不是一個選擇，凡斯。你瞧，問題是這樣的。你搞砸了，而你所犯的錯誤牽涉到我女兒，對我來說，沒有什麼比家人更重要的了。所以，讓我們把話說清楚：我根本不在乎你變成什麼模樣。我做這些並不是因為我是個在乎你、想要拯救你的好人。如果要按我的意思來做事的話，你就會在你自己的房間裡腐爛。我在乎的是克洛伊，而克洛伊現在還誤以為自己依然愛著你。」

凡斯突然瞪大眼睛地轉向我父親。我父親告訴凡斯說克洛伊想見他；他並沒有說過克洛伊還愛著他。

我從來都不怎麼欣賞凡斯，不過，對於他和克洛伊深愛彼此的這一點，我倒是他們愛情的超級粉絲。我父親當時不在場，所以他不知道，但是，在凡斯發現自己犯下錯誤之後，他絕望地想要救克洛伊，他不眠不休、踉蹌地走了兩天，他的目標讓他發揮了超乎人類的力量。他才十八歲。但願我父親能看到他當時的努力。

凡斯充滿希望的模樣讓我父親蹙緊了眉頭。「這件事讓我很痛苦，克洛伊需要見到你，這樣，她才能想通。然而，很不幸地，現在的你更像是一個失敗者，而非無賴，這樣是行不通的。」

「如果我拒絕呢？」凡斯說。

「隨你便。大門就在那裡，它還是昨晚的那扇門。今晚、明天和後天，那扇門都依然會在那裡。」

凡斯在腦子裡思索著自己的選擇，然後站起身來。「我什麼時候可以見她？」他說。他依舊深愛著我姊姊的事實讓我的心都波濤洶湧了起來。

「等你找到奧茲的時候。」

66

我知道我曾經允諾過不再進入到我所愛的人的夢裡，然而，我就是忍不住。茱兒因為娜塔麗對她說的話而飽受煎熬，只要牽扯到娜塔麗，茱兒和我向來都會攜手幫助彼此。即便死了，娜塔麗依然是我極其討厭的人。

茱兒不知道要如何處理娜塔麗的自白，根據娜塔麗的說法，鮑伯用餅乾換得了奧茲的手套。娜塔麗所說的那些誇張不實的謊言，茱兒都願意不去計較，因為她知道，娜塔麗那張臭嘴會不停地講下去，而總有一天，每個人都會對此感到厭煩。只不過，茱兒當日坐在露營車裡等待救援時，那雙手套曾經困擾過她，而它們現在也同樣讓她感到煩惱，她不知道應該怎麼處理這件事。

我父親在大熊湖。克洛伊正處於脆弱的階段。而我母親和鮑伯是那麼地親密。茱兒考慮過要告訴她自己的母親，但是，卡敏斯基太太絕對不會希望茱兒捲入其中。她是一個很實際的女人。奧茲死了；這麼做又有什麼幫助？

茱兒試著要這麼告訴自己，不過，她覺得良心不安。也許，奧茲所發生的事讓她產生了難以承受的罪惡感。當時，她知道一定發生了什麼事，所以，鮑伯才會擁有那雙手套，而奧茲也沒有再回來。她當時就發現了，然而，她卻什麼也沒做；現在，在知道更多的情況之下，再次袖手旁觀讓她倍感煎熬。

如果我還活著，我會用我向來處理事情的方式來處理這件事。我會把鮑伯所做的事公諸於世，他是如何把奧茲丟到那片冰天雪地裡，又是如何騙到了奧茲的手套。我會載著一個擴音器，開車穿越街頭，大聲廣播，訴說高德家的人是多麼的怯懦和自私。每個人都會相信我，因為我具有人們所信任的那種坦誠直率的個性。所以，如果我還活著的話，我就會那麼做。但是，茉兒不是我，在眾人面前戳破謊言也不是她的作風，因此，等她睡著的時候，我會潛入她的夢裡，對她提出適合她的行動建議。

我會簡單地低語，讓它感覺就像呼吸一樣。「寫下來。把真相寫下來。」

67

我父親和凡斯站在那個恐怖的起點，一切就是從那裡開始的：那個狹窄的彎道，我們在那裡看到了那頭鹿，我們的生命也在那裡發生了改變。雖然，那條路今天並沒有積雪，天空也沒有飄雪，放眼望去也沒有任何一隻鹿。這裡給人的感覺並不危險，也不特別，只是路上一個普通的彎道，一如其他上百萬條路上的上百萬個彎道一樣。

「這裡是我們的大本營。」我父親說。他從凡斯卡車的後車廂拿出一條背帶和一條長繩。

凡斯身上一層層的盛裝已經讓他的臉上出汗了。「我們要從這裡下去？」他往下瞄了一眼底下的岩石峭壁。

「是你要下去。我有傷在身。」我父親看著他那條裹著支架的腿說。「你用繩索下降到底下，然後仔細搜索，尋找奧茲。」

凡斯搖搖頭，他看著我父親，彷彿在看一個瘋子一樣。凡斯來自於橘郡的郊區，是在沒有父親的情況下長大的。他從來沒有露過營或者爬過山，他所認知的戶外冒險就是步行到星巴克去，因為他的卡車被送到了修車廠。

「是啊，我才不這麼想，」他說。「米勒先生，你的計畫有好幾個問題。首先，我絕對不可能獨自下到那裡去。第二，我沒有手指能夠應付這種繩索垂降的事。第三，我絕對不可能獨自下去。」

「那只是兩個問題，」我父親一邊說，一邊調整著那條背帶。「繩索垂降很簡單；要爬回來這裡比較困難。你還保有大部分的手指頭，所以，你應該不會有事。」

「應該並非什麼鼓勵的用語。」

「最糟的狀況是你會往下掉落個幾呎。」

「門兒都沒有。」

我父親嘆了一口氣。「一件一件慢慢來。你需要學習如何把錨固定在山上。你會帶著繩索，綁緊自己，往下垂降，然後再重複同樣的動作，直到你抵達意外現場。只要重複四次，你應該就可以抵達那裡了。」

凡斯翻著白眼，彷彿這絕對不可能發生，然而，他不明白的是，我父親此刻的眼神就像他每次下定決心時那樣。而一旦他出現了那種眼神，就沒有什麼能改變得了他的想法。所以，凡斯最好要注意聽，因為，無論凡斯同意與否，無論他是否覺得這根本就是瘋了，在我父親結束教學之後，他就得從那個懸崖垂落下去，即便需要我父親把他扔過山壁邊緣，讓他直接掉到懸崖底下，他也得要下去。

68

我母親一直在跑步。不是慢跑；用慢跑來形容她所做的事就太溫和了。每一天，她的手腳都使盡全力地跑過好幾條街，朝著高爾夫球場後面蜿蜒的小徑奔去，她衝刺過柏油路面，直到再也喘不過氣來為止；然後，她會突然停下腳步，將雙手撐在大腿上，頭暈目眩地重重喘息。

在我葬禮結束的那一天，當她回到空蕩蕩的家裡時，一股強烈的沉寂和安靜籠罩在室內，以至於她的肌肉都扭曲蜷縮了起來，直到她再也無法忍受時，她衝出了家門，彷彿一個瘋女人一樣地在大街上奔跑，不斷地奔跑，並且從此養成了這種跑步的習慣。

週末的時候，她會在早晨跑步。週間的時候，她則在下班之後跑步。工作的時候，她一整天都保持著緊繃的狀態，彷彿穿了一件維多利亞的束腹一樣，不過，只要她一回到家，她立刻就換上球鞋，飛奔上街。

今晚，當她步履蹣跚地低頭走在回家的人行道上時，她遇見了凱倫。凱倫背對著她，站在自家的信箱旁邊翻閱著郵件。她們在同一時間注意到了彼此，當她們幾乎就要面對面時，兩人的臉上同樣都出現了一絲訝異，隨即又雙雙換上了鄙視的表情。

凱倫並沒有像我預期的那樣退縮。相反地，她挺起胸膛，堅定地站在原地，毫不退讓。

我母親繃緊下巴，不發一語地繼續往前走。

「你自己先做了選擇，」凱倫的聲音在她身後響起。「也許我錯待了奧茲，但是，是你自己先做出選擇的。」

我母親停下腳步，雙拳緊握在側地驀然轉身。「你在說什麼鬼？奧茲死了。你寶貝的娜塔麗甚至連感冒都沒有。只有你，凱倫，能夠扭曲這種事，然後把事情怪到我頭上。」

「我是在保護我的家人，」凱倫說。「當你在茉兒和我女兒之間選擇了茉兒時，你就已經明顯地宣告了你站在哪一邊。所以，是啊，當我面臨要保護我的家人還是奧茲的時候，我選擇了我們。」

我母親困惑地瞇起眼睛，試著要弄清楚她在說什麼鬼話。

「芬恩的靴子，」凱倫釐清地說。「你把它給了茉兒。」

我母親的眼睛不斷閃爍，企圖要理解這幾個字。芬恩的靴子。我可以看得出來，她不記得這件事。

我記得，不過，我更記得茉兒把那雙靴子還給了我母親。

一雙老舊、破爛的UGG靴子救了我母親的命。它們也許還救了那天倖存下來的每個人。當我在那天早晨把它們穿上的時候，我根本沒想到自己做了一個如此重要的決定；當我母親把它們從我的屍體上脫下來、交給茉兒而非娜塔麗的時候，她也沒有想到。

「你並沒有比我好到哪裡去，」凱倫繼續往下說。「那天，我們都做了選擇，但是，是你先做出選擇的。」

我母親在終於想起這件事的時候，往後倒退了一步。她做出了選擇。她選擇了茱兒。她的臉因為驚訝而扭曲；隨即不發一語地轉身，繼續走向我們家。

當她平安到家時，她沿著大門滑坐在地板上，她的頭靠在膝蓋上，右手手指漫不經心地縮緊又鬆開，一如她在這陣子以來經常做的那樣。

這個決定只是因為她更喜歡茱兒嗎？或者比這更為複雜，是基於她對卡敏斯基太太所做的那些陳腔濫調的保證；又或者更糟的是，基於她對凱倫以及凱倫和鮑伯在一起生活的憎恨？

我母親把雙腿伸直，凝視著自己的腳，我知道，她正在想著克洛伊，當她在事後重新思索她心目中的排名順位時，那個順位是：克洛伊、奧茲、我父親……茱兒還是娜塔麗？我依然不知道她會選擇誰。

她的目光滑向壁爐架上的那張照片，照片裡的她抱著我，而凱倫則抱著娜塔麗，當時，我們還處於襁褓之中，她看著照片，垂下了肩膀。從她臉上悲傷的表情來看，我知道她依然會選擇茱兒。不管她需要做多少次的決定，她的選擇都不會改變。

我為我母親和我自己感到難過。換成是我，我同樣也會選擇茱兒。並非出於惡意，也不是因為卡敏斯基太太的緣故，而是因為當時的狀況。我母親選擇了茱兒，而當時機到了的時候，茱兒把靴子還給了我母親。娜塔麗是絕對不會那麼做的。

這對減輕罪惡感絲毫沒有幫助。如果茱兒對我做出我母親對凱倫所做的事，我也會和凱倫一樣，感覺遭到了背叛，彷彿被一把不忠的刀直接刺穿了心臟。

那天所造成的破壞越來越大。凱倫和我母親曾經有過那麼不凡的友誼——她們就像姊妹一樣，所有認識她們的人都相信這份情誼會持續到老。而今，這段友誼卻為了一雙靴子而結束了。

69

茱兒躺在我的床上，雙手抵住下巴。那張床已經換上了新的床單和新的被子。

克洛伊也以同樣的姿勢躺在她自己的床上。兩人的目光都盯著地板上的四團毛球，那些小貓跌跌撞撞地，彷彿喝醉了一樣。

「你打算把牠們留下來嗎？」茱兒說。

「我媽媽說我可以養一隻。我要把芬恩留下來。」

「你媽媽同意你叫牠芬恩嗎？」

克洛伊聳了聳肩。

我不反對克洛伊把貓咪取名為芬恩。事實上，我覺得無比榮幸。芬恩不僅超級可愛，而且善於打架。

「但願我也可以養一隻。」茱兒說。

「一點機會都沒有嗎？」

「我爸爸超級過敏，記得嗎？」

自從克洛伊在四個晚上前救了那些貓咪之後，茱兒已經養成每天下午來找克洛伊的習慣。每一天放學之後，她都會直接過來。起初，我以為那是出自於對克洛伊的擔心，不過現在，我知道不只如此。茉兒很寂寞。

茉兒向來都很成熟，然而，自從那場意外發生以來，她好像突然超越了她的年齡，那場意外彷彿成了某種時間上的錯位。大人們總愛笑說，總有一天，高中生活裡所有的瑣事都會不再重要——人們的想法、各種小圈子、八卦——而茉兒就好像在一瞬之間跳到了「那一天」。

「舞會怎麼樣？」克洛伊隨便找了個話題說。克洛伊從來都沒有參加過任何一場高中舞會，對她來說，那樣的場面和音樂都太遜了。

「我沒有去。」茉兒說。

「我以為你邀了羅伯特？」

「我是邀過他。不過，當我在醫院的時候，艾麗開口邀了他，由於他不確定我是否能及時復原，所以他就答應了。」

「真是遜斃了。」

「也不完全是。反正，我也沒有興趣去。」

「芬恩邀請的那個男孩有去嗎？」

我的耳朵立刻豎了起來。

「查理。嗯，他和那個高個兒女孩卡蜜一起去了。你知道的，那個足球守門員。」

我的心急遽往下跌，並且苦澀地懷疑他現在畫的卡通主角是否已經換成了她，不再是我。

「三葉草，」茉兒說。「你知道我現在在苦惱什麼嗎？」

「你不告訴我，我怎麼會知道。」

茉兒露出一抹冷笑。「娜塔麗。」

「哼，有些事情是不會改變的。」

茉兒再度笑了笑。「你知道你有多麼不願意談論發生了什麼事，而我也討厭說起那場意外，你媽媽也不願意提及，對嗎？」

「是啊。」

「那就表示，唯一會談起這件事的人只有娜塔麗和她爸爸，而他們所說的和真正發生的事實並不一樣。」

「所以呢？就讓他們去享受他們愚蠢的榮耀吧。」

「我知道。我原本也是這麼想。但是，這件事讓我很煩惱。非常心煩。」

「為什麼？」

「我不知道。我猜是因為我需要不斷地告訴自己真相，這樣，我才能理解。這是我處理這件事的方式。我們撞車了。我們活了下來。我一次又一次地在腦子裡回想，包括所有的細節，這樣，我才能想得通。」

「那你為什麼在乎娜塔麗說了什麼？我相信甚至沒有人會相信她。畢竟，她是娜塔麗。」

「因為我發現到有些片段不見了。我只知道我所知道的那部分，而非整件事的全貌。」

克洛伊坐起身，盤起腿。「茉兒，讓它過去吧。」

「我做不到。」

克洛伊緊繃地說：「我沒辦法談論這件事。」

「我知道。我也不需要你談起這件事。我把一切都寫下來了——呃，大部分，就是我所知道的那部分。至於你的部分，我也大致都知道。在我們撞車之後，你、凡斯和凱爾在駕駛座後面堆擠成了一團。」

「凱爾是誰？」

「凱爾是我們在路邊搭救的那個孩子。他的車拋錨了。」

「我忘記當時他和我們在一起了。他沒事吧？」

「我想沒事吧。他就是和你媽媽一起徒步去求援的那個人。」

克洛伊搖搖頭。「哇，你說得沒錯。我們真的只知道自己所知的那部分而已。」

「沒錯。你是我第一個看到的人。我睜開眼睛，看到你媽媽搖搖晃晃地爬向你。你的頭被割傷了，流了很多血……」

「我以為是鮑伯幫了我？」

「是你媽媽先幫了你。你不記得了？」

克洛伊瞇起眼睛注視著她床上的被子，試圖要想起來。她咬著嘴唇，用手指摸著額頭上的傷疤，對於我母親曾經按壓那個傷口的記憶似乎很模糊。「喔。」她說。

「接著，她意識到芬恩還在前座，所以就叫鮑伯照顧你。」

語畢，兩人都陷入了沉默，她們對於我的死亡都心生敬畏。

「然後，在一開始的震驚過後，也在你爸爸被移到車子最裡面之後，你和凡斯離開了。兩天以後，你就被尋獲了。」

克洛伊的下巴扭曲。她的部分並不複雜，只是很恐怖、很嚇人而已。

「那場事故發生的原因、奧茲為什麼離開，以及當你媽媽和凱爾爬出車子去求救時又發生了什麼事，這些是我不知道的部分。」

「我媽媽不會談這件事的，」克洛伊說。「她對這件事的反應比我還要糟糕。至少我還承認發生過這件事。我媽媽卻假裝沒有，完全沒有發生過——那場意外和她兩個孩子的死亡。她處理的方式就是表現得像芬恩和奧茲從來都不存在一樣。這實在很詭異，但是，我要告訴你，她是不會談這件事的。她強烈地否認，並且做出超乎常人的努力，將所有他們曾經存在的痕跡都抹去了。」

這是真的。在我母親把我房間裡屬於我的東西全都丟掉之後，她也對奧茲的房間做了同樣的事。然後，她認真地檢查了整棟房子。如果她發現一只我的襪子，襪子就會直接被扔掉；一塊奧茲曾經用過的橡皮擦也被丟掉；一根綠色的迴紋針，一樣也被扔進了垃圾桶。她不再買蘋果醬或者水果蛋糕捲，因為那些都是我的最愛，也不再購買好時的糖漿或奧利奧餅乾，因為那是奧茲的最愛。

茱兒翻了個身，躺在床上注視著天花板。天花板上還有一些淡淡的星星輪廓，那是我們九歲時，一起貼在我床鋪上方的。「那就太遺憾了。我最想聽到的就是她的部分。她太了不起了，簡直是超級英雄。我欠她一命。我們都是。」

「也許吧，但是，我不認為她是這樣看待這件事的。」

「怎麼可能呢？」

克洛伊聳聳肩。「就像你所說的，我們沒有人知道完整的故事。我們都只知道我們自己的部分，以及從我們自己的觀點所看到的部分。我敢打賭，關於我媽媽的那個部分，也就是我們所不知道的那個部分，正是讓她像個瘋女人一樣在街上狂奔，假裝她從來都只有兩個孩子、而非四個的原因，也是她避開鏡子，彷彿糾纏她的惡魔就住在鏡子裡面的原因。」

70

克洛伊完全忘了她曾經答應要和我母親一起去聽交響樂的事，不過，當我母親把頭探進克洛伊的房門內，提醒她快點為出門做準備的時候，克洛伊成功地表現出一副很興奮的模樣。

她叛逆地選擇了一件有如陽光般的黃色洋裝去參加應該要打黑色領帶的活動。那件無袖洋裝的寬大裙襬彷彿波浪般地從她纖細的腰際流瀉而下。她的銀色涼鞋鞋帶上點綴著透明的珠寶，她的腳趾依然塗抹著鮮紅色的指甲油。她的模樣令人屏息，當她和我母親走向音樂廳的時候，我不禁為她歡呼鼓掌。

有一秒鐘的時間，我覺得她聽到了。她的唇角微翹，一隻手輕輕地抬起來，就像在微微打招呼一樣。

克洛伊向來都很漂亮，不過，突然之間，她變得更完美了。她額頭上那個鋸齒狀的粉紅色疤痕在蒼白的肌膚下散發著微微的光芒，為她招來了許多目光，彷彿蒼蠅飛向火光一樣，那些眼神在她的額頭上稍事停留之後旋即垂落而下，隨即發現她的手指和腳趾並不完整——為她的神秘增添了不少迷人的線索——她的傷口宛如閃閃發亮的石頭，毫不掩飾地展露在世人面前。她脆弱、堅強，卻又渾然迷人，當她走過人群時，很多人的心跳都為之加速——男人和女人都一樣，女人雖然有點排斥，但男人卻為之著迷，所有人都企圖想要靠得更近，都想要接近她。

克洛伊渾然不覺。她走在我母親身邊，看著星星、人群和那棟音樂廳的建築。我母親很緊張，彷彿這是她的第一次約會，她希望能把每件事都做對。「你想要喝點什麼嗎？」當她們走進音樂廳的時候，她問道。

克洛伊心不在焉地搖搖頭。「這太美了。」她讚賞著高聳的大堂入口和起伏的玻璃，那些玻璃彷彿從天花板上垂墜下來的波浪一樣。

「這是全世界最乾淨的玻璃，」我母親說。「裡面完全沒有含鐵，鐵會讓大部分的玻璃都帶著綠色。那位建築師希望這片玻璃是完全透明的，好讓大堂裡的人群變成這個建築的一部分。」

「哇，太酷了。」

看到她們如此相似，那種感覺很奇怪。只有克洛伊才會認為我母親這些廣泛而細微的知識很「酷」。奧伯莉和我一定會在發現我們討論的主題是玻璃的那一刻就失去了興趣。

她們走向她們的座位，我也和她們一起聆聽演出，雖然我一點也不懂得欣賞。小提琴演奏著一首又一首沒有歌詞的曲子。我遺傳了我父親的音樂基因，也就是說，我完全沒有音樂天分。

克洛伊和我母親迷失在了音樂裡。她們的肌肉因為高潮而緊繃，當節奏緩慢下來時，她們也在顫抖中隨之放鬆，彷彿她們的脈搏都和音符繫在了一起，我再度為她們的相像感到讚嘆，並且懷疑我母親在年輕的時候是否就像克洛伊一樣，而克洛伊老的時候，是否也會像我母親一樣。我母親比較活躍，而克洛伊則比較敏感，不過，她們血液中的那股精神是一樣的——一個獨一無二的靈魂，就像克洛伊和我遺傳自我父親的紅棕色頭髮那麼特別。

克洛伊在台上演奏一首悲傷的樂曲時噙著眼淚，而我母親則坐在她身邊泛起微笑，比起音樂，她更加陶醉在她女兒的反應裡。

音樂會結束之後，當她們從溫暖的音樂廳走進夜色裡時，寒意讓克洛伊不由自主地微微發抖。

「給你，把我的毛衣穿上。」我母親很快地說。

「不用了，謝謝。」克洛伊踮著趾尖轉了一圈，她的裙襬飛舞，她的臉迎向星空，寒意刺痛著她的肌膚，但她卻在嘲笑著老天。你試過了。你失敗了。我依然還在這裡。

停車場的旁邊是一座小噴泉。

「有一分錢嗎？」克洛伊用一種造作的英國腔問道，同時像乞丐一樣地伸出手。

我母親凍結在原地。一如蘋果醬和水果蛋糕捲一樣，把央求來的一分錢丟進噴泉是我會做的事，那是芬恩的行為。

克洛伊假裝沒有注意到我母親的遲疑。她的手依舊捧在我母親面前。

給她一分錢吧，我大聲地喊叫。我已經厭倦關於我的所有記憶都被丟棄、都被避開，或者都被送進神殿之中防腐保存了起來。我希望我母親在被乞討一分錢的時候可以露出笑容，希望她在走過超市的肉櫃時能開懷大笑，因為她會想起我們曾經一起把一塊包著塑膠膜的火腿放進烤箱，結果在兩個小時之後才發現火腿看起來很奇怪。我希望我父親在一邊啃雞翅、一邊看著天使隊的賽事時能面帶微笑。我希望茱兒在看見蒲公英時可以繼續對著上面的絨毛吹氣，然後在漫天飛舞的蒲公英毛絮中穿梭，讓那些種子掉落在她的頭髮上。

死了的感覺很糟，然而，看著他們摧毀我曾經有過的生活，感覺就更糟了。

記得我，我大聲地吶喊。為我歡慶。不要把我裝進盒子裡丟掉。不要再刻意避開對我的記憶。我曾經活過，我不希望人們只記住我英年早逝的事實。那只是終點。在那之前，我曾經有過十六年的生活──好的、壞的、可笑的、好玩的。芬恩。

我母親木然地把手伸進她的皮包裡，然後掏出兩個一分錢硬幣，她們每人一個。她們把硬幣舉到唇邊許願（又一個芬恩的行為），然後將硬幣丟進了水裡。

太棒了，克洛伊。

71

我父親喝醉了。

時間已近午夜，而他從黎明時分就起床了，不過，我父親睡得很少。儘管精疲力盡，他依然清醒地躺著，無視於身體上的傷痛，他用那天晚上的事折磨著自己，那場意外迴盪在他的腦海，讓他感到畏縮。他的手臂將方向盤轉向左邊，他沒有避開那頭鹿，反而撞上了牠。他緊緊握著拳頭，以至於指甲將手掌都掐出了鮮血。

今晚，他喝著威士忌淹沒在那個記憶裡。他坐在我祖父那張大床上，手裡拿著一瓶傑克丹尼爾，眼皮沉重、嘴巴半開。

凡斯睡在客廳的沙發上，搜尋我弟弟的這五天讓他累垮了。每一天，他都用繩子繫在他皮包骨的屁股上垂降下山，然後，只靠著一只羅盤、一張地圖和我父親傳授給他的知識，在樹林裡跋涉上好幾個小時。

我為他感到驕傲，也變成了他無聲的啦啦隊，我從旁指導著他，看著他，低聲地鼓勵他，並且在他為了尋找我弟弟而巡視著每一棵樹和每一塊石頭的後面時，為他的勇氣鼓掌。

他找不到他的。他所檢查的每一吋土地都被檢查過了。伯恩斯當日的搜索行動進行得很徹底，在搜索行動結束後的那個星期裡，他依然派遣他自己的隊伍仔細搜查著那個地區，直到奧茲不可能被找到的事實明顯地擺在眼前為止。不管我弟弟的屍體在哪裡，它都早已不見了，也許被動物叼走了，或者被大自然吞噬了，或者兩者皆是。他殘留下來的部分，他是個什麼樣的人，都已經不再屬於這個世界了。這點，我很確定，就像我很確定，總有一天，我也不會繼續存在這裡一樣。目前這種狀態只是暫時的，這種不安是無法持久的。

每天下午，凡斯都會原路折返，再往上爬回到懸崖上，而我父親也會在那裡等著他，當他對我父親描述尋找的過程時，他的臉上總是散發著驕傲的光芒。這實在令人難以相信，一週前的凡斯還只是個靠著毒品、自憐自艾地躺在床上的傢伙。他的身體已經重新恢復了力量，他的皮膚散發著光彩，他也不再因為停止吸毒而渾身發抖了。除了他的耳朵、手指和頭髮之外，他看起來幾乎就像過去的他。

我父親則完全不像過去的自己。他已經不再刮鬍子，那讓他看起來就像一個毛茸茸的野人。他深色的鬍子夾雜了幾許灰白，完全覆蓋住他的臉頰和脖子。他曾經厚實的肌肉變得鬆軟，體重也至少減輕了三十磅。不過，改變最多的是他的臉——他的五官和下巴——那是一種由內向外擴散的改變。

在意外發生之前，我父親是那種無所不能的人，當人們需要換輪胎、把沙發抬上樓梯，或者把一輛壓到小孩的車抬起來的時候，他們總是會找像他這樣的幫手。那不只是因為他的體型，也因為他身上的那股自信：他那張英俊直率的臉龐上散發著一股胸有成竹的信心。他再也不是那副模樣了，他的那股活力瞬間消失了，彷彿他臉頰上的肌肉都已經萎縮，或者是地心引力變大了，看著這種模樣的他讓我好生難過。

我看著他又喝了一口酒，然後胡亂地說著一些語無倫次的話。

在我眼裡，酒精會強化你原來的狀態。原本快樂的人在喝酒之後會更加快樂；原本陰鬱的人則剛好相反。我父親是一個悲傷的醉漢，一個極度悲傷的可憐蟲，他的眼神呆滯、下巴緊鎖，企圖要忍住隨時都會潰堤的淚水。

他拿起手機，手指困難地想要按下按鍵，最終，他成功地撥打了我們家的電話。

我母親和克洛伊正在音樂會裡。電話響到第三聲的時候，在我家照顧小貓的茉兒接了起來。

「這裡是米勒家。」她說。

我父親一聲不吭地掛斷電話，隨即將床單揉成一團，再把臉埋入床單裡，讓床單蓋住他的哭泣聲。

把原來的你放大，這就是酒精的作用。對那些具有罪惡感良知的人而言，酒精讓你變成了自己最可怕的夢魘：你所後悔的每一件事、你所憎恨自己的一切都遭到了放大，直到你想鑽出自己的皮膚，或者永遠地消失，不再被人想起。

72

茉兒指關節發白地抓住方向盤，緩緩地行駛在朝向大熊湖的蜿蜒山路上。她拿到駕照已經三個月了，不過卻從來不曾開出兩座城鎮以外的範圍。天氣陰沉沉的，滿天的烏雲看似隨時都會下雨。意外發生以來已經近乎兩個月了，滑雪的季節也即將結束。只有路邊和沿著山坡蜿蜒而下的人造雪道還有少量的積雪，那是少數幾條依然還開放著的雪道。

在車子往上爬的途中，她那輛BMW裡的溫度表也在穩定地往下降，當她終於在午前把車開進警察局的時候，車裡顯示的溫度也從山底下的六十四度（約攝氏十八度）來到了五十二度（約攝氏十一度）。

「茉兒，很高興見到你。」伯恩斯說。

警長看起來氣色很好。沒有了厚重的外套和憂慮的表情，他比我上次看到的時候更年輕了。

「很抱歉，你住院的時候我沒有去看你。」他說。

「我也不希望你來醫院。我很高興你把所有的精力都用在尋找奧茲的搜索行動上。」

「但願我們有找到他。他依然還在荒野的事實讓我感到不安。雖然我知道傑克．米勒和凡斯已經接手了搜索的行動。」

茉兒驚訝地瞪大了眼睛。克洛伊告訴茉兒說，我父親到小木屋去療養了，也順便避開我母親。每個人都以為他是一個人到小木屋去的。現在，茉兒知道了凡斯和他在一起，這真是一個奇怪的組合。而且，他們還在尋找奧茲，這就更奇怪了。問題是，她要怎麼處理這個消息。以茉兒向來的風格而言，她的臉上完全沒有透露出她的心思。

「我知道你對那天的事有些問題想要問。」伯恩斯說。

「只是關於一些遺漏掉的片段。」

「我可以知道為什麼嗎？」

茉兒猶豫了一下，她自己也不確定。「過去的事越來越模糊，」她終於開口說道。「那天在場的所有人對這件事的記憶都稍有出入——不只是因為觀點不同，甚至連事實都不一樣——所以，我想要弄清楚。我不確定為什麼，但是這對我來說很重要。」

「不妨這麼說吧，」伯恩斯實事求是地說。「當我寫調查報告的時候，我也會覺得把事情弄清楚對我寫報告有所幫助。抽除掉情緒，然後將事情簡化到它真實的樣貌：你會發現，影響事情的因素通常只是運氣不好、巧合、做錯決定，有時候則是不入流的人。」

茉兒點點頭，伯恩斯明白她的意思，這讓她鬆了一口氣。

「至於每個人對事情的記憶有所不同，」伯恩斯繼續說道。「那是因為每個人各自有面對創傷的方式，有時候，即便他們說出來的話不同於事實，那也並不是真的在說謊，而是因為那樣的記憶會讓他們比較容易和曾經發生過的事件共存。」

「我懂，」茉兒說。「我真的明白。而我也認為那就是目前的狀況。但是，我做不到。我完全記得事情是怎麼發生的，所有的一切，我無法單純地假裝它不存在，或者否認我不喜歡的那些部分。」

「所以，你想要釐清這件事只是為了你自己嗎？」

「什麼意思？」

「或者，你想要了解事情的全貌，這樣一來，其他人也必須承認有這件事？」

茉兒在回答之前思索了一分鐘。「我不知道。我想這只是為了我自己。」她皺起眉頭。「雖然我確實感到很困擾，因為那些把事情扭曲最多的人，似乎也是最不痛苦的人。」

「這似乎是很不幸的真相。」伯恩斯說。

「我猜這是一部分的理由，」茉兒繼續說道。「我並不是要讓他們承認這件事的存在，我只是想讓自己認知到我經歷過這件事——只是作為事件的一個紀錄，如此一來，當我聽到那些謊言時，我就不會再感到那麼困擾。」她的話裡充滿決心，這是在對她夢裡的鬼魂發誓，說她將會把事情寫下來，所有的一切，而這麼做多少會讓她獲得自由。

「那麼，我會把我能告訴你的都讓你知道。」伯恩斯說。

語畢，他從他辦公桌旁邊的一只檔案櫃裡抽出一疊超過一吋厚的檔案，然後一頁一頁地告訴茉兒，從接到我母親打來的第一通911來電，一直到五天後國家森林局打電話來要求終止對奧茲的搜尋。

「我們能回到在醫院召開記者會之前的部分嗎？」茉兒在他說完時問道。「再告訴我一次，鮑伯對奧茲的離開是怎麼說的？」

伯恩斯右邊臉頰的肌肉出現了極其微小的抽動，不過，茱兒還是看到了，這暗示了伯恩斯也知道這個部分並不是太合理。

他不慌不忙、小心翼翼地選擇了他的用詞，以驚人的記憶力引述了鮑伯對他說過的話。「他說，奧茲很難過，因為他很擔心那隻狗沒有足夠的水喝，所以，當輪到凱倫喝水的時候，他打了她，然後搶走她手中的水給那隻狗喝。」他停了一下，在茱兒沒有吭聲之下又繼續往下說。「鮑伯就是在那個時候問奧茲要不要出去，希望能讓他冷靜下來。當他們到車子外面的時候，奧茲說他需要去找他母親，然後就離開了。鮑伯說，這一切都發生在他人在露營車頂上的時候。他解釋說，他之所以留在車頂上，是因為奧茲很沮喪，所以，他擔心自己可能會有危險。是這樣的嗎？」

茱兒搖搖頭。「第一部分大致上是對的。在我把水給凱倫之前，奧茲要我把它給賓果，然後，當他從她手中把水拿走的時候，他好像用手臂推了她一把，不過，他並沒有失控，在他達到他的目的之後，他就沒事了。事實上，當鮑伯把奧茲帶到車外的時候，我還覺得他很聰明，我認為他是在讓奧茲分神，好讓我們每個人都可以在他們回到車裡之前喝到水。還有，我這麼說並沒有惡意，奧茲並不是那麼愛他母親，但奧茲真的很喜歡我，他也真的很愛他父親，所以，他絕無可能會丟下我們，去尋找他母親。」

「鮑伯有像他自己說的那樣待在露營車頂上嗎？」

「沒有，這部分我很確定。是奧茲幫他回到車頂上的。我聽到鮑伯要求他把他抬起來。還有，鮑伯也沒有提到關於他和奧茲交易手套的那部分。如果奧茲因為沮喪而直接跑走的話，鮑伯是不可能拿到那副手套的。」

「他拿了奧茲的手套？」

「他換來的。當鮑伯回到露營車裡的時候，他帶著奧茲的手套。我想不通他是怎麼拿到手套的，不過，有一天，娜塔麗告訴我說，她父親用兩包餅乾和奧茲交換了那副手套。」

伯恩斯明顯地畏縮了一下，他的反應讓茉兒失去了原先的自我控制。她的下巴垂到胸口，淚水在她不斷搖頭時滑落了下來。「這太可怕了。奧茲不知道自己在做什麼。我應該要和他一起出去的，或者當他沒有和鮑伯一起回來的時候，我應該要出去找他的。我知道出事了。一看到那副手套，我就知道了。」

她用手背擦著自己的鼻子，伯恩斯先是遞給她一張面紙，隨即把整個面紙盒都推到她面前。「茉兒，聽我說，」他的聲音聽起來彷彿在低吼。「首先，這不是你的錯。如果你去追奧茲的話，我們現在很有可能就不會坐在這裡談話了。看著我。」

她抬起頭，眨了眨眼睛，透過淚水看著他。

「這全都不是你的錯。」他的聲音聽起來很低沉。「現在，我需要你把整個故事告訴我——從米勒太太離開到你們獲救的每一個細節。然後，我需要你告訴我你和娜塔麗的確切對話。」

「我把那些事都寫下來了。」茉兒說著，從她的肩袋裡抽出一本筆記簿遞給伯恩斯。

當伯恩斯翻閱筆記簿的時候，茉兒只是注視著自己的手。儘管辦公室裡很溫暖，她依然打了幾次寒顫，在伯恩斯閱讀那些筆記時，那場意外也在她的腦子裡重新上演了一次，讓她感到了不寒而慄。

伯恩斯下巴扭曲地讀著，他緊蹙的眉頭在眼睛上方構成了一道深V的線條。當他讀完之後，他靠回自己的椅子上，手指交叉地將指尖頂在鼻子底下。

「茉兒，」他說。「你知道過失殺人是什麼嗎？」

茉兒嚥了嚥口水，這個名詞的意思已經不證自明了。

「意外死亡和過失引起的死亡，這兩者之間只有一線之隔。你認為鮑伯是故意鼓勵奧茲去找他母親的嗎？」

空氣中的沉默至少維持了五秒鐘。

「我不知道，」她終於開口。「我有我的懷疑，特別是因為那副手套，但是，事實上，我真的不知道。」

伯恩斯把茉兒的筆記簿還給她，然後把那個檔案夾拉到他面前。「當你們獲救時，娜塔麗戴著那副手套嗎？」

「我想是的。凱倫戴了一會兒，不過，大部分的時候都是娜塔麗戴著的。」

「手套是什麼顏色的？」

「紫色的，亮紫色，」茉兒說。「奧茲最愛的顏色。」

伯恩斯翻著那份檔案，直到他找出他正在尋找的東西。只見他抽出一篇報紙的報導。「找到了。」說著，他把報紙遞給茉兒。標題上寫著，被大雪困住一夜之後，車禍事件中的五個人獲救。文章底下有一張照片，照片裡的鮑伯叔叔把手臂搭在兩名救援人員身上，一瘸一拐地從森林局的直升機上下來。走在他身後的是娜塔麗。她幾乎已經在畫面之外，不過，從她那件長羽絨外套袖子底下探出來的一只亮紫色的手套卻清晰可見。

「茉兒，這很重要。你認為奧茲具有危險性嗎？」

茉兒再度用了一點時間，小心翼翼地給出她的回答。「不，不過，我認為鮑伯和凱倫可能會這麼想。奧茲只是想要確定賓果有足夠的水。他覺得自己對那隻狗有責任。如果他們讓我先融化足夠的水給賓果，然後再給我們其他的人，那麼，一切就都沒事了。」

「告訴我你把水給到大家的順序。」

「米勒先生、奧茲、娜塔麗、凱倫，可是，奧茲拿了——」

「凱倫在娜塔麗之後？」

「對，只不過奧茲把她的水搶走了。」

「排在娜塔麗後面的人不是你？」我感覺到伯恩斯的憤怒被這個看似微小的細節引燃了，他對於是否要追究鮑伯曾經有過的疑慮全都化成了灰燼。

「我不在娜塔麗之後很重要嗎？」茉兒問。

「這顯示了一種疏忽的模式，表示對你的安危漠不關心。」

不只如此，只不過伯恩斯把話說得太客氣了。他的內心在發怒，他的表情讓我知道他有一個女兒，而現在，他想到了自己的女兒。

茉兒再度開始哭泣。我不確定那是因為她想起了那段恐怖的時光，還是因為她發現到鮑伯，一個她認識了一輩子的人，竟然如此殘酷。

「一切都太可怕了，」她一邊哭一邊說。「我知道鮑伯所做的事很可怕，但是，倘若我們的處境不是那樣的話，他是絕對不會那麼做的。」

當我看著她哭泣時，我不禁懷疑，我們的人性更多是取決於情境還是良知，如果我們其中任何一個人被逼到了絕境，我們的行為是否會有所改變。我在那天見證到了，他們所有人都不是他們自己所認為的那個人。

每個人的狀況都不一樣——有些人，例如我母親和茉兒，她們比其他人都更有道德上的勇氣——不過，也許在我們每個人的內心裡，都有一個自我保護的本能，一種野性，當試驗來臨時，這種野性就會讓我們做出我們從來都不相信自己能做到的事。這並不完全叫做自私。鮑伯並不是為了自己而取得那副手套。他把手套給了娜塔麗。害怕奧茲的人是凱倫，而鮑伯是為了保護她才把奧茲帶出去的。

所以，這就能讓鮑伯的所作所為具有正當性，或者足以解釋他為什麼這麼做嗎？鮑伯那天出門並不是想要殺了奧茲或者忽視茉兒。他出門是為了和他的家人、朋友共享一趟週末的滑雪之旅，然而，因為他，奧茲死了。

絕望的人會做出他們平常不會做的事。在那場意外發生之前，如果你問鮑伯、凱倫或凡斯他們是不是好人，他們三個一定會毫不猶豫地說是，而每個認識他們的人也會同意。所有的證據都指向那個結論。當他們聽到關於怯懦或殘酷的故事時，他們一定會搖頭，並且發出不屑的嘖嘖聲，同時認為，我絕對不會那樣，而絲毫沒有意識到我們所有人在任何時候都有可能做出我們最沒有預料到的行為，包括他們在內。要在事後妄加評判是很容易的。而那些評斷的人所不了解的是，如果他們處在同樣的情境裡，就像鮑伯、凱倫和凡斯那樣，那麼，他們高高在上的正義感在太陽下山之前就會凍僵了。

奧茲沒有回到露營車裡。茱兒沒有去追他。這是否也一樣呢？選擇了她自己的生存，而沒有冒著喪命的危險去救他？

我不怪茱兒的做法。我也在那裡，她很了不起，任何一個十六歲的女孩在那種情況下所能表現出的勇敢也就是那樣了。然而，如果她的懦弱不需要受到責怪的話，那麼，鮑伯的懦弱就需要被責怪嗎？我母親在掌握著凱爾的性命時卻鬆開了她的手，她需要因此而受到責備嗎？凡斯拋下了他生命中的愛人，任由她獨自在風雪中凍死。凱倫只在乎娜塔麗一個人。娜塔麗什麼也沒做。鮑伯拿了奧茲的手套，並且把他推入冰天雪地裡。很顯然地，有些人似乎比其他人更糟糕，但是，沒有人是無可非議的。

茱兒也明白這點，而這就是她為什麼哭泣的原因。一切都和過去不一樣了。那份虛偽的勇氣，不管是她的還是其他人的，都遭到了摧毀，而人性醜陋的真實面於焉浮現。

「奧茲死了。鮑伯拿走了他的手套。」伯恩斯嚴厲地釐清底線，並且精確地指出是誰越過了那條線。

我突然回想起這一切是多麼地不公平。我父母在跌跌撞撞中前進，除了他們死去的孩子之外，他們某些部分的生活也永遠離他們而去了。克洛伊和凡斯雖然倖存了下來，但是他們的生活卻已經偏離了軌道。凱倫活在一種瘋狂否認的狀態裡。娜塔麗則活在一個謊言的玻璃屋裡，而那個玻璃屋正在懸崖的邊緣上搖搖欲墜。

只有鮑伯沒有受到影響。他睡得很安穩，不被惡夢所擾。每一天，他都到他的辦公室去，和他的病患開玩笑，和他的牙醫助理調情。然後，他會開著他的BMW回到備受妻子寵愛的家，全世界都把他視為英雄，而我母親也愛上了他。

他殺了我弟弟。

73

當茉兒離開警長辦公室，走到那條街上的披薩店去吃午餐時，我決定去看看克洛伊和我母親。

克洛伊不在家。她正在奧伯莉的公寓裡整理婚禮需要播放的音樂。那場音樂會給了她一些靈感，她試圖說服奧伯莉，在播放清單裡加入一些古典音樂將會很酷，不過她的努力似乎尚未成功。

我離開爭辯中的她們，轉而去看我母親，結果發現自己出現在我家後院，看著她和鮑伯坐在露台桌邊，桌上還放了一瓶紅酒和雞肉沙拉三明治，我不禁發出一道呻吟。那群小貓在草地上玩耍，牠們現在已經可以睜開眼睛了。有了視線之後，牠們也有了自信，牠們開心地戲耍喧鬧，提供了數不盡的歡樂。

「牠們真活潑。」我母親說。

「活潑的不只牠們。」鮑伯說著，用他赤裸的腳在桌子底下磨蹭著我母親的小腿，讓她咯咯地笑了出來，但卻讓我覺得難堪。

謝天謝地，電話在這個時候響了，打斷了他們的談話。我母親走進室內去接電話，鮑伯則走下露台到草地上去逗弄貓咪。他用一根長草挑釁著布魯特斯，讓那隻小傢伙不停地跳上跳下，又是旋轉，又是翻跟斗。芬恩加入了行動，在拍打那根草的時候抱住了布魯特斯。我真的很喜歡這隻貓，牠就像一艘小船，卻具有鐵達尼號般的膽識。

透過玻璃，我看到我母親的肩膀緊繃，於是，我走進室內去看看發生了什麼事。

她回頭看著雙手雙腳趴在地上對著布魯特斯低聲咆哮的鮑伯。「那不可能，」她對著電話說道。「茉兒一定搞錯了。他不可能那麼做的。」

我母親的筆電就在她旁邊的流理台上。她一邊聽著電話，一邊打開電腦。「警長，麻煩你再唸一遍那篇報導的網址。」

螢幕上出現了一張圖像，那正是伯恩斯稍早在和茉兒對話時，從檔案夾裡抽出來的那張照片——鮑伯站在舞台正中央，在他身後的是娜塔麗。我母親注視著照片，她的眼睛盯在娜塔麗手上那抹紫色的色塊上。她的眉頭緊蹙，話筒隨即從她的手中掉落，只見她搖搖晃晃地靠在流理台上。

「沒事吧？」鮑伯來到她身後，用雙臂摟住她的肩膀。

她閃到旁邊，避開了他的擁抱。「你拿走了他的手套？」她結結巴巴地轉向他，目光重新回到螢幕上的那抹紫色。

鮑伯跟著她的視線看去，他臉上的笑容瞬間消失，喉嚨彷彿被喉結堵住了一般。「他給我的。」他說。

我母親的臉頰漲紅，一如溫度計裡的水銀一樣。「滾。」她咬牙切齒地說。

「安……」

「現在就走。」她雙手握拳地咆哮著。

「安，是他給我的。我發誓。他說他要去找你，然後就把他的手套給了我。我不知道他為什麼這麼做，但是，他就是那麼做了。然後，在我能阻止他之前，他就跑走了。」

他朝著她伸出手，但她卻退到他無法觸及之處。

「出去！」她下了逐客令。她知道，就像我知道一樣，就像茉兒知道一樣，奧茲絕對不會把任何東西給任何人。他最喜歡的一個詞就是我的，他的性情和與人分享的心態就如同一個兩歲大的孩子一樣。

鮑伯堅持著自己的說詞，他的眼神在尋找一個合理的解釋時不停地閃爍。我看到我母親從流理台上拿起一瓶酒，緊緊地握住那個沉甸甸的玻璃瓶。

「安……」他正要開口。

她的名字彷彿一個觸發器，只見那個瓶子被舉起來，隨即往下揮動，鮑伯往後退開，同時抬起手臂自我防禦。那只玻璃瓶在他的前臂上碎裂了，紅色的酒液飛濺得到處都是。她再度舉起那個武器，這次，鮑伯立刻轉身逃了出去。

在大門關上之前，我母親已經癱倒在地，當她意識到自己做了什麼的時候，她止不住顫抖地哭泣了起來。

74

茱兒怯生生地開車行駛在灰濛濛又刮著大風的天氣裡。氣溫在四十八度（約攝氏九度）上下徘徊，山雨欲來的烏雲聚集在一起，讓剛過午後的天空蒙上了令人毛骨悚然的暮色。強風時不時拍打著車子，讓茱兒的肩膀高聳到她的耳朵底下，也讓她的車速減緩到幾近爬行，等到她把車子開進斯諾峰滑雪度假中心的停車場時，她已經疲憊不堪了。她把車子停好，然後將頭抵在握住方向盤的雙手上。

她的靴子是專為抵抗聖母峰的冰冷所設計的Sorel登山靴，她身上的夾克則是足以隔絕零下二十度嚴寒的North Face防寒外套。在她下車之前，她戴上了保暖的耳罩、一頂帽子，以及Gore-Tex的手套。她的車廂裡還儲備了穀物棒、一箱水，還有一堆急救醫療用品。

纜車售票窗口的女士指示她前往三號纜車。

在她看到凱爾之前，凱爾就已經先看見她了，彷彿她的存在啟動了他腦子裡的警報，讓他不由自主地抬起頭來四下掃視，進而發現了她。他驚訝地側著頭，臉上浮現出一絲微笑。他拍拍另一名纜車操作員的肩膀，同時不知道說了什麼，導致那個女孩將目光轉向茱兒；只見她點點頭，朝著茱兒的方向，鼓勵性地推了凱爾一把。

他匆匆經過正在排隊等待纜車的單板滑雪者和其他滑雪的人，快步走向正在雪坡上小心翼翼往上跋涉的茉兒。

「嗨。」他輕快地說。

彷彿被靜電觸及一樣：茉兒抬起頭，他們的目光相遇，引起了一股震撼，一種令人不安的震撼，接著是一股刺痛，讓你想要在地毯上摩擦你的腳，好再度感受一次。

「哇。」他說。「是你。」

我目睹了過去前所未見的一幕——茉兒慌亂又害羞地吐出了一句：「嗨。」

他扶住她的手肘。「來吧。我們到溫暖的室內去。」

如果他仔細看的話，他會發現茉兒正在出汗，露珠般的汗水發燙地掛在她的鬢邊和臉頰上。在這種春天的氣候底下，她穿得實在太多了，不過，凱爾並沒有看到這點。彷彿似曾相識一般地，他的大腦無法從他們上次的相遇往前躍進，他的心也因為當時留下的擔憂而在狂跳。

等他們走進木屋之後，他才放鬆了下來。「要不要來一杯熱巧克力？」

幹得好，凱爾。茉兒最愛巧克力了。

一見她點頭，他幾乎是用跑的往櫃檯而去。

我已經忘了他長得有多好看了。他摘下帽子，露出一頭長及耳朵、彷彿蜂巢般的亂髮，他的髮色比我印象中的還要淺。那雙帶著棕色斑點的眼睛，顏色似乎也變淡了。

茉兒在靠近窗邊的位子坐下來，她的視線定定地停留在屋外的白雪上。

「你來這裡做什麼？」凱爾一邊說，一邊滑坐在她對面的位子上，然後把熱巧克力放在她面前。我留意到他沒有幫自己也買一杯，茱兒也留意到了，我猜，他的預算只能讓他在一天之內買一杯熱巧克力。

茱兒解釋了她的目的。

「喔。」他應了一聲，這個字讓他的嘴唇四周都皺了起來。

「你願意聊聊這件事嗎？」她問。

凱爾沉默了一會兒，視線停留在他們之間的桌面上。「我不知道。我還沒有真的和任何人談過這件事。」

「連你女朋友也沒有嗎？」

「那場意外發生之後沒幾天，我們就分手了。」

「那你家人呢？」

他聳聳肩。「我不想讓他們擔心。接受採訪的人是那個鮑伯，我想，他並不知道我的名字，所以，新聞從來沒有提到過我。除了救援部隊之外，我想，甚至沒有人知道我也在那場意外之中。」

茱兒瞪大了眼睛。「所以，你認識的人裡面，沒有人知道發生了什麼事？」

凱爾淡淡地笑了笑。「也許那樣反而比較好。」

茱兒思索了一下他的話，接著，我看到她的表情從震驚轉為認同。「我想，你也許是對的。讓別人知道的感覺有點可怕。」她啜了一口她的熱巧克力。「我的意思是，每個人都很好，也很擔心，但是，他們並不了解。」

「是啊，」凱爾說。「很難形容。」

茱兒點點頭，她用雙手裹住杯子，看著熱氣緩緩地飄起。「那就好像，大家都認為這是一場很棒的冒險，他們都很興奮地想要聽這個故事。」她打了個冷顫。

「太多動作片了，」凱爾說。「孩子們死了，或者有人失去了手指和腳趾，這種事既不美好，也沒什麼值得興奮的。」

茱兒的臉色瞬間發白。

「抱歉，」凱爾很快地說。「我很抱歉。」

「不，」茱兒說。「沒關係。那就是我為什麼到這裡來的原因。我想要聽到這件事，關於這件事所有的一切。」她的眼睛蒙上一層霧氣，她的肌膚也彷彿戶外的雪一樣蒼白。

「你確定嗎？」凱爾的臉上浮現一抹憂慮。

她點點頭，隨即抬起頭和他四眼相對。「我需要知道我沒有瘋。」她說。當我了解到這陣子以來，她的內心有多麼掙扎，她承受著如此的重擔，卻沒有可以訴說的對象時，我的心都有點碎了。

「你沒有。」凱爾回答她，他顯然感到苦惱，也不知道自己是否能做得到，他不知道要如何面對一個漂亮的女孩要求他重述這個世界上最可怕的那件事，尤其是他知道這必將讓她感到沮喪，而讓她感到難過是他最不想要做的事。

「所以，我需要知道發生了什麼事，」她說。「所有的一切。」她皺了皺鼻子，闔上雙眼。在一個深呼吸之下，她再度睜開眼睛，定定地注視著他，然後說：「然後，我需要你告訴我，這種事再也不會發生了。」

凱爾伸出手，將她的手裹在自己的手裡，然後，深深吸了一口氣地開始述說：「我從我的公寓開車去工作，但是，我的車在途中拋錨了……」

他花了將近一個小時說完了這個故事。在這一個小時裡，他全程都握住她的手，而茉兒在傾聽的同時，目光一直緊盯在他們之間的桌面上。有好幾次，他的故事都讓她不寒而慄，有時則讓她流下了淚水。每一次的反應都讓凱爾暫停了下來，我注意到他的鼻孔因為呼吸急促而擴張，他絕望地想要安慰她，想讓她覺得好過一點，但他自己卻反而因此而心跳加速。

隨著時間一分一秒地過去，每當她整理好情緒之後，她總會勇敢地點點頭，示意他繼續往下說。

他唯一的謊言是跳過了一件事沒有說出口。他並沒有提及我母親在他滑下山脊時鬆開了他的手。我看著他在忽略這個部分時所出現的表情：在他繼續往下描述之前，這段記憶讓他的神情微乎其微地扭曲了一下。

「後來，我就被送到急診室去了，」他說。「至於現在，我就和你坐在這裡。」她抬起頭，只見他微微牽動嘴角，露出了淡淡的笑容。接下來，他進一步將她的手完全包覆在自己手裡，然後補充說：「這種事再也不會發生了。」

「謝謝你。」她說。

「不客氣。」他鬆開她的手，往後靠在椅背上。

茱兒筋疲力盡地跌坐在她的椅子裡。「你們怎麼知道要往哪個方向走？」

「米勒太太，」他說。「她太了不起了。我依然搞不清她是怎麼辦到的，不過，不知道為什麼，她就是知道我們必須要往哪個方向前進。當我回想起這件事的時候，我不禁懷疑我們是怎麼辦到的，我們是如何走出那裡的。我是說，我們沒有食物、沒有水，而且天寒地凍。我們完全不知道我們是否走在正確的路上，而且，我們不斷地遇到死路。我記得我當時覺得我們不可能辦得到，不過，每當我這麼想的時候，我就會回頭看著米勒太太，並且告訴自己，如果她可以繼續往前走的話，我也可以。而且……」他停了下來，往後靠，搖了搖頭，然後笑了。

「而且什麼？」

他的鼻子發出了噴氣的笑聲。「我不停地想起你和你那雙荒謬的靴子。」

「我的靴子？」

他抿著嘴笑道：「是啊。你穿著那雙發亮的高跟皮靴，好像要去參加音樂會還是什麼的。」

茱兒漲紅了臉。「你得知道，那是Prada的靴子。」

「是啊，好吧，總之，那就是當時我腦子裡一直在想的事。多麼荒謬的靴子，你的腳該有多冷，因此，我知道我不能停下腳步，無論如何，我都得往前走。」

我那看不見的身體都亮了起來，七月四日的國慶日煙火正在四處燃放。茱兒也感覺到了。哪個女孩會感覺不到呢？為了拯救她，那個傢伙徒步穿過了一片荒原，她受凍的腳套在那雙荒謬的靴子裡，成為了驅動他往前邁進的動力。

茱兒抬起她穿著Sorel靴子的一隻腳。「這好多了吧？」

「好太多了。很性感。」

茱兒把她的紙巾丟向他，他帶著迷人而甜美的笑意擋開了那團紙巾。他現在所做的每個舉動都充滿了魅力。就算他擤個鼻涕，我也會覺得他很性感。

「現在，你已經達成了你來此的目的，」凱爾說。「你要問我的事都問完了嗎？」

「本來應該是問完了，」茱兒說。「但是你說謊。」

凱爾瞇起眼睛，側頭看著她。

「有什麼事情是你沒有告訴我的？」「我把一切都告訴你了。」他的良知讓他鮮少說謊，也不善於說謊，他侷促不安的樣子讓我更加喜歡他了。

「你幾乎告訴了我一切，」茱兒糾正他。「但是，一定發生了什麼讓米勒太太很難熬的事情。」

「她失去了兩個孩子。」

「不是這個原因。而是某件和芬恩以及奧茲無關的事情。我對她的作為表達了謝意，但她卻嚇壞了。我以為她會賞我一個巴掌。此外，你實在太不會說謊了。所以，到底發生了什麼事？」

「沒什麼。」凱爾說。

「對她來說並非沒什麼。」

「我告訴你，那不算什麼。」

她對他皺起眉頭，只見他掠過自己的頭髮，然後往前傾，卻又立刻向後靠，接著緊緊地抿住嘴唇。「那真的沒什麼。」他又重複了一次，隨即補充說：「有些事情……並不……不值得說出來。那天，我們都做了我們必須做的事。」他嚴厲的用詞摧毀了她。她搖搖頭，下巴低垂在胸口，淚水立刻簌簌地滑下臉龐。

「我很抱歉。」他立刻就後悔地改變了語氣。「我不是故意要讓你難過的。」

「不是你的問題，」她勉強地開口。「是這整件事。我恨它。我恨那天對我們造成的影響。我以為我可以做得到」——她的目光移向窗外的白雪——「但是，坐在這裡，回憶起……」

凱爾往前靠，再度握住她的手。然後將她的手拉到他的唇邊，把溫暖的呼吸吐在她的指尖上。

她抬起淚痕滿面的臉孔看著他。「每次我想起這件事的時候，你都會這樣做嗎？」

「每次都會。」他回答她。

「你根本都還不了解我。」茉兒雖然這麼說，但是，就連她自己也明白這句話是錯的。那一個悲劇夜裡所揭露的事，遠比大部分人一輩子所透露的還要多。

75

我母親不停地奔跑，直到她再也喘不過氣來，才跌跌撞撞地停下腳步，彎著腰大口地呼吸。現在是傍晚時分，她獨自一個人。那片高爾夫球場後面的住宅燈火通明，充滿生氣：一個個有著丈夫、妻子和孩子的家庭，正在從事著丈夫、妻子和孩子會做的各種美妙的活動。

一開始，那股顫抖就像輕微的打嗝，讓她的肩膀抖動了一下。然後，彷彿漣漪一般地，那股痙攣開始擴散，將我母親的身體化為了液體，她倒在冰冷堅硬的人行道上，連骨頭都融化了。

一名五十來歲的男子牽著一隻狗，男子結實的身體彷彿一名馬拉松跑者，他越過斜坡，看見了我母親，隨即加快了腳步。「你還好嗎？」他來到她身邊時問道。

「我要怎麼辦？」她喃喃自語，並非真的在對他說話。憎恨。傷害。罪惡感。還有悲傷。如此多的情緒，連我都可以感覺得到它的厚度和重量，彷彿她正在溺水，無法呼吸一樣。

「一步一步來吧。」那名男子根據他自己深刻的經驗和深深的理解對我母親這麼說，這不禁讓我好奇，所有的痛苦是否都可能一樣，無論它們的起因為何。「你人還在這裡，」他繼續地說。「所以，你沒什麼選擇。一吋、一呎，不一定是朝著正確的方向，不過至少是在往前走。」

我母親在顫抖中深深吸了一口氣，然後抬起頭看著他。

「直到最後，」男子繼續說。「現在變成了過去，而你也到了完全不同的地方，但願那是一個比你現在所在之處更好的地方。」

我母親再度低下頭，在她點頭的同時，那名男子挺起身，繼續往前而去。我無比感激地向上帝獻上我的祈禱，感謝祂讓我見證了這名男子的善良之舉，並且表達我對他的感激。看著他在慢跑中離開，我想，就某方面而言，我現在的這種狀態也還算不錯，而且，人類有時候確實會讓你感到驚訝。

76

凱爾陪茱兒走到她停車所在的停車場。一滴圓滾滾的雨滴掉落在她的臉頰上，讓她抬起頭看著灰暗的天空。另一滴落在她的額頭上，然後又一滴，凱爾抓住她的手肘，很快地將她帶到她的BMW旁邊。他從她不知所措的手中接過鑰匙，解開車鎖，幾乎是用推的把她推進乘客座，然後才匆忙繞到駕駛座，爬上車，在她旁邊坐了下來。

她渾身都在發抖，於是，他將她摟在懷裡。「噓，」他安慰著她。「只是在下雨。」他用右手摟住她，再用左手啟動引擎和暖氣，然後重新將她擁入懷裡，直到她不再顫抖。

她深深吸了一口氣，然後將他推開。「我真可悲。」她說。

「你很了不起，」他帶著肅然起敬的表情，撥開她臉上的一撮濕髮，將之塞在她的耳後。「我無法相信你會到這裡來，這真的很勇敢。」

「或者是太蠢了，」她說。「我早該知道自己會一團糟。」

事情就那樣發生了……彷彿不可能不發生一樣……那就好像她說了什麼完全不同的話，什麼挑逗或者浪漫的話。凱爾往前傾身，親吻了她，不是那種緊壓著嘴唇的吻，而是輕柔的一吻，在她閉上眼睛的同時，他的嘴唇只是輕輕地擦在她的唇上，蓋住了她的唇。下一秒，他的手臂已經擁住她，他們融化在了彼此的懷裡。

雨水拍打在車頂上，不過，茱兒完全沒有聽到，她的身體既溫暖，又受到了保護，除了凱爾的吻之外，她什麼都不在乎。這實在太神奇、太出色，也太美妙了，我不斷地歡呼，我看著他們，每一個細胞都為他們感到快樂和嫉妒，並且假裝自己就是她，我們所有的少女夢都在她車子的前座實現了，就在白雪覆蓋的山腳下，就在下著雨的天氣裡。

她的右手從他的脖子滑向他外套的拉鍊，他一把握住她的手阻止了她。「不要在這裡。」他低聲地說，然後，帶著白馬王子般的自信，他在駕駛座上坐直，繫上他的安全帶，往她瞄了一眼，確定她也繫上了她的安全帶，然後駛離了停車場。

他把車開到山林小屋旅店，我驚訝地看著茱兒不發一語，完全沒有反抗如此大膽的行為。他把車停在大廳前面，匆匆忙忙地繞到車子另一邊打開乘客座的車門。

我的神經在跳躍。這太瘋狂了，茱兒不是那種女孩。除非和一個男孩約會超過三次，否則她絕對不會親吻那個男孩。或者，我應該這麼說，茱兒以前不是那種女孩。

真的嗎，茱兒？你根本還不認識這個傢伙。可是，另一部分的我依然在歡呼雀躍。因為我明白。你只能活一次，沒有人知道那一次能有多久，因此，抓緊了，坐穩了，不要擔心，也不要回頭看。

去吧，茱兒，去吧！活在當下，愛在當下，去吧。就這麼做吧！

77

「我告訴過你了，當時我拿著自己的酒杯，從吧檯走向一張桌子，我有一名病患正在那裡吃晚餐，結果，我滑倒了，」鮑伯說。「玻璃杯破了，我割傷了自己。這沒什麼大不了的。」

凱倫看似不相信，不過，她知道謊言也許比真相要好，因此，她也沒有再追問。

他們在急診室，等待護士帶著指示回來，並且提供給他們保持傷口清潔的用品，因為鮑伯的前臂才剛被縫了十二針。

凱倫看起來糟透了。她向來都不是個大美人，不過，乾淨的裝扮和精心的保養，一直都讓她保持著魅力。然而，自從那場意外發生之後，她在外貌上怠慢了許多，今晚，她看起來更是一副蓬頭垢面的模樣。她的頭髮凌亂，髮根處露出了幾撮白髮。她的臉上沒有化妝，眼睛周圍也出現了一片黑眼圈。她的體型已經變得鬆垮，姿態也是，她的肌肉彷彿遭到憂慮所吞噬。

凱倫的手機響了。她從皮包裡掏出手機，看了看來電顯示，儘管牆壁上掛著禁止使用手機的牌子，她還是接聽了電話。「嗨，寶貝，一切都還好嗎？……伯恩斯警長？來自大熊湖？……他在我們家？……寶貝，冷靜下來。」

我轉往娜塔麗所在之處，看到她蜷縮在她臥室的衣櫥裡講電話，她所蒐集的那些關於那場意外的剪報攤開在她的面前，她戴著手套的那張照片就擺在正中間的最前面。她正在哭泣，身體不停地前後搖晃。

「媽，萬一他是來逮捕爸爸的呢？」

「逮捕爸爸？為什麼？」凱倫顯然不明白娜塔麗在說什麼。

娜塔麗沒說什麼，只是搖晃得更厲害了。

「親愛的，不要擔心，」凱倫說。「我相信不會有什麼事的。他也許只是有一些後續的問題要跟進而已。我做了一盤義大利千層麵。就在冰箱裡。把它放到微波爐裡加熱兩分鐘就可以吃了，並且確定加熱的時候要蓋上一張紙巾。」

娜塔麗掛斷電話，盯著那些剪報看了很久，她的目光凝結在一則本地的新聞上，報導中有一張茉兒的大頭照，我知道，她正在懷疑茉兒是否背叛了她。她用掌根壓住自己的眼睛，彷彿企圖要抹去那則新聞，拭去她所做過的事，但是，我想，即便娜塔麗也知道，有些事一旦做了就無法挽回。

我回到醫院的時候，剛好聽到凱倫對鮑伯說：「寶貝，你確定你沒事嗎？你看起來並不是太好。」

她說得沒錯。鮑伯面如土色，他看起來彷彿生病了。「我很好。那個護士怎麼去了那麼久？」

「娜塔麗說伯恩斯警長到家裡來，他想要和我們談談。你覺得他想談什麼？你覺得他是不是打算重新展開對奧茲的搜尋，所以，他在想，也許我們能幫上忙？我會很樂意幫忙的。我們可以召開另一場記者會。你覺得如何？甚至可以組成一個車隊，召集我們的朋友和鄰居，上山去幫忙找他。我可以來組織這件事，架構一個臉書的網頁，打電話請本地的報社報導這件事。他們一直沒有找到他，這真是太可怕了。你覺得呢？」

「我覺得奧茲已經死了，」鮑伯生氣地說。「他死了。不在了。已經發生的就發生了，而且也結束了。還有，不需要，我不認為你應該再次組織你那種該死的運動，企圖去找到他。那個護士他媽的在哪裡？」

凱倫從他身邊退開，跌跌撞撞地穿過布簾去找護士。她差點就撞上了朝著他們房間走來的伯恩斯警長。

「高德太太，」伯恩斯說。「我是特地來找你的。」

78

我母親掀開被子，快步穿過室內。十分鐘之後，她已經在廚房裡了，一杯咖啡和她的筆電就擺在她面前。她找到了在醫院開的那場記者會的線上新聞，然後看著鮑伯的演出——他的謊言，以及他懇求協助的真誠模樣。

她靠在凳子的邊緣，注意力集中在鮑伯身上，然後轉移到他身後的娜塔麗。她並沒有哭，也沒有發怒。只是面無表情、漫不經心地張開和握緊那隻沒有拿著咖啡杯的手，我知道，她正在思索我早先質疑過的那件事。鮑伯需要為他自己的懦弱和背叛受到多少責備，而他的所作所為比她自己的行為更不值得原諒嗎？

說來奇怪，我怎麼會知道她的這些想法。我不會讀心術，也沒有通靈的能力，然而，我現在這個處境確實賦予了我更高的意識，讓我能夠看到我活著的時候從來不曾看見的事情。當我還活著的時候，我從來沒有真正檢視過我的家人。我們存在彼此身邊，卻又各自活在自己的世界裡，就像那些螢幕保護程式的圓球一樣，在互相彈開之前，彼此之間斷斷續續地碰撞，雖然影響了彼此的衝力，卻從來沒有真正注意過對方。現在，如果我看得夠仔細，並且看得久一點的話，我就全都看見了。我母親的眼神、她肩膀的線條、她看著鮑伯時的那股專注、她看著娜塔麗時逐漸軟化的那份溫柔。那些細微到幾乎難以察覺的細節表現，正是她所沒有說出來的話：她的傷痛和失望，她的罪惡感和悔恨。當她看著鮑伯時，她並不恨他，然而，我可以感覺到她對自己的恨意，因為她以為自己愛他，我也可以感受到他的背叛所帶給她的沉重負擔。

我現在發現，我母親具有一種驚人的天賦，她能夠隱藏自己的想法，無論在表情上還是言語上，她都不會讓自己真正的心思洩露出來。這讓她成為了一位優異的律師，卻也讓她看起來像個壞女人。直到現在，當我真正地看著她時，我才明白那樣的看法錯得多麼離譜。

露台的門發出一聲敲門的輕響，打斷了她的思緒。現在是清晨三點鐘。她透過門上的玻璃看到了鮑伯。他穿著牛仔褲和一件南加大的舊運動衫，那件衣服腰圍的部分明顯太緊，若非他的肚子在過去二十年裡胖了太多，就是那件運動衫縮水了，或者兩者皆是。他的臉因為酒精而泛紅，他的頭髮亂七八糟地豎往各個方向，他的前臂則裹著紗布。

看到他還醒著，我並不感到驚訝。他很少睡覺，就像我父親一樣，而在發生過今天的事情之後，我懷疑他還能入睡。在鮑伯走出那間房間看到凱倫和伯恩斯之前，凱倫已經把一切都告訴了伯恩斯。伯恩斯站在原地，直到鮑伯走到他們面前，才做了一個將想像中的帽子舉起來致意的動作，然後原地轉身走開，留下鮑伯獨自注視著他的背影，猜測著凱倫對他說了什麼，以及接下來會發生什麼事。

我母親重重地嘆了一口氣，然後打開門。

「安——」他才開口就被她打斷了。

「坐下，」她說。「我去幫你倒點咖啡。」

他跌坐在一張凳子上，她則好整以暇地從一個櫥櫃裡拿出一只馬克杯，倒滿咖啡，再按照他喜歡的方式加入鮮奶油。四周很安靜。黑夜的聲音滲入了窗戶——蟋蟀、潮水，還有隔壁鄰居的風鈴聲。

我母親把馬克杯放在他面前，然後坐在他旁邊的那張凳子上，再將雙腳蜷縮在身體底下。她剛修剪過的腳趾甲塗著淡淡的粉紅色，我看到他在留意到了之後將視線轉開。

她的右手放在流理台上，就在她依然冒著蒸氣的馬克杯旁邊，當她凝視著裊裊上升的熱氣時，我知道她正在想著奧茲、手套、手指和溫暖。

鮑伯抬起眼簾看著她。「伯恩斯說的並不正確。」他一邊說一邊搖頭否認，或者藉此表示他並不相信伯恩斯的話。

「他哪裡錯了？」她帶著冰冷和律師般的語氣說道，而我也試著要解碼她的話。她並沒有生氣，不過，她這麼做是有目的的嗎？她想要鮑伯自己承認，如此一來，她才能用他的話來攻擊他，或者她是真的想要聽他怎麼說？

「我沒有……我不會……之所以會發生這種事，完全是因為那場意外。」

「你拿走了他的手套。」她不帶感情地說。

「他把手套給了我。你了解我的，安。」

「我了解嗎？」

他錯愕了一下。「你當然了解。你比任何人都了解我。」

然而，我母親現在知道了，就像我現在也知道了一樣，我們沒有人真的了解彼此。我們甚至連自己都不了解。她看了他許久，臉上什麼也沒有透露，最終，她開口說：「鮑伯，你應該走了。回家去吧，回到凱倫和娜塔麗身邊。」

「可是……」他結結巴巴地說，那雙充滿血絲的眼睛看著她。「可是，我們呢？」

她站起身，走近他，臀部輕輕刷過他的膝蓋。然後，她拾起他的手，和他十指交叉，我看到他的臉上露出一股鬆了一口氣的神情。「沒有我們，」她明明白白地說。「有的只是你。我。凱倫、娜塔麗、克洛伊。如果有什麼事在那天受到證明的話，那就是沒有所謂的我們。」

鮑伯的頭不停地在他的雙肩之間晃動。「安，求求你，我不能失去你。手套是他給我的，我發誓。」

她露出一絲和善而同情的笑容，鼓勵性地捏捏他的手。「我們倆都知道真相。」她說著把自己的手從他手裡抽出來，闔上她的筆電，轉身走開，獨留他在廚房裡。

我看著他搖搖晃晃地站起身，走出門，回到他自己悲慘的生活裡。他活該，我這麼提醒我自己。然而，某種程度上，我無法完全說服自己，我對奧茲的愛比不上我對鮑伯的恨。因為最終，沒有什麼是絕對的。鮑伯並非十惡不赦，當他和我母親在一起的時候，他基本上就是個好人。他愛她，當他和她在一起的時候，他是一個比較好的人，如果她當時在場的話，他就不會做出他所做的事。

我母親只認識比較好的那個鮑伯，那個在暴風雪中站在她身邊，用他赤裸的手挖雪堵住擋風玻璃的那個鮑伯，幫忙把其他人從露營車裡拉出來的那個鮑伯，以及照顧克洛伊和傑克的那個鮑伯。那個在救援行動中待在她身邊、那個為搜尋奧茲發出聲援的鮑伯。直到今天下午她接到伯恩斯的來電之前，鮑伯一直都是個好人，那不是假裝出來的，而是真的，因為是她讓他變成了好人。

我看著他蹣跚地走在街頭，然後再度告訴我自己他活該，然而，我發現自己也希望凱倫正在等他，希望他終於可以入睡，並且在早晨來臨的時候，弄清楚他要如何找回他的生活。

79

拂曉時分。茉兒和凱爾依偎在一起，透過窗戶，花崗岩的山頂已經籠罩在一片淡金色的光線底下。茉兒在呵欠中醒來，翻身面對著他，臉上浮現了一絲調皮和會心的笑意。

他眨眨眼睛，在睜眼見到她的時候充滿了驚訝和驚喜。他輕快地在她的鼻子上印下一吻。「早。」

「早安。」說著，她愉快地鑽向他，彷彿那是全世界最自然的事情，彷彿他們已經在一起一輩子了。他將她摟入懷裡，輕輕吻過她的頭髮，將她的氣息吸入鼻子裡，而我也假裝跟著他一起呼吸。茉兒身上的味道總像是昂貴的洗髮精，而她吐露的氣息向來都是那麼地甜美，即便還沒有刷牙的時候也一樣。

我懷念嗅覺。那就像失去了一個維度，彷彿我是在用一種黑白而非彩色的角度看著這個世界。我不知道凱爾聞起來像什麼。我試著想像他的味道，然後決定他沒有味道，這讓我覺得很驚訝。畢竟，一個男人很難不散發出臭味。

這是我在玩的一種新遊戲，回憶或者編造氣味。這幾乎有用。我可以看著海洋，記起鹹味和海水的味道，或者看著一個學步的孩子，然後想著只有在孩子很幼小的時候才有的那股味道。我希望無論我未來會到哪裡去，那裡都是一個有味覺和嗅覺的地方。

「好奇怪。」茱兒說。

「蛤？」他再度吸入她的氣息。

「這感覺好自然，彷彿我已經認識你一輩子了。可是，事實上，我對你一無所知，而你對我也是。」

他用手指愛憐地撫摸著她的背。「是啊，在那場意外之後，我也常常這麼想。和我不認識、也不會再相見的人共享如此強烈的經驗，真的是一種很奇怪的感覺。我常常想起你們——多半是想起你，不過也會想起奧茲的媽媽和爸爸。他爸爸還好嗎？我當時不認為他熬得過去。」

「他差點就沒撐過來。如果我們在那裡多待一個晚上的話，他就不可能熬過來了。」她往後退開一點，如此一來，她就可以看著他。「這倒提醒了我，我一直還沒對你所做的事道謝。畢竟，你救了我一命。」

他抿嘴而笑，左邊的唇角略高於右邊。「我會說，你昨天晚上已經好好地謝過我了，不過，如果你想要再次謝我的話……」他挑起眉，狀似邀請地說。

「嗯。」她帶著驚人的自信翻到他身上，直接跨坐在了他的腿上。床單往下滑落，披掛在她赤裸的身上，儘管我看得臉紅，但茱兒卻似乎一派安然。

凱爾半坐起身，將一隻手繞在茱兒腦後，一把將她拉近地吻了她，我彷彿遭到電擊一般地立刻溜走。

我驚訝地發現我在自己的房間裡，克洛伊正在我對面的床上。有那麼一剎那的時間，我感到困惑，直到我感覺到胃裡的一股不安，並且清楚地記起自己為什麼沒有和茱兒在一起的原因。

突然之間，我知道自己為什麼出現在這裡。徘徊。而我也忽然發現，同時也很確定，很快地，我終將離去，這兩個頓悟在我的腦子裡碰撞，讓我感到暈眩。一個在此之後的未來確實存在，這個認知幾乎讓我驚訝，一如我死的時候那樣。要離開那些我終將離開的人，這樣的想法實在太可怕了，就像當日我的生命結束時一樣，然而，我再也不能否認這樣的事實。我可以感覺得到。死亡的白光，那是一股無法觸摸到的、永恆的光亮和溫暖。從我死的那一天起，它就一直存在那裡，然而，直到此時，我才注意到它，因為，我的心思一直都縈繞在我原本的那個世界，以及依然還存活著的那些人身上。

我看著克洛伊，只見她耳朵裡塞著耳機，一腳正在打著拍子，於是，我閉上眼睛，將注意力集中在遠方的那團光芒上。我感到一股輕微的拉扯，在這個世界和另一個世界之間的輕微拉扯。我並沒有嚇到。相反地。無論那是天堂或者只是單純的平靜，我都知道，等待著我的是一個比我現在所處之地更好的地方，而我的心跳也因為這樣的想法而加速。

我讓思緒回到眼前，我的脈搏也回到穩定的速度。克洛伊、我母親、我父親——這三條依然存在的珍貴連結。我了解到，我目前所處的狀態既非地獄，也不是什麼煉獄。我不是因為自己的罪受到懲罰才在這裡的。我之所以留在這裡，是為了確保我未來的平靜。我的生命遭到了劇烈的剝奪，而我所愛的那些人也被撕扯得四分五裂。我沒有時間為死亡做準備，也沒有時間道別，而我也還沒有準備好要離開。安息並非只是一個墓碑上的墓誌銘；那是我們對死亡最好的期待。

茉兒並非棄我而去，只不過，她的世界突然發生了變化，以一種新的、意料之外的方式向前邁進，雖然，我永遠都存在她的心裡，然而，她對凱爾的新感情是如此強烈、如此龐大，再沒有我可以佔據的空間了。

查理、我的隊友和我的朋友也一樣。宛如退潮一般地，我已經化為一個回憶，正如我應該做的那樣。我依然可以來探視他們，不過，和過去不同的是，我不再經常存在於他們的腦海裡，因為如此，我也不會再頻頻被他們所吸引，從現在起，我的到來完全憑藉著我自己的意志。

雖然這讓我微微感到詫異，不過，我並不難過。我的解放帶來了輕盈的感覺，就像卸下了重擔一樣。茉兒很快樂，真的很快樂，由於她不再浸淫於失去的一切，相較於那個可怕的日子所帶來的陰影，未來突然明亮了起來。

我閉上雙眼，對一個女孩所可能擁有的摯友獻上愛和感激的祈禱。你是世界上最棒的糞金龜，我帶著微笑地說。自從我們發現那種昆蟲是地球上最堅強的動物之後，多年以來，我們一直用這句話彼此讚美。但願我能在此，見證你所將做的每一件事。我停下來思索，試著勾勒出她可能的未來，不過，我看不見；因為有太多的可能性存在了。因此，我改而說道：翱翔吧，茉兒，飛向星星、月亮或者另一個宇宙，綻放你的光芒，讓你身邊所有的人都為之目眩，雖然我已離開，請帶著我一起，不過，我只會是輕盈的存在，而永不沉重……

我停下來，感覺克洛伊正往我的方向看來，看著她歪著頭，唇角浮現隱約的笑意，我的脈搏都要停止了。她轉開目光，重新開始在她的筆記本上塗鴉。

一天、一個月、一年——我無法知道，不過，當時機來臨的時候，我將會準備好了。

80

鮑伯離開之後兩個小時，我母親已經換好衣服，在前往大熊湖的路上了。

她無聲無息地走進小木屋，宛如一個盜賊。「傑克？」她呼喚著。

凡斯在驚醒中摔下了沙發，他跌跌撞撞地站起來，隨手從桌上抓起一尊鹿的雕像，舉過頭頂，準備朝闖入者劈過去。

我母親打開電燈，看到凡斯撲過來，她立刻發出了尖叫。

「米勒太太？」他手裡的雕塑在距離我母親頭骨一吋之處停了下來。

我母親再度尖叫。她不認得他。

我父親拄著拐杖從臥室一跛一跛地衝出來。「安？」

我母親的目光從凡斯身上轉移到我父親，然後又回到凡斯。「凡斯？」

「嗯，是我。」凡斯說。我不怪她沒有認出他來。他身上除了一條四角褲之外，什麼也沒有，他的頭髮在連日的曝曬下變成了金黃色，而且，他也不應該出現在這裡。

當他把雕塑放下來的時候，我母親的目光滑向他的手指，然後又看向他受損的耳朵。就在他轉過身來面對她時，她出人意料地一把將他拉進懷裡，她用手臂圈住他的腰，並且把頭靠在他赤裸的胸口上。他也笨拙地用雙手抱住她。

她往後退開，噙住眼淚，揚起一隻手摸著他的臉頰。「我好高興你沒事。」她說。

他木然地點點頭。

「安，你在這裡做什麼？」我父親的聲音聽起來雖然粗暴，不過卻帶著一絲興奮。他很快地收起那股欣喜，轉而說道：「你得離開。我告訴過你，我需要時間思考。」

「不。」她說著往前走，直接站在他的面前。

我父親盡可能地靠著拐杖挺直身體。他穿著一件髒兮兮的毛衣和一件老舊的T恤。換洗衣服並不是他或凡斯工作清單中的首選。

我母親揚起下顎，她的下巴因為激動而扭曲。「不，」她重複地說。「你不能把我趕走。」

「安，我需要——」

「不。我們……我們！」她厲聲說道，手指來回地指著彼此。「我們得要共同面對這一切。在山上的時候，我並沒有拋棄你，所以，你現在也不能把我踢開。」

「不是那樣的。」

「就是那樣的。那一天。那個極其恐怖的日子。芬恩死了。奧茲死了。你是對的：我不應該把奧茲留給鮑伯。」

「你為什麼到這裡來？」我父親咆哮著，她的話就像一支趕牛棒一樣充滿了尖刺。「那個混蛋做了什麼？」

「他犯了錯，」我母親一點都沒有被我父親兇悍的氣勢嚇到。「就像我犯了錯、你犯了錯一樣。」她倏地指著凡斯。「他也犯了錯。克洛伊也是。我們全都犯了錯，而你不能因為這樣就怪我，或者把我踢開。」

我父親瞇起眼睛。他看起來彷彿一隻過激的大灰熊。他的頭髮既長又亂地朝著四面八方輻射，他的眼睛因為酒精和缺乏睡眠而紅腫。

我母親卻很美麗。跑步讓她的肌肉變得年輕，她那已經變長的頭髮鬆垮地綁在腦後，露出了她高聳的顴骨和一雙大眼睛。她看起來和克洛伊很像，儘管我父親的眼中帶著怒火，但他的眼神已經在她身上遊蕩了。

我母親深深吸了一口氣，好把持住自己的情緒，然後聲音顫抖地繼續往下說：「我們。一直都是我們。那就是我們之所以可以一路走到現在的原因，而你不准在這個時候放棄我們。」

「他做了什麼？」我父親生氣地問，他依然揪住鮑伯的話題不放，我很慶幸鮑伯現在遠在二百哩之外。

我母親無視於他的問題。「那天，你知道是什麼讓我不斷地往前走嗎？」

我父親的怒氣讓他的鼻孔噴張。

「你，」我母親說。「你和你向來告訴女兒們的那個愚蠢的幸運餅乾哲學。每一段旅程都始於一小步。清除你腦中所有的不可能。恐懼是阻止你的因素；勇氣則是讓你保持前進的動力。」

我父親的目光滑向窗戶，一股更強大且難以說清楚的情緒淹沒了他的憤怒。透過窗戶玻璃，黎明的微光在戶外的殘雪上投下了一條閃爍的水晶緞帶。

「我不應該離開奧茲的，」我母親繼續往下說。「現在，我知道了。」她突然停下來，在手指伸向唇邊時輕輕地倒抽了一口氣。

「不是的，」與其說她是在對我父親說話，她更像是在自言自語——一種真相的揭露。「我當時就知道了。」她的目光來回閃爍。「那就是我為什麼沒有道別的原因。」她踉蹌地往後倒退一步，讓自己靠在沙發上。「當時我就知道，但是，我還是離開了。」

「安，你在說什麼鬼話？」我父親的注意力和惱怒又回來了。

我母親抬起頭看著他。「我做出了選擇，」她說。「就像把靴子給了茱兒，而沒有給娜塔麗一樣。」她的手一張一闔，雖然她沒有說出口，不過，她正在想著凱爾。

我父親困惑而煩躁地搖搖頭。

「我做了選擇，」她重複道。「我知道我無法帶著奧茲走，我知道如果我離開的話，他會不安全，但是，我還是離開了。」

你救了所有的人，我吶喊著，但是，我的話並沒有人聽到。

我父親閉上眼睛，他的指控得到了證實，我看著維繫我父母婚姻的最後一條線被點燃了。不過，也許絲是不會燃燒的，因為凡斯跳了進來，他說：「你救了所有的人。還有，米勒先生，我無意冒犯，不過，你瘋了。」他轉向我母親。「你知道嗎，他瘋了。」

我母親試著想要擠出一絲微笑，但是並沒有成功。

「我的意思是，說真的，老兄，你知道米勒太太所做的事有多偉大嗎？我對奧茲的事深感遺憾，可是，你真的不能怪她離開他。若不是她離開他，爬出車子，每個人都會死掉。你、我、克洛伊，每個人。說真的，你不要再自以為是了。」

我父親瞪著他。

凡斯不予理會，反而帶著一臉焦慮地走到我母親面前。「克洛伊怎麼樣了？」他的話讓我父親一時之間忘了自己的憤怒，轉而也跟著憂慮地看著我母親，他對生者的關切暫時勝過了他對死者的悔恨。

我母親舉起手，觸摸著凡斯的臉頰，她的眼裡盈溢著淚水。看到他還活著，看到他好端端地站在她面前，她感覺到難以言喻的開心。「你親自去看看吧，」她說。「下下星期日是復活節。我打算烤火腿。」她看著我父親。「我希望你們兩個都能來。」

我父親什麼也沒說，不過，我感覺到了他的不認同。

她對他皺起眉頭。「晚餐在六點。不要遲到了。還有，記得刮鬍子。你看起來就像一頭老山羊。」

語畢，我母親轉身走開，凡斯送她走到門口。只有我看到我父親撫摸著自己蓋滿鬍碴的脖子，還露出了隱隱的笑容。

「克洛伊同意我去嗎？」凡斯的聲音因為懷抱著希望而緊繃。

我母親再次摸了摸凡斯的臉頰。「看到你平安無事，她也會和我一樣感到安慰的。」

我可以感覺得到，他相信了她的話。他挺起胸膛，打直了肩膀。我的呼吸哽在喉頭，我無法相信自己正在為他加油。

大門一關上，我父親就說：「我們不會去的。」

凡斯立刻轉身看著他。

「奧茲還在荒野之中，在我們找到他之前，我們不會離開這裡的。」

81

在我母親離開之後一小時，伯恩斯警長致電了我父親。二十分鐘以後，伯恩斯已經坐在小木屋的沙發上，說明他對鮑伯的疑慮。

凡斯坐在他們對面的搖椅上，安靜地聽著。

在伯恩斯說話的時候，我父親的前臂僵硬，肩膀的肌肉高聳，臉部的表情緊繃，眼神也趨於陰暗。他彷彿一頭獅子一樣，蜷曲著身體，隨時準備向前襲擊。

「傑克，讓我來處理這件事。」伯恩斯感覺到了我父親想要衝出屋子，回到拉古納海灘去摧毀鮑伯的衝動。

我父親扭曲著下巴。

「想想看，」伯恩斯繼續表示。「如果你做了什麼蠢事，例如和他起了衝突，或者更糟，你攻擊了他，那麼，你就會破壞我們將他定罪的機會，結果還會讓你自己陷入法律訴訟裡。」

我父親漲紅了臉，我覺得他可能就要燃燒了起來，不過，他還是點了點頭。儘管他很想將鮑伯碎屍萬段，但他知道伯恩斯是對的。他也知道過失殺人的重罪將會比一場痛毆更能摧毀鮑伯。

伯恩斯和凱倫在醫院的談話不僅對事情的釐清沒有幫助，反而讓一切變得更混亂。一如娜塔麗一樣，凱倫對於那場意外的記憶既片斷又扭曲。關於奧茲的部分，她只記得奧茲原本在那裡，然後就不見了。是的，他也許打了她，不過，她不確定。她記得當時很冷、很害怕。她不記得她對奧茲心存恐懼，但是，她也許曾經怕過奧茲。她告訴伯恩斯，她試著不要去想這件事，而每當她想起這件事的時候，她就會肚子痛。她不停地問伯恩斯，他們的談話是否可以結束了。

伯恩斯根據他從茉兒和凱倫那裡聽來的說法，轉述事情發生的經過，凡斯在聆聽的過程中，動也不動地坐在他的椅子上。伯恩斯並沒有修飾，也沒有添加個人的觀點，只是不帶情緒地直接陳述了事實，讓這個故事聽起來更加嚇人：奧茲想讓狗喝水，因此，鮑伯耍了一點手段，讓他走進風雪之中去找他母親，但是，在把奧茲送上那個自殺任務之前，他用兩包餅乾騙取了奧茲的手套。

「你記得這些事嗎？」伯恩斯在敘述完畢時問我父親。

我父親搖搖頭。「我記得我要奧茲照顧好賓果。如果有目標的話，奧茲就會很乖。他會很認真地負起那個責任。」

「多認真？」

「什麼意思？」

「我是說，奧茲具有危險性嗎？」

「他才十三歲。」我父親說。

「可是，他的體型對他這個年齡而言算是大塊頭了，對嗎？」

「鮑伯四十五歲，而且是個成人。相比之下，奧茲的個頭沒有那麼大。」

「鮑伯受傷了，他的腳踝嚴重地扭傷。」

我父親突然站起來，把身體挺直到他正常的高度。「我的腳斷了——你認為我控制不了一個十三歲的孩子嗎？」

伯恩斯依舊坐著。「坐下來，傑克。我不是在幫鮑伯的行為找藉口，我只是試著要理解而已。」

我父親握拳的雙手垂在身體兩側。「鮑伯拿了奧茲的手套，並且讓他去送死。這還有什麼需要理解的嗎？我兒子才十三歲。十三！」

伯恩斯點點頭，不過還是重複了他的問題。「他具有危險性嗎？」

我父親搖搖頭，跌坐在他的位置上。「奧茲只是按照我的要求在保護賓果而已。鮑伯只需要讓他分神就好了。」

「如果不讓他分神的話，會發生什麼事？」

凡斯在這段談話中首度開了口。「如果不讓他分神的話，奧茲就會變得很沮喪。奧茲不是你認知中典型的十三歲孩子。奧茲的個子很大，而且真的很強壯，當他生氣的時候，很難讓他冷靜下來。」凡斯的雙手抓住自己的膝蓋，他搖著頭，彷彿試著要甩掉腦子裡的東西。「那天發生的事……鮑伯所做的事……他並不像你們兩個這樣坐在這裡，可以理性地思考，然後告訴他自己說，我只需要讓奧茲分神，然後一切就都會沒事了。當時天寒地凍，而你又嚇壞了，你的腦子裡在想著，可惡，我就要死了，我們都要死了，我們兩個。我救不了我們。我救不了她和我。我只能冀望救我自己——可是，下一分鐘，你改變了想法，不過，那已經太遲了，因為當你回頭的時候，大雪已經吞噬掉了這個決定，而你也無法改變原本的決定……」他停了下來，大口地呼吸，肩膀也在嚴重地顫抖。他的視線在屋子裡游移，直到他發現我父親和伯恩斯都在注視著他。「我敢打賭，鮑伯一定希望自己當時的做法有所不同，然而，有時候，你就是該死地做了錯誤的選擇。」

82

那群貓咪已經大到可以自己喝奶了，因此，今天，克洛伊和芬恩將會和布魯特斯以及牠的姐妹們道別，關於那兩姊妹，由於牠們老是做錯決定，克洛伊就將牠們取名為琳賽和布蘭妮[27]。牠們至少已經用掉了牠們九條命裡的三條了。

當牠的兄弟姊妹被從紙箱裡抱走，轉而放入一個硬紙盒裡時，芬恩不停地發出了喵叫聲。克洛伊在把牠們抱向車子時也忍不住吸了吸鼻子。

當她把牠們帶進收容所的時候，她的鼻子吸得更厲害了。

接待她的那個男孩並沒有比她大多少。他那頭麥色的長髮綁成了雷鬼頭，一雙眼睛銳利又深沉，彷彿縞瑪瑙一樣。瘦高的他穿著一雙皮革涼鞋，戴了十幾條彩色的編織手環，身上則是一件印著我的業障多過於我的教條的T恤。

㉗ 琳賽・蘿涵（Lindsay Lohan, 1986—）曾經是好萊塢炙手可熱的明星，童星出身的她既是演員，也是歌手、詞曲作者、製作人和企業家。年少成名讓她染上毒癮、酒癮，並被捕入獄。經歷過多年的黑暗之後，她克服這些困難，再度重返了大銀幕。布蘭妮・斯皮爾斯（Britney Spears, 1981—）是美國歌手、詞曲作者、舞者和演員。小甜甜布蘭妮是無與倫比的流行音樂小天后，但也曾經在事業巔峰時經歷了一連串的人生問題，包括離婚、破產、遭到父親軟禁等。她不止一次從低谷中走出來，在將近三十年的演藝生涯中證明了自己在音樂上的長遠影響力。

「你帶了什麼來？」他看著克洛伊把紙盒放在櫃檯上時問道。

她打開盒蓋，彷彿揮動旗子般地朝著盒子揮了揮她變形的手，並且裝出一副不在乎的模樣，挑釁著男孩做出反應。男孩對她腫脹的手指幾乎連看都沒有多看一眼。

「喔，牠們好小。」他撫摸著布蘭妮，然後將牠抱起來。布蘭妮笨拙地扭動著身體，結果差點就從男孩的手裡掉下來而耗掉牠的另一條命。「噓。」他安撫著牠，說也神奇，牠竟然立刻就安靜了下來。這個男孩是個貓語者，或者類似的東西。布蘭妮用鼻子擠弄著他的手，隨即又舔了舔他的掌心。

「是你照顧牠們的？」他說。

「你怎麼知道？」

「這種年紀的貓咪通常不會這麼快就親人。」他把目光從布蘭妮身上直接轉向克洛伊，然後歪嘴一笑。「真令人佩服。」

「謝謝。」說著，她的臉頰泛上一絲紅暈。

「你要一份工作嗎？」

「什麼？」

「呃，你顯然夠喜歡動物，才會救了三隻小貓，而且，你顯然很懂得和牠們相處，同時也有時間照顧牠們，此外，今天是星期一，你沒有去上學，還有，我們在週間的時候確實需要人手。所以，你在找工作嗎？」

「我沒有退學。」她辯護道。

嚴格來說，她說的是真的。在夏天結束以前，克洛伊都還有作業要完成，也需要參加考試，雖然她到現在為止連課本都沒有打開過。

那個男孩聳聳肩。「我不在乎你有沒有退學，我只是在陳述事實而已。現在是星期一的白天，而你也不用再幫這些小傢伙了，所以，你也許會有空。」

克洛伊蹙緊眉頭，對他擅自假設她沒有生活感到惱怒，我看著他的臉上浮現一抹笑容，他挑起眉毛，試圖激怒她，讓她對他說他錯了，然而，驚人的是，她的憤怒竟然消失了，轉而發出咯咯的笑聲。

他顯然很迷人。

我更加仔細地看著他。他還算可愛，或者曾經很可愛，如果他把頭髮剪掉、把臉上那些棕色的絨毛刮掉的話，或許會再度變得可愛，那些絨毛彷彿黴菌孢子似地長滿了他的臉頰和下巴。有些人你並不覺得他們長得好看，直到你突然發現他們確實很好看，而他就是這種人。

接下這份工作吧，我歡呼著，鼓勵著她。克洛伊感到無聊，時不時會覺得沮喪，經常感到寂寞，而那些該死的藥也還在她行李箱的內襯裡。

「薪水有多少？」她問。

「這是志工的工作。」

「什麼也沒有？」

「一點點體貼加上一點點愛心，向來都比一大筆錢更有價值。」

「你想引用約翰・羅斯金[28]的話來讓我做奴工？」克洛伊說。

「你說對了——這真可怕。你顯然太聰明了，不應該在這裡工作。」他瞪大眼睛，對克洛伊

知道這句話的由來和作者感到敬佩。

我不知道約翰・羅斯金是何許人，不過，我對於克洛伊知道並不感到意外。我姊姊聰明絕頂，她的腦子裡充滿了各種資訊，而那些資訊一旦被她汲取就絕對不會被放走。學校向來都引不起她的興趣，然而，她的知識卻超越了大多數人。

布魯特斯一點也不開心。牠使勁地叫著，幾乎用盡了牠那個微弱的肺部所擁有的全部力氣。克洛伊把牠從箱子裡抓出來，安慰地撫摸著牠，導致琳賽因為獨自被留在箱子裡而沮喪。克洛伊只能把牠也抱出來，放在自己的另一隻手裡。然後用下巴輪流輕撫著牠們。

「我想，就這樣吧。」那個男孩說著，把布蘭妮放回箱子裡，但布蘭妮立刻就哭了起來。克洛伊的雙手已經滿了。男孩一個轉身走向門口。「你可以走了，把牠們留在那裡，等我把籠子清乾淨之後，我會再回來打理牠們。」

「牠們餓了。」克洛伊抗議地說。

「是啊，」他說。「冰箱裡有配方奶。」他朝著角落的迷你冰箱點點頭。「微波爐在冰箱旁

邊。」語畢，他完全沒有回頭地繼續走向門口。當他聽到冰箱的門打開和克洛伊咕噥的咒罵聲時，他嘴角的那絲笑意只有我看到了。

㉘ 約翰·羅斯金（John Ruskin, 1819-1990）是英國維多利亞時代主要的藝術評論家，也是英國美術與工藝美術運動的發起人。他同時也是一名藝術贊助家、製圖師、水彩畫家和傑出的社會思想家及慈善家。

83

今天是復活節，凡斯和我父親板著臉在廚房裡，他們兩人看起來都很邋遢，這讓我明白上帝為什麼創造女人。一個沒有女人的男人簡直就是迷失方向又可悲的生物。袋子和盒子裡裝著吃剩一半的食物，盤子、銀器和衣服堆得到處都是，彷彿櫥櫃和抽屜完全不具任何功能一樣。他們兩個同樣都靠著三套衣服度過了一個月，而他們唯一一趟的洗衣店行程，讓所有白色的東西都被染成了洗碗水般的灰色。

「我要去，你也應該要去。」凡斯的態度讓我想起昔日那個趾高氣揚的他。「我需要去看克洛伊。你想要待在這裡為自己感到難過的話，那是你的事。把車鑰匙給我。」

「去死吧。」

「我相信那正是我要去的方向，不過，我還沒有抵達那裡。現在，把鑰匙給我，不然我就自己過去拿了。」

「你以為你可以打敗我，」我父親狂笑道。「就算只有一條腿，我也可以把你瘦巴巴的屁股從這裡踢到十萬八千里遠的地方。」

「這是個挑戰嗎，老頭？」

「這是事實。來吧。試試看。我正好還有點被壓抑的力氣，我不介意把它用在你可憐而不知感激的屁股上。」

「不知感激？我幹嘛要感激你？」

「不要再哇哇叫了，要嘛就過來拿，要嘛就閉嘴。」我父親從他的口袋裡掏出鑰匙，在自己面前晃了晃。

「我們把這件事弄得有趣點吧，」凡斯說。「如果我從你手中拿到鑰匙的話，你就得和我一起去。」

「如果你拿不到呢？」

「如果我拿不到，我就留下來。」一想到無法和克洛伊見面，凡斯的聲音哽咽了。

「那太蠢了。如果你拿不到鑰匙，你本來就得留下來。」

「不。我可以用走的回去，」他說。「不過，條件是，如果你贏了的話，我就會留下來，直到搜尋奧茲的任務結束為止。」

我父親考量著他的話。「好，就照你說的。」

他把鑰匙塞進口袋，丟掉一根拐杖，笨拙地擺出一副戰鬥的姿勢，雖然他腿上的支架和剩下的那根拐杖讓他的動作看起來更像是在練習復健。

凡斯透過鼻子哼了幾聲，然後開始繞著圈子，企圖要找出最佳的攻擊角度。他絕對不是一個鬥士。他雙手握拳，但拇指卻凸出來，我為他從來都沒有父親在身邊教他如何正確地握拳感到難過。

他的攻擊讓我嚇了一大跳，也讓我父親吃了一驚。他伸出雙臂，彷彿在撲向一顆網球一樣，隨即又蹲又滾地朝著我父親完好的那條腿衝去，讓他一把摔倒在地板上。

我父親像隻烏龜般地躺在地上原地旋轉，他舉起受傷的那條腿，瘋狂地揮舞著他的拐杖。他看起來十足地可笑。他們兩個都是。

凡斯在踉蹌躲開拐杖的同時一把將之抓住，硬是把拐杖從我父親手中扯走。我父親依舊躺在地上，雙拳擋在自己面前。凡斯很快地跳起來，再度開始繞圈。我父親則背貼在地，靠著那條完好的腿在地上旋轉。

當凡斯躍起的時候，我父親一拳狠狠地落在他的下巴上，凡斯的頭往後仰，在他來得及恢復反應之前，我父親已經掐住了他的脖子。

當我父親勒住他的時候，凡斯的手指探進我父親的口袋，企圖要偷走他的鑰匙。他漲紅了臉，雙眼凸出，不過，他的手指繼續地掏往口袋深處，就在他快要無法呼吸的時候，我看到了：我父親的臉色變得溫和，他微微地挪動了臀部，好讓凡斯可以比較容易把鑰匙抽出來。

我父親想去。他想讓自己不得不回家過復活節。

我忍不住發出了一次又一次的歡呼。

84

凡斯和我父親在停車加油的時候，從加油站的洗手間打電話給我母親，告訴她，他們已經在路上了，我母親驚訝到差點就把話筒掉在了地上。

在我死後的現在，看到這些事令我感到十分驚奇。我母親就像一個還在念書的女孩。她踮著腳趾轉了一圈，雙手合十，然後跑進她的房間，換了三次衣服，最後選定一件緊身毛衣和一條膝上長度的寬鬆裙子。她把胸部推高，翻下衣領，讓我不禁咯咯地笑了出來。

她回到廚房裡，我看著她把大蒜和丁香搗碎到馬鈴薯裡，然後把梨子切片，做成了蘋果梨沙拉。我的幽靈嘴垂涎三尺，我想像中的胃也在大聲地咕嚕作響。

她把火腿從烤箱裡拉出來，加上胡蘿蔔，我想像著那股味道，那是梅子和薑汁淋醬的可口滋味。我母親笑了，我知道她想到了我，以及我們把包著塑膠膜的火腿送進烤箱的事。看著她調製著醬汁，我也跟著笑了，我們兩人笑到合不攏嘴，直到她把醬汁塗抹在火腿上，再度將火腿送回烤箱才停止了笑聲。

當她結束廚房的準備工作之後，她走到客廳裡。她把靠枕拍鬆，然後用手指梳理自己的頭髮。她終於坐了下來，但隨即又站起來，望著窗外，然後又回到沙發上。她宛如一頭初生的小馬那麼容易受到驚嚇，讓我不由得泛起微笑。

大門一打開，她立刻從椅子上跳起來，不確定嘴角應該要露出什麼表情。她嘗試了一個看起來高興卻又不會太高興、而且依然有點沮喪的表情，也許還微微地嘟嘴表示不悅——她企圖不讓內心的飄飄然和興奮流露出來，不過似乎並沒有說服力。

「嗨，媽，」奧伯莉帶著一盒派走了進來。班捧著一束百合花，肩膀上還掛著一只西服袋跟在她身後。「怎麼了？」奧伯莉看著我母親僵在臉上的怪表情說道。

「沒什麼。」我母親一掃愁容，分別親吻了他們兩人。

克洛伊帶著強大的芬恩，蹦蹦跳跳地從樓梯上下來，這是芬恩的新名字，因為當克洛伊去收容所的時候，被留在廚房裡的芬恩不僅咬爛了牠的盒子，並且爬下樓梯，企圖要尋找克洛伊和牠的兄弟姊妹。

「喔，」奧伯莉哄著那隻小貓。「我可以抱牠嗎？」她把那隻貓抱入懷裡。「媽媽說你在收容所工作？」

克洛伊聳聳肩，但臉上卻散發著驕傲。這個星期以來，她每天都到收容所去，在收容所早上開門時就去報到，並且一直待到傍晚才回來。如果他們允許的話，她可能還會在那裡過夜。最近兩天，她把強大的芬恩帶到收容所去和布魯特斯作伴，因為布蘭妮和琳賽已經被人認養了。

大門再度打開，這回，我母親來不及擺出任何姿勢，也沒有時間擔心她的微笑。我父親像一陣風一樣地走進屋裡，奧伯利、克洛伊和班立刻蜂擁而上地擁抱他，或者和他握手。

我母親往後站，她的臉上綻放著真正的笑容，她的雙眼也因為見到家人團聚而淚濕。然而，那只是很短暫的一瞬間，因為，我父親身後的凡斯也跟著跨進門檻，他那副怯生生的模樣，讓我真希望自己能推他一把。克洛伊瞧見了他，她不禁瞪大了眼睛。緊接著，她的臉上出現一抹和我母親一樣的笑意，她跳過我父親，上前去擁抱凡斯，將她的臉埋在了他的鎖骨上。他摟著她，那雙殘缺的手圈住她的後背。還好，凡斯閉上了眼睛，才沒有看到奧伯莉和班倒吸一口氣的反應。

克洛伊退出他的懷抱，轉而抓起他的手，絲毫沒有注意到他的手已經變形，直接就將他拉出大門外，她還沒有準備好要和其他人分享凡斯。

我母親走向我父親，她舉起手準備給他一個擁抱，但又不確定地停住。我父親也不確定。他想要表現出生氣的樣子，並且企圖拉下臉，然而，他的眼睛背叛了他，只見他的目光將我母親從頭到腳打量了一遍，讓我母親羞紅了臉。我母親那套衣服選得很棒。他的視線滑向那件毛衣以及她高挺的胸部，那個目光甚至連我都感到了脈搏加速。奧伯莉和班悄悄地從他們身邊溜走，躲進了廚房，賓果緊跟在班的腳邊，奧伯莉則依舊抱著強大的芬恩，只不過芬恩喵喵地叫得更響了。

我母親拍拍我父親剛刮過鬍子的臉頰。「好多了。」她說。

我真為他感到驕傲。他不僅刮掉了他那野人般的鬍子，他和凡斯也在回來的途中駐足一家便利商店，買了新的T恤。他看起來幾乎又是他自己了。

不相信化學作用的人都錯了。小看自己的人也都錯了。空氣裡絕對充滿了興奮感，費洛蒙四處飛散。這是一個偉大的字眼——費洛蒙。這個字眼聽起來就讓你想要親吻別人。

「我很高興你來了。」她說。

吻她，吻她，我鼓勵著。

而他也吻了她。他的一隻手繞到她的腦後，他的嘴唇貼上了她的唇，他的費洛蒙擊敗了他們之間其他的東西。耶，費洛蒙！

當他放開她的時候，他說：「我只是為了晚餐才回來的。」她伸出手，一把攫住他的胯下，讓我大為震驚。「騙子。」她的動作讓他再度吻了她，這次，他吻得更用力，幾乎到了猛烈的程度。她融化在他的吻裡，屈服在他的唇下，她張開了嘴，讓他佔據了她。

「媽，我想火腿好了。」奧伯莉的叫聲從廚房傳來，將他們從熱吻中分開。我父親眨了眨眼睛，而我母親也對他眨眨眼。這整個互動維持不到一分鐘，那是他們曾經有過的火花和浪漫，雖然很短暫，但卻如此地驚天動地。

我母親走向廚房，她笑得如此開懷，我覺得她的臉頰一定都笑到發疼了，而我在為她高興的同時，卻也為她感到害怕。費洛蒙只能讓無可避免的事情延後發生。我父親已經不再是過去的他了。在那個幾乎正常的外表底下，陰沉的憤怒正在醞釀之中。鮑伯就在兩戶人家之外，一股幾近於瘋狂的復仇之需在他的內心裡縈繞不去。

85

克洛伊和凡斯坐在海邊，看著大海。他們的鞋子放在他們身邊，赤裸的腳埋在沙子裡。她檢查著他的手指，然後把自己的手指展示給他看。他們彼此交換了意見，最終同意凡斯的外科醫生技術拙劣，根本就是個庸醫。

他把她受傷的手拉到唇邊，輕輕地吻著她的肌膚。「對不起，」他眼裡泛著淚光地說。「我有試著折回去找你。」

她吞嚥著口水，隨即站起身，伸出雙手把他拉起來。她不想談這件事。她用一隻手臂抱住他的腰，而他也摟住她的肩膀。她告訴他關於那些貓咪和收容所的事，他也告訴她關於尋找奧茲和容忍我父親的事。

「我很驚訝你們兩個沒有殺了彼此。」她的眼神落在他今早因為搶奪鑰匙而在臉頰上留下的瘀青。

「也差不多了，」凡斯說。「你爸爸瘋了。你知道嗎?他媽的瘋子。」

「這是家族遺傳。」克洛伊說著，抬頭對他一笑。

他們沿著海水邊緣而行，任憑潮水沖刷過他們的腳邊——克洛伊的七根腳趾和凡斯的十根。

「絲製的襪子，」他知道克洛伊很好奇。「醫生說，我當時穿的那些襪子是絲織的，所以救了我的腳趾頭。」

「我敢打賭，你在買那些襪子的時候，一定沒有想到自己做了多麼重要的決定。」

「是沒有。完全沒有。」

他停下腳步，轉頭面對著她，同時將雙手放在她的肩膀上。「我會把那雙襪子給你，」他說。「如果我早知道那雙襪子可以拯救你的腳趾的話，我一定會把它們給你的。」

他想要相信自己的話，也許，他真的相信。而我也相信，如果那場意外發生在今天的話，他說的會是真話。他會把他的襪子給她。然而，今天的他並不是當日的他。我是一個見證者。那天，當他面臨那樣的情境時，他想要活下去。

克洛伊也明白。她淡淡地笑笑，繼續沿著沙灘而走。她低著頭往前走，而他則陪在她的身邊，他駝著背，專注地看著沙子。克洛伊再次拾起他的手，然後彎下腰，撿起一顆細小的白色海玻璃。她把那顆玻璃放進她的口袋裡。等她回到家的時候，她會把它放進她的玻璃瓶，那只擺在我們梳妝台上的玻璃瓶，裝滿了我們這輩子在海灘散步時撿來的收藏品。

「你真了不起。」凡斯看著他們交纏在一起的手說道。那不是一句讚美，而更像是一個事實的陳述。她原諒了他不可原諒的行為，如此的寬宏大量幾乎讓人難以承受。

✦

他們在火腿端上桌的時候回到了家。

「我以為我們得派出搜索隊呢。」奧伯莉在他們進屋的時候這麼說，除了班以外，這句話讓在場所有人都僵住了。

奧伯莉若非完全沒有察覺，就是假裝得太好了。「你們能相信我們的婚禮還有五週就要舉行了嗎？」她的正常表現奇蹟似地讓氣氛重新恢復了平衡。

他們六個人在晚餐時驚人地度過了一段美好的時光，這讓我感到又愛又恨。我也想要和他們在一起共享歡樂。

當他們快吃完甜點的時候，奧伯莉說：「嘿，克洛伊，我帶了那件洋裝來讓你試穿。」

克洛伊在微笑中發出了呻吟，彷彿她不知道要如何反應才好。「尖酸刻薄的青少年」已經不再適合用來形容她了。

「怎麼回事？」我母親問。

「克洛伊同意要當我的伴娘。」奧伯莉說。

我母親雙手合十，興奮地叫了起來，她的眼眶濕了。「你要穿伴娘的禮服？」她問，彷彿這個希望太奢侈了。「你要試穿嗎？拜託你了。」

「現在？」克洛伊的皮膚泛著粉紅色的光芒。

我母親看起來就像一個剛拆開聖誕節禮物的孩子，驚訝地發現那個禮物是她期待了一整年的腳踏車。她的雙手依然闔在面前，只差沒有興奮地在椅子上跳上跳下了。

「好吧。」克洛伊說。「在復活節虐待我。殘酷又不尋常的懲罰。奧伯莉，明知道每個人都會在這裡，你還把那件洋裝帶來。我會找機會報復你的。」她怒氣沖沖地從門邊把那件洋裝拿走。

「我會幫你的，」我父親在她帶著洋裝走向樓梯的時候說。「報復是我的專長，而我們確實得讓一場婚禮熱鬧起來。」

他對克洛伊眨眨眼，那讓我好想哭。惡作劇和整人是我們的專長。奧茲和我是他的犯罪同夥。我們早就在為婚禮設計一個精緻的計畫，那將會讓婚禮令人永生難忘，而現在，他竟然要和克洛伊同謀。死了的感覺真糟糕。當每個人都在做著我想要做的事、以及我打算要做的事情時，我卻卡在了這裡。

「不要毀了我的婚禮。」奧伯莉既擔心我父親的計畫會毀了她的大日子，卻也希望他的計畫能為目前看起來勢必會很無聊的婚禮帶來一些生氣。

「克洛伊和我只是要製造一點樂趣而已。」我父親嘲諷地說。

我的心好痛，不能再和我父親一起在我姊姊的婚禮上惡作劇，或者再也不能吃到我母親烤的火腿，不能和我的家人坐在一起吃晚餐，我好討厭這樣。這太不公平了。

克洛伊穿著那件洋裝走下樓來，萊姆色的塔夫綢就像一片綠色的軟墊在她周圍晃蕩，一雙馬丁大夫鞋悄悄地從衣服底下探出頭來，只見她的臉上浮現著一絲痛苦的表情。

她走路時發出的聲音就像在揉捏紙張一樣，我父親保持著一副撲克臉，但我母親卻藏不住笑意，她的唇角在咯咯的笑聲中溢出了幾滴酒液。奧伯莉也在笑，隱隱的笑聲逐漸爆發成笑到岔氣的歇斯底里，這樣的歡樂宛如病毒般地感染到所有人，直到我母親笑罵著說她就要笑到尿褲子了。

克洛伊抓住了這個契機，一把將凡斯從他的座位上拉起來，開始和他在房間裡跳起華爾滋。奧伯莉和班也加入他們，當班和奧伯莉假裝撞到那片綠色的薄紗時，班迅速地讓奧伯莉轉了個圈。我父親坐在桌邊，伸長了他那條用支架固定的腿，開心地笑看著這一幕。我母親看著他，而他在感覺到我母親的目光時也轉頭看向她。她很快地挪開視線，不過，他的眼神依舊停留在她身上，那不單純只是費洛蒙的作用。我看到了：那是他一輩子的愛，也是唯一的愛。

奧伯莉和班自願洗碗，兩人一起走進了廚房。

克洛伊和凡斯則消失在了後院。

我母親和父親雙雙坐在沙發上，我父親把他的腿蹺在了茶几上。

「傑克。」我母親才開口，就被他用他的唇堵住了她要說的話。「別在今天晚上說，」他說。「今晚很美好、很正常，我希望它就這樣持續下去。」

「那明天呢？你明天還會在這裡嗎？」

「我明天會在這裡，到時候，我們會想出辦法的。」

我母親把頭靠在他的肩上，我父親閉上眼睛，而我卻懷疑事情是否會這麼簡單。

奧伯莉在洗碗布上擦乾手，然後重新把布摺疊好，掛在烤箱門上，她說：「你覺得有天堂的存在嗎？」

班搖搖頭，用雙臂擁住她。他比我以為的更熱情。當他們獨處時，他總是無法讓自己的手或唇離開奧伯莉。他永遠都在抱著她、親吻她、告訴她他愛她，並且驚嘆地表示他竟然有這樣的權利，彷彿他無法相信她真的屬於他。

從這個角度來看，我很喜歡他。

「當你死了，你就是死了。」他說。

「那真讓人難過。」在他親吻她的髮絲時，她靠著他說道。

「比存在於一個和所有人都分開的世界還要難過嗎？」

奧伯莉思考著他的話。「不過，死了就死了，一切就結束了，這實在太絕對了。」在所有我愛的、且依然還活著的人當中，我覺得奧伯莉似乎是最不能感覺到我的一個，我們之間的連結在我死後幾乎立刻就斷了。但是，那並不表示她不會想到我。今晚，她想念我，想念奧茲。「我弟弟喜歡節日。」她把臉埋在班的襯衫裡說道。

「我記得，」班說。「我這輩子從來沒見過有人對聖誕節這麼興奮。」

奧伯莉笑著點頭。奧茲有他自己的聖誕老人裝，而且，他從萬聖節就開始尋找禮物。他喜歡聖誕裝飾、喜歡聖誕節的食物和裝扮，不過，他最喜歡的是我們全家都在一起。他老是這麼說。聖誕節到了。那表示奧伯莉會回家來，媽媽也不用工作。

「他現在很平靜，」班說，我看著他將視線轉向窗外的夜空，彷彿在想像著那樣的畫面。

「芬恩也是。」

奧伯莉跟著他一起凝視著黑暗，然後帶著笑意和他四目相對。「五週，」她說。「我實在不敢相信。」

他把她抱起來轉了一圈。「是啊。五個星期之後，你就只屬於我一個人了。」語畢，他把她放回地上，讓她靠著水槽，在輕吻她的同時，手指輕輕掠過她的髮絲。

我無法相信我以前竟然不喜歡這個傢伙。

✦

「我應該要留下來嗎？」凡斯的聲音裡帶著更多的祈求，而非樂觀。「或者，我應該要回到大熊湖？」克洛伊摸了摸他的臉頰，難過地笑笑。她的眼裡帶著一份遺憾，但願事情的結果並非如此，除此之外，還帶著一份殘酷的事實，那就是凡斯那天最大的損失並非他的手指。「我很高興你沒事。」她說。

「但願我可以重新來過。」他低聲地說。

「我不希望事情可以重來，」克洛伊說。「我希望它從來都沒有發生。」

「是啊，但是，如果它真的發生了，我希望我的做法會有所不同。」

一陣沉默瀰漫在他們之間。

「接下來呢？」她說。「秋天來臨的時候，你會去加州大學聖塔芭芭拉分校嗎？」

他搖搖頭。「學校不適合我。我想要完成尋找奧茲的任務。我們幾乎快找遍那張地圖涵蓋的範圍了，我想要完成它。」

「然後呢？」

「然後我不知道。也許我會在那裡再待一陣子。那裡有很多事可做，我也喜歡待在山裡。」

「不再打網球了？」她難過地問。

他舉起他受傷的手，然後把手垂放在腿上。「事實上，我只是二流的。我並沒有優秀到可以變成職業球員。」

「你以前很優秀。」她說。

他聳聳肩。「過去式。奇怪的是，我竟然一點都不想念網球，彷彿已經卸下了這種期待的重擔。和你父親住在一起，對我來說很有幫助。他和我一樣糟糕。」

克洛伊的臉沉了下來。

「不是不好的那種，」凡斯很快地接著說。「我是指他沒有上大學，無所事事了一陣子，沒有跟著明確的道路走，但卻還是沒有走偏，而且最終和你母親在一起，擁有了一個家庭。那就是我為什麼說，但願我可以重來。我並不是希望那場意外再度發生——我永遠也不會這麼想。而是因為我知道我可以做得更好，更像你父親。」

克洛伊的眼裡充滿淚水，我也是。我父親一開始並沒有計畫要拯救凡斯，但是，他還是救了他。

✦

這是一個美好的夜晚，克洛伊和強大的芬恩平靜地睡在我父母房間的隔壁，而我父親和我母親躺在同一張床上，兩人的手指輕輕地碰在了一起。

86

拉古納海灘是一個小城鎮，是一個還擁有一條主街和年度遊行的地方，而主街上還開了各種可愛的小商店。是一個家族世世代代居住的社區。我父親的家人自從一九〇〇年代早期開始，就一直住在拉古納海灘，而我母親的父母在她出生前就搬到了這裡。每個人都認識彼此，一如其他所有的小城鎮，這裡的消息也傳播得很快。兩家本地的報社、一個網上新聞串流，加上一家時尚雜誌，就足以徹底涵蓋本地所發生的任何事情。

那家網路新聞首先報導了這個故事，在鮑伯交保之後一個小時，這個消息就在週二下午的網路上傳遍了。新聞的標題是：本地牙醫師因過失殺害十三歲的男孩而被捕。

到了星期四，兩家報社都在他們的頭版報導了這個故事，而那個下午，我們家的電話不停地響，我父親也受邀接受那本時尚雜誌的訪問。但他拒絕了。

現在是週四傍晚，我決定去探訪鮑伯和凱倫，看看他們如何應對他們最新的盛名。

他們應對得並不好。

鮑伯醉醺醺地坐在沙發上，他的手裡握著一杯威士忌，目光鎖定在他面前那張茶几上的報紙。從他身邊那個瓶子裡剩餘的酒液以及他呆滯的眼神來看，他應該已經在那裡坐了好一會兒了。

凱倫和娜塔麗在廚房裡。凱倫看起來至少比一週前老了十歲，比起意外發生前，則老了二十歲。她的衣服發皺，頭髮凌亂，雙眼紅腫。娜塔麗看起來就像她平時一樣，恍惚地坐在流理台邊，吃著低脂的石板街冰淇淋[29]。

令人震驚的是，水槽裡堆著一些髒盤子，流理台上也散落著些許碎屑和污漬。凱倫坐在娜塔麗旁邊，望著通往後院的那扇落地窗外。電話鈴響讓她嚇了一跳，我看著她緊緊閉上眼睛，摀住耳朵，企圖阻絕鈴聲的毒害。

娜塔麗抬起頭看著電話，然後看向她母親，在那抹茫然的神情重回到她臉上之前，一絲罪惡感掠過了她的臉。負荷過重，看著她讓我有這樣的想法；她無法應付正在發生的每一件事。

電話響第四聲的時候，答錄機接起了電話，一道活潑的聲音自我介紹來電者是橘郡紀事報的記者。凱倫專注地聽著，她渾身緊繃地等待著電話錄音結束，當那名女記者掛斷電話時，她立刻起身，僵硬地走進起居室。

「你需要什麼嗎？」她問鮑伯。

鮑伯抬起頭，他的臉上佈滿疑惑和絕望，連我都對他感到同情。「你能給我嗎？」他在說話的同時，目光從凱倫身上回到他面前那些摧毀他生活的詆毀報導。

兩份報紙都報導說，審判已經安排在九月下旬舉行，雖然看起來可能不會有審判。地方檢察

---

[29] 石板街冰淇淋（rocky road ice cream）是一種巧克力口味的冰淇淋，傳統上由巧克力冰淇淋、堅果和整顆或切塊的棉花糖所組成。

官已經提出由認罪換取減刑的建議：六個月的緩刑，並且無須入獄。鮑伯的律師正在促請鮑伯接受這個建議。儘管這意味著接受重罪定罪，而鮑伯的牙醫事業也幾乎會遭到摧毀，律師依然認為這是鮑伯最好的選擇。律師並不相信鮑伯能在法庭上勝過茉兒和我家人，如果他輸了的話，他可能得面對十年的牢獄生活。

凱倫看著她腳邊的地毯。「他們錯了，」她說。「你沒有做他們說的事情。」然而，她的聲音在顫抖，這證明了她會是多麼糟糕的證人。

鮑伯轉向她，他的聲音裡帶著恨意，他說：「我是為了你們才那麼做的。」

他的話讓娜塔麗感到震驚。奧茲死了。她戴著他的手套。然後，她把她父親所做的事告訴了茉兒。她開始在她的凳子上搖晃，她的眼神飄向遠方，當你在十六歲之前一直都過著不知道良知為何的生活，卻在十六歲的某一天驟然發現了它的存在，那麼，良心就變成了一件可怕的東西。

凱倫回頭看到她在搖晃，隨即轉回面對著鮑伯，壓力和擔憂讓她的臉上寫滿了焦慮不安。「我想這麼做也許是最好的，」她說。「如果娜塔麗和我到聖地牙哥待一陣子的話……你知道的……和我父母住在一起……就一陣子，也許直到審判結束……他們錯了……我知道他們錯了……不過，直到這整件事平息之前……」

「滾出去！」鮑伯的咆哮讓她衝出了房間，那瓶威士忌隨即被扔在她身後的牆壁上，碎了一地。

87

克洛伊在收容所裡。她這些天來幾乎住在了那裡——黎明時離家，直到日落才回來。一個目標、那些動物、那個給了她這份工作的男孩艾瑞克，這些因素變成了一個難以抗拒的組合。

艾瑞克正在幫一隻不友善的德國牧羊犬洗澡。那隻因為病態性格而被艾瑞克取名為漢尼拔的牧羊犬，在一個星期前被動物管制所帶到這裡來。當牠在拉古納峽谷路旁邊的一條水溝裡被發現的時候，牠正處於半飢餓的狀態，而且並沒有戴著項圈。牠被領回或者認養的機率微乎其微，不過，在每一隻動物被處以安樂死以前，收容所都會給牠們一個月的時間。為了能被照顧，那隻狗需要被施以鎮定劑，並且戴上口套，而即便有了這些防護措施，克洛伊對這隻狗依然敬而遠之。

當克洛伊走過的時候，艾瑞克抬起了頭。即便在服了鎮定劑的昏睡之中，漢尼拔還是感覺到了什麼而發出一陣嘟噥聲。艾瑞克無視於牠的嘟噥，依舊戴著手套對她揮了揮手。這其實一點都不酷，但是看起來卻很酷。我很喜歡這個傢伙，今天，他穿了一件T恤，上面印著一個手繪的佛祖，佛祖下面則寫著我有一個神的身體，那讓他看起來就像岡比一樣，著實令人捧腹。

克洛伊紅著臉朝他揮揮手，不過，她的手幾乎沒有離開腿邊。這就是他們這陣子以來的相處之道，她總是一副猶豫不決的模樣，而他則是自信滿滿——一份成長中的友誼，無可否認的化學作用，以及小心翼翼的應對。克洛伊的疤痕成形還不到三個月，至於她內心的傷口則遠比那些看得到的傷疤還要嚴重。艾瑞克感覺到了，也表現得無比溫和，不過，每當她走過他身邊時，他的神情總不免欣喜起來，當她持續往前走時，他的目光也依舊緊緊地跟隨著她的背影。

克洛伊故意表現出不在乎的模樣，不過，那只是在表演。今天，她穿了一件黑色的破牛仔褲，一件褪色的金屬製品T恤和一雙破舊的Converse球鞋。只有我知道，她花了將近一個小時的時間在整理她的頭髮，讓它看起來就像剛起床時那種可愛的感覺，並且在她的嘴唇上抹上凡士林，好讓它們看起來富有光澤。

她坐在前台，正在把這星期的總帳輸入電腦。她聽到艾瑞克扔下一袋食物，緊接著，他的靴子踩在水泥地板上的聲音越來越近，這讓她下意識地在椅子上坐直了。當他走進門的時候，她依然低著頭，不過，我可以感覺到她的脈搏在加速。

當他走過前台的時候，他幾乎沒有放慢腳步，但卻抽走了她耳朵上的鉛筆。當她轉過頭時，他順手將鉛筆扔在了那本帳冊上，然後自顧自地哼唱著不知名的曲調，繼續往前走去。那看起來似乎沒什麼，但卻絕對有什麼。克洛伊重新回到她的數字上，帶著一抹傻笑，渾然不覺地把原本那一欄裡的數字又讀了三遍。

88

復活節已經過了五天，一切都在一股岌岌可危的平靜之下，彷彿我們每個人都屏住了呼吸一樣。

我父親又開始進行物理治療，並且帶著一股報復的心態在做復健。他的治療師是一個老女人，她的體型宛如樹樁，而且在虐待他的腿時絲毫不會手下留情。不同於之前那個居家護理師，這個女人完全不具備打情罵俏的條件，雖然這讓我父親有所抱怨，不過卻讓我暗自竊喜。

每天早上，在她離開之後，我父親就會到車庫去舉重，然後一瘸一拐地繞著社區行走，直到他的腿在筋疲力盡之下顫抖。想要恢復力氣和重新開始工作的渴望，促使他下定了決心，他要重新擁有他曾經有過的生活，不只是回到意外發生前的生活，還要回到「必須在他所愛的事物之間做出選擇」之前的生活。

奧茲三歲的時候，我父親辭去了遊艇船長的工作，這是一個必要的決定，因為奧茲顯然已經超過一名褓母所能照顧的負荷。在認識我母親之前，我父親曾經做過許多工作——泛舟嚮導、護林員、銀礦礦工——不過，他在大海上發現了他的使命。他的血液中流著鹹水，一如我一樣。

他曾經告訴我，海洋為什麼是最後的一道防線，那是地球上唯一還沒有完全被人所知的部分。當他談起人們對海洋最深處所知甚少、三分之二的海洋物種依然沒有被發掘、全世界所有的科技至今仍然無法預測颱風時，他的雙眼總是閃爍著光芒。他愛大海——那份冒險、船員之間的友誼、那份無拘無束的自由——當他被迫放棄時，他內心的某些成分安靜了下來。他對大海的思念強烈到你絕對可以感覺得到。每次我們到海邊的時候，他總是瞇著眼睛望著地平線，然後舔著嘴唇。如果他聽到遠方的某片海洋正面臨一場風暴，他的下巴就會繃緊，肌肉也會緊縮，渴望著採取行動。

我父親和他的治療師道別，然後走到車庫，在臥推的機器上增加負重。這個車庫有點像一座神殿，一個沒有遭到我母親大肆抹滅的動作所波及的地方。奧茲和我的各種東西還散落在四處，有的堆在架子上，有的掛在屋樑上，球棒、棒球手套、舊制服、腳踏車、衝浪板、網球拍和高爾夫球棍——在我父親汗水淋漓地將自己逼到鍛鍊的極限時，這上百萬個回憶也在車庫裡汲取著塵埃。

在一組一組的臥推之間，他的目光在那些遺物之間漫遊，強迫自己記住我們，不願意將我們遺忘，那是一種堪比聖人或惡魔的自我鞭笞。當我看著他的時候，我不禁懷疑，我母親沒有把所有的東西都扔掉是否錯了。這個地方就像流沙一樣，每一次我父親來到這裡，它就將他往下拉，將他淹沒，讓他無法往前邁進。

車庫後面的角落就更可怕了。我的壘球袋和最後一次比賽戴過的手套依然堆在角落裡。而我的九號球衣就好整以暇地放在最上面，九號也是我父親和我祖父的球衣號碼。看著那件球衣——它的顏色已經黯淡，上面的灰塵也讓它變髒了——然後再看著他——疲憊、憤怒又悲慘——於是我決定，如果可以的話，我會用一把大火燒光這一切，連一點灰燼都不剩下。

當我父親結束身體上和情感上的自我毀滅之後，他踉蹌地走進屋子。我很好奇，他今天為什麼沒有去散步，直到我在廚房加入他的行列時，我才發現那是因為天使隊今天有一場日間的比賽。

天使隊是我們的球隊──我父親、奧茲和我──而我們三個人有一種特定的賽前例行儀式，這個儀式主要是為了奧茲而存在的，因為他熱愛儀式，而且很迷信。在每一場比賽之前，我們都會手牽著手，閉上眼睛，然後歡呼地說，「願原力與天使隊同在」，我們會一直重複，直到我們的叫聲充滿了宗教式的狂熱。我們只會吃雞翅和佐以秘密山谷牧場沙拉醬的芹菜條，而且每個人必須要各吃九份──在每一局之前吃一根雞翅和一條芹菜。電視的遙控器掌握在奧茲手裡，在球賽期間，我們誰也不能碰它，不然的話，將會給比賽結果帶來厄運。

屋裡空無一人。也許，這就是他之所以這麼做的原因。我父親極其小心地準備了雞翅和芹菜。當他把牧場沙拉醬倒進碗裡的時候，他開始對奧茲說話。「就像你喜歡的那樣，小兄弟，」他說。賓果帶著濃厚的興趣抬起了頭。「天使對巨人。這會是一場艱困的比賽。」

我看著他把食物擺在一只盤子上──九根雞翅和九根芹菜條。只有一個盤子。他把盤子拿到沙發上，打開電視，我也在他身旁那個我慣坐的位置坐了下來，一邊想像著雞翅的味道，一邊為我自己感到難過。

事情發生在第八局的時候。亞伯特．普荷斯擊出了全壘打，把另外兩名跑者送回到本壘，讓比賽打成了平手，我父親將勝利的拳頭揮向空中。在那一刻裡，他奇蹟般地忘了我們，這樣的突破讓我的心為之狂歡。我父親帶著一絲愧疚的神情放下拳頭，這反倒燃起了我的罪惡感。別這樣！我哭喊著。快樂起來。

也許上帝正在傾聽，因為到了下一局，在兩人出局的情況下，卡爾霍恩驚人地擊出了二壘安打，而我父親也再度不由自主地活了起來，和全場的觀眾一起爆出掌聲。當麥克．楚奧特站上本壘板的時候，我父親往前傾靠，我也跟著他往前靠。我想不出還有哪個球員比他更適合在此刻上場打擊。

「加油，楚奧特。」我父親說。

球數是三壞球、兩好球。

拜託，不要讓他保送上壘。

投球。

那是個偏低的外角球。

楚奧特揮棒擊中了球，球飛到了一壘和二壘之間。

二壘上的卡爾霍恩拔腿就跑，在壘包之間飛奔。

喬．帕尼克往後退，安德魯．麥卡臣則從右外野跑進來。

帕尼克飛撲過去，不過功敗垂成，球在他手套幾吋之外的地方落地了。

麥卡臣將球傳回本壘，不過已經太遲了。

那些雞翅和芹菜條都不見了。我們的魔法生效了。天使隊贏了。

「我們辦到了，奧茲。」我父親再次揮拳地說，在此之際，大門突然打開，我母親走了進來。賓果在我父親轉身看著她的時候跳了起來。

我母親環顧現場，看著茶几上的空盤子，以及放在奧茲慣坐那個位置旁邊的電視遙控器，然後轉而看向我父親。

「我要去跑步。」說完，她緇緊下巴地經過我父親身邊，我父親放下拳頭，這讓我好生希望她能晚一分鐘走進來。

等她換好跑步服裝下樓時，我父親已經離開了。他在車庫裡對著我的球衣說話，告訴我關於這場比賽的事。我母親望向車庫大門，聽著他自言自語，然後重重嘆了一聲地抬起腳步，飛奔在街道之間，直到她再也喘不過氣來為止。

一個小時之後，她蹣跚地回到了家，發現我父親正在廚房清洗他用來烹煮雞翅的盤子。

「他們走了。」我母親說。

他沒有轉身，然而，他緊緇的肩膀背叛了他，透露出他聽到她說話的事實。

「你需要走出來，」她繼續說道。「如果你堅持要不時地揭開這個傷疤，那麼，我們將永遠無法放下這件事。」

他手中的玻璃盤在海綿過度用力摩擦之下發出尖銳的吱吱聲。

我母親深深吸了一口氣，然後發出一聲嘆息。「如果你希望我清理車庫的話，我會的。」

他猛然轉身，導致水濺出了水槽。他眼神陰沉地說：「不要碰那裡。他們走了，但是他們並沒有被遺忘，而我也不需要走出來。不像你，我就是無法忘記他們。我不會忘了他們的，而且，他們也永遠不會被我放下。」

我母親轉身，大踏步地走開，她的雙手在身側握緊了拳頭，這讓我看得渾身發抖。五天。他們就撐了五天，然後一切就又四分五裂了。

89

今天是星期天。收容所沒有對外開放，除了克洛伊、艾瑞克和那些動物以外，沒有其他人在。他們例行地清理籠子、照顧動物，兩人都假裝這樣的獨處沒什麼了不起。

早上過了一半時，克洛伊採取了行動。她可能會宣稱是艾瑞克先有所動作的，不過，那絕對就是她。艾瑞克把一個箱子靠在牆邊，只見她走向他，臉上蕩漾著一絲惡作劇的微笑。

「幹嘛？」他說。

在令我驚訝的肆無忌憚下，她把他逼到籠子前面，讓他不得不背靠籠子地坐下來，緊接著，她站到他的雙腿之間，親吻了他。他看起來並不像經驗豐富的男孩，起初，他看似有點僵硬和震驚。很幸運地，他學得很快，他的雙臂環抱住她的腰，一把將她拉近。他是一個飢餓的男人，而現在，面對著一場盛宴，他張開嘴，吞噬了她的雙唇。

「慢慢來，」她咯咯地笑著退開，然後靦腆地笑了笑。「我們有一整天的時間。」我的心差點跳出胸口。我不知道我姊姊竟然如此性感。

她把身上的T恤撩過頭頂，露出靛藍色的胸罩，那抹深藍的顏色讓她的肌膚看起來彷彿在發亮，儘管她提醒過他，然而，艾瑞克再度對她發出了猛烈的攻擊，先是用他的眼神，接著是他的唇，讓她滿足地發出了笑聲。

他以驚人的力量抬著她站起身。她用雙腿勾住他的臀，在雙唇緊貼著彼此之下，他將她抱往狗糧袋旁邊的小床上。他扯掉她的球鞋，再脫掉她的襪子。當她的腳趾裸露出來時，她瞬間繃緊了神經，不過，艾瑞克並沒有注意到。他確實看到了她的傷口，但是，他毫不在意，他的注意力早已挪向她的身體，而他的嘴也再度擄獲她的唇。

90

自從我父母吵架之後，已經過了一個星期了：我母親在奧伯莉的舊房間裡睡了七個晚上，而沒有睡在她自己的臥室。不過，昨晚，我母親決定她受夠了。她穿著一件短睡褲和一件露出激凸的薄T恤，從奧伯莉的房間走向她自己的房間，她在門檻暫停了一下，撫平她的頭髮，然後才走進房間。

今早，他們在彼此的臂彎中醒來。

我母親翻身轉向我父親，他感覺到她的眼神，因而帶著微笑在晨光中眨了眨眼。我看著他們，想像著他們第一次相遇的時候，以及他們曾經有多麼美好，他們是那種會讓人回頭多看一眼、會令人為之心動、大膽又不妥協的一對——就像史考特和澤爾達[30]的那種美好。

當我還小的時候，我見證過他們的美好——他們對彼此超乎尋常的吸引力，他們的無窮精力

---

[30] 史考特和澤爾達（F. Scott Fitzgerald & Zelda Fitzgerald）。史考特・費茲傑羅（1896-1940）是美國小說家，他一生共完成四部長篇小說，包括最知名的《大亨小傳》，並被廣泛視為二十世紀最偉大的美國作家之一。澤爾達・費茲傑羅（1900-1948）本名澤爾達・塞爾（Zelda Sayre），來自上流社會，是美國小說家、詩人、舞蹈家和社交名流。一九二〇年，史考特和他心目中的「美國第一輕佻女子」澤爾達結為連理。兩人婚後縱情享樂、放蕩不羈，在一九二〇爵士年代的美國刮起一陣旋風，也是爵士時代的象徵。

和熱情。夜裡的時候，克洛伊和我可以透過牆壁聽到他們的聲音：笑聲、模糊的呻吟，還有他們的床鋪嘎吱嘎吱的聲響。我們會捏住鼻子、摀住嘴巴地忍住咯咯的笑聲。早晨的時候，我母親會套著我父親的運動衫和一件他的四角褲，蹦蹦跳跳地下樓，而他會帶著笑意、色迷迷地看著她的腿，然後上下挑動著他的眉毛。我母親總是取笑地說：「老爸今天早上的心情好得不得了。」當她經過他身邊時，他的手會掠過她的臀部。「非常非常地好。」他會這麼回答，而我母親則會羞紅了臉。

當我們稍微長大時，我們的睡眠就不再那麼頻繁地被打斷，直到有一天，那些打擾的聲音再也沒有響起。

我已經很多年沒有聽到那些聲音了。不過，昨晚，當我坐在我的那張舊床上時，昔日那些熱情的聲音又迴盪在了牆壁之間。克洛伊翻了翻白眼，然後戴上她的耳機將它們阻擋在外，不過，她的臉上泛起了一絲笑意。

今早，他們沐浴在美好的餘韻之中，筋疲力盡卻全然沉浸在愛河裡。我母親的頭枕在我父親的肩上，她的手指輕輕梳理著他的胸毛。

他們對面的梳妝台上擺著一張我們的全家福照片：我們一年一度的聖誕合照。一如往常地，我們穿著一致的服裝，每個人都是牛仔褲搭配黑色上衣，六個人一起坐在大海前面的一塊巨石上。

「安？」我父親說。

「嗯？」

「我可以告訴你一件事嗎？」

她渾身緊繃地停止了動作，從我父親聲音中的緊張，她知道他接下來要說的話可能會打破眼前的魔力。

我父親繃緊下巴，定定地凝視著那張照片。他閉上雙眼，然後說：「有時候，我很慶幸他走了。」

這個驚人的告白讓他緊緊閉上了眼睛，而我母親卻說：「噓，」她擁住他，抬起頭吻去他眼角的淚水。「那並沒有讓你的愛變少。他就是那樣。」

她說得沒錯。因為事實是，像奧茲這樣的孩子，不管你有多麼愛他，你卻也同時恨他對你的生活所造成的影響，他從你的生活中吸取掉能量，他用盡了所有的空氣，如此地沒完沒了，如此地費力，有時候你甚至覺得無法呼吸。當他活著的時候，我們沒有人承認這點，但是，我們都感覺到了。

我父親帶著罪惡感和悲傷不停地顫抖，那是自從他在醫院醒來、發現這個可怕的事實之後，就一直背負著的情緒，我母親繼續抱著他，他的告白只有她能了解，也只有她能原諒。

91

強大的芬恩和克洛伊在收容所，不過，今天是克洛伊最後一次帶牠一起來。布魯特斯今早被認養了，因此，強大的芬恩再也沒有玩伴了，而牠討厭被關在一個沒有朋友的狗籠裡。

牠不停地咆哮，表達著內心的不快，直到克洛伊終於同情地把牠從籠子裡放出來。芬恩在辦公室裡繞著圈子跑，獨自翻著跟斗，追著一團飛來飛去、怎麼都抓不到的棉絮，享受著各種追逐的樂趣。克洛伊坐在桌前，檢查著他們全新收費的表格，並且為夜班的同事寫下需要注意的事項。

那坨棉絮不停地飄移、彈起，隨即飄出了通往狗窩的雙截門，我驚恐地看著芬恩跟在棉絮後面躍起，同時帶著僅有的一點力氣打開了那扇門。克洛伊並沒有注意到，她正全神貫注在工作上。

芬恩蜷縮著身體跳了起來，不過依然撲了個空，那團難以捉摸的棉絮迅速地往下飛去，直接飄進了那隻德國牧羊犬漢尼拔的籠子。芬恩一躍而起，很輕易地就從欄杆之間滑進了狗籠。

一陣低沉的狗吠聲響起。

然後是尖叫聲。

芬恩全身的毛都豎了起來，讓牠看起來膨脹成了兩倍大，雖然牠依然比一顆壘球還要小。漢尼拔露出牠的牙齒，其他的狗現在也注意到了芬恩，牠們全都跟著瘋狂地嚎叫了起來。

下一秒鐘，克洛伊已經來到了現場，她的手停在籠子的門上。

「不要。」艾瑞克一邊大喊，一邊從院子裡衝了進來。

克洛伊看著他，而我則看到了她臉上閃過一抹帶著危險性的神情。只見她打開門，踏進了狗籠。

她把強大的芬恩捧入懷裡，猛然轉身面對著那隻牧羊犬，她瞇起眼睛，彷彿在挑戰著那隻狗，而那隻狗也豎起頸毛地蹲伏下來。

一只桶子掉落在牠身邊，讓牠轉過身去。「那裡，漢尼拔。」艾瑞克在衝進狗籠裡時說道。他從克洛伊旁邊繞開，漢尼拔隨即跟著移動，並且開始對他咆哮。

「克洛伊，快走，」艾瑞克低聲說完之後，立刻在漢尼拔面前揮揮手，以保持那隻狗的注意力。「這就對了。來吧，大傢伙，你要來一口嗎？」他挑逗地動了動手指。

克洛伊抱著強大的芬恩跑出籠子，並且將籠子的門用力推開，讓她自己和芬恩被擋在門後，如此一來，那扇門就變成了一道屏障。漢尼拔的眼睛從艾瑞克身上移向牠獲得自由的機會，收容所的院子就在狗窩盡頭那扇敞開的門外閃閃發亮，感謝老天，牠選擇了自由，只見牠衝出籠子的門，直接奔向戶外。

克洛伊跟在牠身後用力將大門關上，然後才跑回狗窩。

艾瑞克這才蹲了下來。「可惡。」他的頭低垂在兩腿之間，不停地大口喘氣。

克洛伊依然一手抱著芬恩。她用另一隻手攙扶起艾瑞克。當他站起身的時候，她一把將他的頭拉近，讓他的額頭貼住她前額。「謝謝你。」她說。

他往後退開，面色陰沉地勾起她的下巴，好讓她直視著他。「不准再那麼做。」他說。

「不准再向你道謝？」

「不准再考驗我。」

克洛伊企圖反抗地往後退，不過，他不讓她退後。他的手臂緊緊地將她抓住，他的眼神穿透了她。「每一次我都會跳進去，」他說。「但是，我可能不會再像這次這麼幸運。所以，不要再那麼做了。」

她垂下目光，點點頭，讓他一把將她拉進懷裡。

✦

克洛伊離開了收容所，她把強大的芬恩先送回家，然後開車到市區去。她在星巴克買了一杯焦糖星冰樂，帶著那杯咖啡走向海邊。

鎮上大部分的地方都沒有改變，然而，我還是注意到了不同之處。原本的安潔莉娜披薩店換成了一家新的三明治店，赫利衝浪現在也變成了一間藝廊。展示在商店櫥窗裡的泳衣長度比去年短了一點，至於比基尼的顏色則趨向螢光的粉紅和藍色。日子依然在繼續。

克洛伊經過冰淇淋店，我想像著剛烤好的蛋餅甜筒和薄荷冰淇淋的味道。一個青少年拿著一根沾有巧克力的香蕉，盯著克洛伊變形的手直看。克洛伊對他揮揮手，讓那個男孩瞬間漲紅了臉，匆忙地跑開了。

天氣好得無懈可擊。春天的雲朵讓你聯想起浮在天空裡的爆米花，陽光在水面上閃爍，一陣溫暖的微風正在竊竊私語，訴說著夏天即將來臨。十數艘帆船在海面上朝南而行，數百名塗著厚厚一層防曬霜的遊客或者倚在浴巾上，或者在海浪裡嬉戲玩耍。

克洛伊穿過木板路，坐在沙子上，瞇著眼睛眺望著海浪，然後仰起臉對著太陽，讓陽光和暖意滲入她的肌膚。

我就是在那個時候感受到的：放手，我們之間的那份羈絆在她緩緩放開我的時候正在減弱，一抹淡淡的微笑浮上她的臉龐，當她將手指放在唇邊給我一個吻別時，一滴淚水滑下了她的眼角。

92

她站在前門外面，看起來明顯地不自在，她的眼睛盯著地面，重心不停地在雙腳之間轉換，她那套喀什米爾毛衣和人字形圖案的長褲完全屬於另一個時空。

「喬伊絲？」我母親好奇地看著卡敏斯基太太說道。

茉兒的母親手裡拿著一只公文信封，那種有氣泡襯裡的信封。她抓著信封的方式讓我相信那個信封很重要，而我也好奇那裡面裝的是什麼。

「你要進來嗎？」我母親說著，把門推得更開。

卡敏斯基太太搖搖頭，她的手把信封抓得更緊，以至於那只信封都彎了。「我當時並沒有發現。」她開口的時候，眼神彷彿一隻小鳥般地閃爍，她試圖要避開我母親的目光，聲音也小到我母親必須要往前靠近才能聽得見。

我母親挺直身體，歪著頭，卡敏斯基太太突然把信封推向她。我母親沒有收下。相反地，她往後退了一步，讓那個彷如不祥之物的東西尷尬地停留在她們之間。

「在醫院的時候，」卡敏斯基太太繼續往下說。「他們問我希望他們怎麼處理茉兒被帶到醫院時所穿的衣物。」

我看著我母親變得僵硬，然而，卡敏斯基太太並沒有察覺到，她只專注著卸除自己的負擔。

「我沒有注意到，」她說。「也沒有發現。」她重複地說。

那只信封太小，不可能裝得下我的衣服，它只不過比一張信紙還大一點點，而且厚度也不到一根手指。

「所以，我告訴他們丟掉就好，」她說。「把那些衣服丟掉。」她的聲音破裂了，我發現她就快要哭了。「我不想讓那幾天留下來的任何東西再靠近茉兒。」

我母親雙臂交叉在胸前，她的面色陰沉，我可以感覺到她強烈地希望卡敏斯基太太離開。

一顆淚珠從卡敏斯基太太的左眼滲出，沿著臉頰滑落下來。她舉起沒有握著信封的那隻手拭去眼淚。「我剛剛發現了這個，」說著，她把信封再推前一吋，她的眼神依舊在到處飄移，唯獨避免和我母親四目相對。「我丈夫，他把這個東西從醫院帶回家來。這原本在他的辦公室……」她的聲音越來越小，她的手臂也在顫抖。

經過很長一段時間之後，當我母親顯然不打算收下那個信封時，卡敏斯基太太縮回手，打開了封口。她從信封裡抽出一張紙和我的手機，我看著我母親畏縮了一下，她的目光停在那只海軍藍的手機殼以及上面那行磷光的字上面：我們都是蟲子。但我真心相信我是一隻螢火蟲。

那個手機殼是奧伯莉大四到倫敦旅行時帶回來給我的禮物。那句話引自於溫斯頓．邱吉爾。她說，那句話讓她想到了我，那可能是有人對我說過最棒的一句話之一。我很喜歡那個手機殼，而且經常引用那句話。

我母親搖頭抗拒，然而，卡敏斯基太太的眼睛卻盯在那張紙上，她大聲地唸著：「病患茉兒．卡敏斯基的棄置物品清單」。她深深吸了一口氣以控制自己的情緒，然後繼續往下唸。「棕色皮靴。黑色緊身褲。牛仔褲。紅色毛衣。褐紅色的拉古納海灘高中足球運動衫。海軍藍連帽防寒外套。灰色運動褲。黑色襪子。條紋羊毛襪。」

她停下來，吸了吸鼻子，拭去另一顆淚水，然後強迫自己看著我母親的眼睛，雖然只有短短的一秒鐘，但是，看著一個母親失去了自己最害怕失去的東西，這實在令人難以承受。「直到我發現這個之前，」她的話在顫抖。「我並不知道你當時做了什麼。」

我母親的下巴緊繃，讓我很擔心她可能就要當著卡敏斯基太太的面把門甩上。但是，她沒有。她只是異乎尋常地站在原地，聽著卡敏斯基太太結束她無心的傷害。「我很抱歉，我沒有早點意識到，我竟然在過了這麼久以後才知道。」她把那張紙和手機殼塞回信封裡，然後從我母親身邊走過，將信封放在門邊的桌子上。她在退出門口時垂下眼簾。「謝謝你。」她低聲地說，這句話完全不足以表達她的感受。我母親勉強地點點頭，卡敏斯基太太隨即轉身離開了。

大門在她身後關上，一秒鐘之後，有東西撞在了門上。她回過頭，當她了解到那是那只信封被扔到木頭的撞擊聲時，她的下巴忍不住打起了哆嗦。

93

我父親在廚房的陰影裡，看著我母親衝上樓梯，將臥房的門在她身後關上。

他的表情陰沉，我看著他走到大門入口處，取回了那只信封。他把信封拿到廚房，掏出電話，試著啟動，不過，電池已經沒電了。

他插上充電線，等待著手機充電，然後看著那張紙。他的目光掃過那些字，我看到他意識到了那些字的意義，他的表情也因此從好奇轉為羞愧，因為他了解到，在他昏迷的那段時間裡，我母親都經歷了些什麼。

他放下那張紙，把我的手機拿起來開機。螢幕保護程式是一張我吊在聖地牙哥動物園門口那隻巨獅雕塑嘴裡的照片。把我抱上去，然後在我吊著的時候迅速往後退開，幫我拍下那張照片的人就是他。保安衝出來對我大叫，要我立刻下來，我父親、奧茲和我在歇斯底里的笑聲中匆忙逃走，那張照片是一份無價之寶。

他微笑地再次看著那張紙，小心翼翼地讀著那幾行字，我知道，他正在思考著那些衣服，企圖分辨哪些是我的，哪些是茱兒的。

他把注意力轉回到手機，打開我的照片檔案，一張一張地往下看，那是數百張來自我精采生活的影像。高山、森林和河流。大海和沙灘。公園和運動場，以及上千個我曾經去過的地方。家人、朋友和隊友。歡笑、愛和嬉戲——如此多的回憶，讓你在看著它們的時候不可能感到悲傷。

當他聽到我母親從房間走出來的時候，他立刻關掉手機，把手機塞進他的口袋，再把信封和那張紙揉成一團，深深地埋進垃圾桶裡。

她從廚房門口探頭進來。「我要去做點工作。」她說話的時候沒有直視他的眼睛，洩露出她這是在說謊。

他假裝沒有注意到。

我不知道她要去哪裡，不過，不是去工作就是了。我猜，她會到某個人潮擁擠又喧鬧的地方，某個她可以坐下來、假裝她隸屬其中的地方，在那裡，她可以忘記她是誰，假裝她是她曾經認為的那個人。

我父親站起來，向她走近一步，但她卻立刻往後退。

「好吧，」他說。「我會負責準備晚餐。」

她點點頭，拖著腳步離開，我父親看著她離去的背影，他的肌肉在抽搐。等她的車一開出車道，他立刻就走向車庫。

他從那些運動器材開始，毫不客氣地把所有曾經屬於奧茲和我的東西都扔進他的卡車後廂。當他把我的滑板丟到那堆東西上面的時候，我不禁皺起眉頭，而在他把我的衝浪板從架子上扯下來的時候，我得要忍住才能不哭出來。

「是時候清理掉這些亂七八糟的東西了。」他對著跟在他身後的賓果說，只見賓果不停地嗅著每一樣東西，並且在記起我們的氣味時搖晃著尾巴。

人們在四下無人時對他們的寵物所說的話，實在多到不可思議。克洛伊會不停地和強大的芬恩說話、我母親和父親會對賓果說話，而艾瑞克會把他所有的秘密都告訴他手邊正在照顧的動物。

「我應該要幫你準備一件婚禮穿的狗狗燕尾服，」他說。「如果我必須穿男子晚禮服的話，你也得穿。」

他暫停下來，拭去眉頭上的汗珠，然後突然想到什麼似地摸了摸他口袋裡的手機，隨即強迫自己把手挪開。

「啊，管他的，如果那會讓奧伯莉高興的話，」他說。「我會把該死的燕尾服穿上。」他抓起奧茲收藏的Nerf足球[31]，將它們扔進卡車裡。「我敢打賭，他們很快就會懷孕了。奧伯莉不是個有耐心的人。可憐的班——他完全不知道自己將要面臨什麼。」

網球拍。高爾夫球棍。腳踏車。

「你知道嗎，我們會照顧那個嬰兒的，」他說。「我們需要買張嬰兒床、換尿布的桌子，還有那種可以搖來搖去的東西。雖然體型那麼小，但是，嬰兒卻佔用了很大的空間。」

---

[31] Nerf是帕克兄弟和孩之寶公司擁有的玩具品牌。Nerf推出的大部分玩具是以非發脹海綿為基礎的玩具槍枝，但也有幾種不同類型的玩具，包括足球、籃球和其他的球類。

我笑著聽他說話，我明白他需要這樣，一個任務——他有責任和義務去做需要做的事，以保護依舊活著的人，是那張薄薄的紙以及它所揭示的意義激勵了他。我感覺到他的決心和他盲目的愛，他願意為奧伯莉做任何事情，包括放手讓我們離開。

「克洛伊又交了一個男朋友，」他說。「希望他比上一個要好。」他猶豫了一下。「啊，管他的，凡斯也沒那麼糟。那該死的孩子還是有些膽識的——這點我不得不承認。」

賓果歪著頭，尾巴不時地在地面上拍打。

一直到拿起我的球衣，他才遲疑了下來，他緊緊地揪住那件衣服，過了一會兒才強迫自己鬆開手指，讓那件球衣掉落在那堆要被丟棄的物品上面。

我和他一起開車到舊貨店，看著他把那堆東西倒進捐贈箱裡，每一件物品都像是卸下的重擔，直到最後一件被扔掉，我也自由了。我彷彿被釋放到天空的氣球，那片明亮的光線是如此接近，近到我可以感受得到，它是如此溫暖，彷彿具有磁力一般，我飄浮在他上方，看著他爬回他的卡車裡，朝著那依然存在的一絲羈絆，駛上回家的道路。

94

奧伯莉是位光彩照人的新娘，班眉開眼笑地站在她身旁。看著他們跪求著上帝的祝福，讓我忍不住熱淚盈眶——歇斯底里的捧腹大笑讓我眼淚都流出來了。全場的觀眾也和我一起竊笑。奧伯莉、班和那位老牧師完全不知道到底什麼事這麼好笑，只是困惑地四下張望。

座位前排的金賽爾太太用手肘推著她丈夫，暗示他做些什麼，雖然他實在沒有什麼可做的。班的鞋底面向著見證這場婚禮的兩百位來賓，只見鞋底上用鮮明的粉紅色指甲油寫著救救我。

克洛伊穿著那件荒謬的綠色塔夫綢洋裝站在奧伯莉旁邊，她回過頭，對著我父親眨了眨眼睛。報復。他們做到了，他們啟動了最極致的婚禮惡作劇。

除了這個玩笑之外，婚禮儀式進行得很順利，而奧伯莉也嫁給了她注定要嫁的那個人。我忍不住歡呼鼓掌，開心地跳舞和歌唱。

婚宴在距離我們家幾哩之外的麗茲飯店舉行。我母親和父親在介紹新人時笑開了。二十四年前，他們自己的婚禮只動用了一名治安官，所以，我父親總愛說：「我付上了一百塊錢和一輩子的自由。」然後，他會補上一抹得意的笑容，眨眨眼說：「如果我早知道這個交易還包含了你們的話，我甚至可能會付上兩百塊錢呢。」

我母親看起來很優雅。她身上那件翡翠綠的絲質洋裝繡著銀色和粉紅色的玫瑰，洋裝的長度收在她膝蓋上方三吋，展示出她那雙跑者的長腿。她的頭髮鬆散地往上盤起，再用一只鑲著珠寶的小髮夾固定起來。金色的髮絲垂墜在她的臉龐，一串珍珠項鍊圍繞在她的脖子上熠熠生輝。她彎下腰調整著桌子邊緣的一只蝴蝶結，這個動作導致她的洋裝在臀部上繃緊，我父親在房間另一頭散發出的炙熱眼神，讓她抬起了頭。他露出火力全開的一個笑容，讓她的臉都漲紅了。

茱兒和凱爾也來了，兩人全場都黏在一起——手、手指、嘴唇、肩膀、臀部，他們的身體總有某部分真的隨時都碰觸在一起。她看起來很美，而他也很出色，他們看起來是那麼地登對，讓我想要為他們鼓掌。由於沒有人能聽得到我，所以，我真的鼓掌了。我發出了吶喊，手舞足蹈地拍著手。你，茱兒．卡敏斯基，是那麼地美，而你，凱爾．漢尼根是那麼地英俊，我現在宣布你們為迷人的國王和王后。

克洛伊帶了艾瑞克來，我父親很喜歡他，就像熊之於蜂蜜一樣。也許是因為艾瑞克和凡斯大為不同，不過，我想，主要還是因為克洛伊和艾瑞克在一起的時候很不一樣。她依然毫不保留地顯露出她的忠貞，一如她和凡斯在一起的時候那樣，不過，艾瑞克一點都不需要過多的關注，也沒有佔有慾，而克洛伊和他在一起的時候，似乎就是她自己最好的版本，自信、自在、搞笑又有趣。她那頭紅棕色的頭髮在跳舞的時候閃閃發亮，她的笑容讓滿室生輝，而她所選的音樂也為這個晚上帶來了最完美的伴奏。

當他們跳舞跳到某個程度時，滿頭大汗的艾瑞克氣喘吁吁地將她帶到室外的陽台上透氣。她望著大海，然後轉向他說：「你從來都沒問過我。」

「問什麼？」

「關於那場意外的事。」她舉起小拇指只剩下半截的那隻手，彷彿是在強調重點一樣。

他握住她的手，輕輕吻著那半根手指。「你想告訴我嗎？」

克洛伊側著頭，思考著這個問題。「不盡然，不過，我很好奇，你為什麼從來都沒有問起過。」

「那不會改變任何事。我也依然會愛你。」

笑容在她臉上蕩漾開來。「但是，你不好奇嗎？」

「起初，也許有一點，不過後來就不會了。」

「如果我想要告訴你呢？」

「那我就會聽你說。」

「但你不希望我告訴你？」

他凝視著她，臉上流露出一抹承諾的神情，訴說著日後他必將成長為一個堅強的男人。「說實在的，不希望。」

「為什麼？」

「因為我愛你。」他輕輕地從鼻子嘆了一口氣。「你瞧，這就是問題所在。我愛你，所以，如果你想要告訴我的話，我就會聽你說，可是，在此同時，我知道這個故事一定很可怕，真的很可怕，所以，我知道我聽了應該要感到難過，然而，事實是，我內心並不會感到那麼難過，因為，我自私的那部分會讓我慶幸發生了這樣的事。」

他的話讓克洛伊渾身僵硬。「你看，是不是很可怕？」他說。「所以，我寧願往前看，而不是往後看，同時感謝上帝或佛祖或者什麼掌管宇宙的神明讓你倖免於難，並且把你帶到我的生命裡。」

他張開嘴打算說得更多，不過，他卻無法說下去，因為克洛伊的唇已經封住了他的嘴，而我不禁懷疑他是否是對的，是否有什麼奇怪的宿命在發揮作用。奧茲和我失去了性命，但克洛伊、我母親和我父親則存活了下來，而他們的命運也改變了。我不知道我是否相信這是天意，然而，看著克洛伊和艾瑞克站在星空下的陽台上，渾然地墜入愛河，我知道，雖然那天我們有所失去，卻也有所獲得。

克洛伊往後退開，一絲困擾浮現在她的臉上。

「你在想什麼？」艾瑞克說。

「你為什麼愛我？」

他笑了。艾瑞克笑得很大聲，他的笑聲幾乎震天價響。「你在開玩笑，對嗎？」

她搖搖頭，瞪著他，一點都不認為她的問題有什麼好笑。

「我想，是因為你生氣時瞪著我的模樣。」

她朝著他的胸口捶了一拳。「我是認真的。好好回答。」

他把她拉近，眼裡依然帶著捉弄的笑意。「一開始是你的嘴引起了我的注意。」

「我的嘴？」

「嗯。當你帶著那些小貓走進來的時候，我首先注意到了你的嘴，因為你的嘴歪向了左邊。你表現得很強勢、很自信，但是，你的嘴卻讓你洩了底。」

她一把將他拉向自己，再度吻了他，隨即又退開。「你還喜歡我的嘴嗎？」

「是啊。我不得不說，我很擅長在第一眼就對嘴做出判斷。不過，那不是我愛上你的原因；那只是我一開始注意到你的原因。真正讓我愛上你的是你的眼睛，每當有人說你好話的時候，你總是會翻白眼，就像我對你說你很漂亮的時候那樣。」

克洛伊翻了個白眼。

「就是這樣，」艾瑞克說。「它們的顏色很奇怪，大部分的時間都是綠色的，但是，當你高興或者……你知道的……在那個當下，」他微微地推動了一下臀部，讓我不禁做了個鬼臉——「它們卻呈現一種柔和的灰色。」

克洛伊羞紅了臉。

「不過，說真的，誰知道我們為什麼會墜入愛河呢？」他把她的手拉到他的唇邊，再將她的雙手放在他的胸口。「我只是清楚地知道，在你走進房間，或者當你看著我，又或者當你微笑的時候，我的心跳就會加速。」

凡斯和克洛伊在一起一年多，在那段時間裡，我懷疑他是否曾經說過任何一句類似這樣的話。是宿命還是機緣巧合，我不知道——我只能確定我很感恩他們找到了彼此，而我也確定他們注定要在一起。

我離開了他們，讓他們在陽台上恣意擁吻，然後回到室內的派對裡，克洛伊所選的音樂讓每個人都離開了座位，盡情在跳舞。除了我那還無法跳舞的父親，以及我那沒有舞伴的母親之外。

正在隨著瑪丹娜那首《跟上旋律》和凱爾翩翩起舞的茉兒，在留意到我母親獨自坐在場邊之後，她在凱爾耳邊低語了些什麼，讓凱爾朝著我母親的方向走去。

那天傍晚稍早的時候，在接待的隊伍之中，我母親和凱爾打了招呼。那個招呼既尷尬又短暫，我母親的眼神四下張望，而凱爾則不確定自己的身分立場。

「你願意跳支舞嗎？」他伸出右手邀請她。

我母親瞪大眼睛地看著那隻伸向她的手掌，我感覺到她的心跳開始加速。

他的手持續停留在她面前，一點也沒有退縮，一絲笑意掛在他的臉上。

沒有冰冷、沒有飢餓，沒有口渴。

他穿著一件燕尾服。她則是一件禮服。

此刻，克洛伊沒有和凡斯迷失在風雪之中。我父親沒有受傷，也沒有失血。沒有人正在等著她去拯救他們。

他的手上什麼也沒有，她也是。

當她伸出手時，她的手指在顫抖，我就是在那個時候感受到的：當他的手握住她的手，當他扶她起身時，最後一條羈絆的線消失了。

帶著那股曾經救了他們一命的運動感，他們滑過舞池，我看著這個世界明亮了起來，世界的邊緣也開始發光，我母親和凱爾在那片光芒的中央起舞，直到一切都籠罩在一片光亮裡。

作者說明

親愛的讀者：

這個故事的靈感來自於我八歲時發生的一件事。當時，我住在紐約州北部。時值冬天，我父親和他最好的朋友，「鮑伯叔叔」，決定帶我哥哥、我，以及鮑伯叔叔的兩個兒子到阿迪倫達克山去健走。當我們那天早上出發時，天氣晴朗無雲，然而，在接近登山小徑的頂端時，氣溫驟降，天空開始下起大雨，我們發現自己遇上了一場來勢洶洶的暴風雪。

我父親和鮑伯叔叔很擔心我們無法下山。我們的服裝應付不了那樣的嚴寒，而我們距離山腳又有好幾個小時的路程。鮑伯叔叔用一塊石頭砸破一間廢棄小木屋的窗戶，讓我們可以躲避暴風雪。

我父親自願跑下山去求救，把我哥哥傑夫和我留下來，和鮑伯叔叔以及他的孩子一起等待。對於我們在小木屋裡等待救援的那幾個小時，我的記憶很模糊，我只記得那股刻骨銘心的寒冷：我的身體不聽使喚地顫抖，頭腦也無法清楚地思考。

我們四個小孩坐在一張長度橫跨了那間小木屋的木頭長凳上，鮑伯叔叔則蹲在我們面前的地板上。我記得他的兒子很害怕，不停地在哭泣，而鮑伯叔叔不斷地在說話，告訴他們一切都會沒事的，「傑瑞叔叔」很快就會回來了。當他安撫著他們的恐懼時，他在他們之間來回移動，幫他們脫去手套和靴子，輪流幫他們搓揉著手腳。

傑夫和我坐在他們旁邊。我受到了我哥哥的影響。他沒有抱怨，因此我也沒有。也許這就是鮑伯叔叔為什麼從來沒有想到要幫我們搓揉手指和腳趾的原因。也許他沒有發現我們也飽受煎熬。

這樣的觀點很有雅量，然而，身為自己也有孩子的成人，我很難接受這種說法。如果情況相反的話，我父親絕對不會忽略鮑伯叔叔的兒子。他對他們的照顧甚至可能會比對他自己的孩子還要多，因為他知道沒有自己的父母在場，他們會有多麼害怕。

接近黃昏的時候，一輛救援的吉普車抵達了，我們被送下山，去和等待著我們的醫護隊會合。鮑伯叔叔的兒子都沒事——既冷又疲憊，又餓又渴，但是都毫髮無傷。我被診斷出手指凍傷，所幸後來情況也沒有太糟。當我的手恢復溫暖時，雖然手指一度痛得很厲害，但是在血液循環恢復之後，我就沒事了。然而，傑夫卻罹患了一級凍瘡。他的手套需要從他的手指上被切割開來，手套下的皮膚不僅擦傷、發白，也起了水泡。那個畫面很恐怖，我記得自己當時在想那一定很痛，那樣的傷勢遠比我的嚴重太多。

包括我父母在內，沒有人問過傑夫或我在小木屋裡發生了什麼事，或者質疑為什麼我們受傷了，但鮑伯叔叔的兒子卻沒有，而鮑伯叔叔和凱倫阿姨也依舊是我父母最好的朋友。

剛過去的這個冬天，我和我的兩個孩子去滑雪，當我們坐在纜車上時，那天的記憶又回到了我的腦海。我認識了一輩子、同時也相信他是愛我們的鮑伯叔叔，居然可以那麼冷酷和漠不關心，並且在事後絲毫不為自己的行為感到慚愧，這真是讓我嘆為觀止。我記得他和警長一起大笑，彷彿那整件事就是一場冒險，而且最終以沒事收場。我想，他甚至視他自己為某種英雄，自吹自擂地說他是如何打破窗子，以及他有多麼聰明，能在第一時間就想到把我們帶到小木屋。當他回到家的時候，他也許還告訴凱倫關於他幫兒子們搓揉手腳，以及他是如何安慰他們，從來沒有讓他們感到害怕的經過。

我看著自己的孩子坐在身邊，一股不寒而慄的感覺流竄過我的脊椎，因為我想到，一直以來，我只憑著一個天真的假設，認為家長之間都有一份默契存在，會把別人的孩子當成自己的小孩一樣照顧，因此就把我的孩子託付給別人，一如我父親把我們託付給鮑伯叔叔一樣。遊樂場、海邊、商場、近處或遙遠的度假地——每一次，我都假設我的孩子會受到照顧，我所託付的人一定會好好照顧他們。

這本書是關於一場災難，但是，真正的故事卻發生在災難之後，發生在災難的餘波裡，每個倖存者在災難當下所做出的選擇都造成了一些結果，而這些結果在日後卻彷彿鬼魂般地跟著他們。我一直都相信，悔恨是最難承受的情緒，然而，要有悔恨，你必須擁有良知：這種有趣的悖論讓我們之中最糟糕的人在作惡之後，卻承受到最少的痛苦。

我選擇從芬恩的觀點來敘述這個故事，為的是能從暗中觀察的角度，誠實地呈現每個人物的內心，包括他們獨處時的內心感受。透過芬恩的眼睛寫出這個故事變成了一個恩賜。雖然她不是我，但在很多方面，我都希望自己能更像她。你很少有機會描述一個心靈如此純淨的角色。她在我的心裡佔著一個特別的地位，我希望你在閱讀她的故事過程中感到很享受，一如我在敘述這個故事時一樣。

誠摯地，

蘇珊

感謝

無比感謝以下人士，沒有他們，這本書就不可能存在：

凱文・萊昂，我的經紀人，他保持了信念，並且提供了無價的指引。

艾莉西亞・克蘭西，我的編輯，感謝她的「理解」，並且提出她的見解和回饋，讓這個故事提升到另一個層次。

我的家人，感謝他們單純地當他們自己，並且相信白日夢和奇蹟。

我的哥哥，傑夫，感謝在山中小木屋的那天裡有他，雖然那天早已被遺忘，感謝他的勇敢，還有我英雄般跑下山去求助的父親。

Lake Union的整個團隊，包括里安・格利斯沃德、比爾・賽佛和妮可・波梅洛，感謝他們將一部渺小的文稿，轉變成最終的美麗成品。

莎莉・伊斯伍德，感謝她成為第一個閱讀這本書的人，海莉和凱瑞，感謝他們第二個閱讀。

麗莎・休斯・安德森和我那些愛好藝術的姐妹淘——艾咪・依迪・傑克森、海倫・寶琳斯-瓊斯、辛蒂・佛雷契、羅倫・郝威爾、南希・狄林、麗莎・蒙梭、賈姬・布羅弗特、艾波・布萊恩，以及莎朗・哈迪——感謝我們這個團體永不停息的神秘魔法。

GroWing 27

頃刻之間 In an Instant

頃刻之間/蘇珊.雷德芬作 ; 李麗珉譯. -- 初版. -- 臺北市 : 春天出版國際文化有限公司, 2024.05
面 ; 公分. -- (GroWing ; 29)
譯自 : In an Instant
ISBN 978-957-741-840-1(平裝)

874.57 113003719

ISBN 978-957-741-840-1
Printed in Taiwan

作　者　蘇珊・雷德芬
譯　者　李麗珉
總編輯　莊宜勳
主　編　鍾靈

出版者　春天出版國際文化有限公司
地　址　台北市大安區忠孝東路四段303號4樓之1
電　話　02-7733-4070
傳　真　02-7733-4069
E－mail　frank.spring@msa.hinet.net
網　址　http://www.bookspring.com.tw
部落格　http://blog.pixnet.net/bookspring
郵政帳號　19705538
戶　名　春天出版國際文化有限公司
法律顧問　蕭顯忠律師事務所
出版日期　二〇二四年五月初版
定　價　450元

總經銷　楨德圖書事業有限公司
地　址　新北市新店區中興路二段196號8樓
電　話　02-8919-3186
傳　真　02-8914-5524
香港總代理　一代匯集
地　址　九龍旺角塘尾道64號 龍駒企業大廈10 B&D室
電　話　852-2783-8102
傳　真　852-2396-0050